刚雪印 著

档案

FANZUI XINLI
DANG'AN
【第四季】
DI-SI JI

犯罪心理

CNS
湖南文艺出版社
HUNAN LITERATURE AND ART PUBLISHING HOUSE

博集天卷
CS-BOOKY

人物简介

· · · ·

韩 印

性别：男
年龄：32岁

职业：某警官学院教授，犯罪心理学教研室副主任

外貌性格：斯文俊朗，亲和沉稳，惯常一抹浅笑挂于嘴角

擅长：犯罪侧写

经历：因在多起恶性系列案件中表现卓越，被任教学院破格授予教授资格，并被任命为该校犯罪心理学教研室副主任。但韩印清醒地认识到，成绩只代表过去，未来他仍将穷尽所学，出现在与恶魔搏斗的战线上。他通过微表情解读，识破谎言；通过行为证据分析，洞悉心理动机；通过犯罪侧写，让罪犯无处遁形。

顾菲菲

性别：女
年龄：34岁

职业：刑事侦查总局特邀刑侦专家

外貌性格：知性冷艳，厌弃世俗，言语直白，有"冰美人"之称

擅长：法医鉴证，物证鉴证

经历：法医学、心理学双博士，曾在国外知名法医实验室深造多年，尤为精通尸体解剖、DNA检测、指纹提取、骨骼检测、颅相重合等技术，是国内少有的在法医领域以及物证鉴定领域皆具深厚造诣的全能型专家。

杜英雄

性别：男
年龄：26岁

职业：刑事侦查总局外勤侦查员

外貌性格：高大硬朗，性格憨直，品格坚忍，清爽帅气

擅长：近身搏斗，枪械，野外生存

经历：曾接受过特警部门的地狱式特训，有重大贩毒集团卧底经历，功夫硬朗，枪法神准，意志品质过硬，唯独缺乏谋杀案办案经验。作为刑侦总局重点培养的刑侦人才，被委派于顾菲菲领导的重案支援小组中。

艾小美

性别：女
年龄：24岁

职业： 刑事侦查总局外勤侦查员

外貌性格： 青春靓丽，古灵精怪，生性直率，清新脱俗

擅长： 情报搜集，网络技术

经历： 标准菜鸟刑警，警校毕业直接进入刑侦总局，情报学、网络执法专业双学士，专业成绩突出。作为刑侦总局储备的技术型人才，被委派于顾菲菲领导的重案支援小组中。由于容貌身材出众，追求者众多。

吴国庆

性别：男
年龄：71岁

职业： 刑事侦查总局特聘首席顾问

外貌性格： 已届暮年，壮心不改，甘愿将整个人生奉献给祖国刑侦事业

擅长： 刑事侦查

经历： 新中国培养的第一代刑侦专家，几乎参与过所有刑侦总局挂号的大案，有"当代福尔摩斯"之称。年届退休，退而不休，每有震惊四野之大案，其身影必会出现。日前，受命组建重案快速反应部门——重案支援部。

目录
Contents

第一卷
丝袜杀手

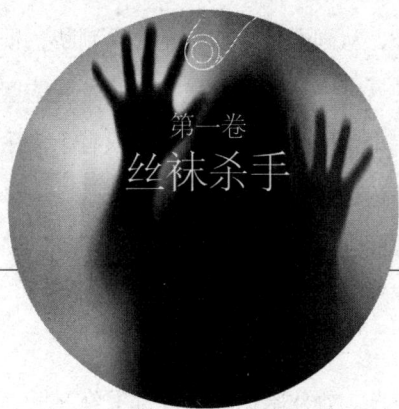

排除一切不可能的，剩下的即使再不可能，那也是真相！

——柯南·道尔《福尔摩斯探案集》

◎楔子

审讯室，灯火通明，烟味混杂着汗味弥漫在逼仄的空间里，气息潮湿而又混沌。两名中年模样的警察抱着膀子坐在长条审讯桌的一端，脸色阴沉、目光凛凛；对面的受审对象则是一个长相周正、气质儒雅的男子，只是眼神中不可抑制地流露出的疲惫和惶恐，暴露出他也许并非那么问心无愧。

此刻，男子身前放着一台笔记本电脑，屏幕上正播放着一段令人侧目的视频影像，从画面像素和长宽比例判断，视频是用手机拍摄的，场景是在一间朴素的民居中，准确点说是在这间民居的客厅中：

镜头先是拍了一个客厅的全景，看起来只有十多平方米的样子，家具陈设相当简单，一张深棕色长沙发、一只原木色茶几、一个原木色落地电视柜；随即镜头对准了沙发下面的地板，上面散落着长裙、胸罩、内裤、丝袜等女性衣物；镜头晃晃悠悠逐渐偏移，最终聚焦到客厅中央，一位女性雪白的裸体便呈现在画面中。

女子身上一丝不挂。她双眼微闭，面部又红又肿，眼角和嘴角挂有几道血痕，额头中间一块大大的紫色瘀青格外醒目。本来面容已很难辨清，只能从其臃肿的身形和卷曲的黑发间夹杂的几缕白丝，大致推测出是一位上了年纪的妇女。

拍摄者似乎意犹未尽，围着裸体女子从各个角度进行拍摄。须臾，镜头定住，拍摄者把手机放到女子身体的一侧"摆拍"，腾出一双戴着奶白色乳胶手套的手，将地板上的丝袜捡起来缠于女子颈上，使出全力做出绞杀的动作。最后，似乎在确认女子已完全死亡的情形下，将丝袜留在女子的脖颈上，并系出一个漂亮的"结扣"……

"够了……够了！"马拉松式的对峙、视频反复播放的心理压迫，似乎让受审男子情绪濒临崩溃，他耷拉着脑袋，双手神经质般用力地揉搓着脸颊，高声吼着，"求你们不要再放了！这案子跟我没关系，你们要我说多少遍才能相信！"

"那你怎么解释我们发现的证据？"对面两名警察中的一名瓮声瓮气地问道。

"我说了，我不知道……"男子拖着长音强调着自己的无辜，停顿一下，仰起头努力克制着情绪，"那好吧，你们说说，我的作案动机是什么？以我的条件什么样的女人找不到，我为什么要对一个老女人做出这么龌龊残忍的举动？"

"很简单，"另一名警察身子向前凑了凑，一字一顿，冷冷说道，"因为你是变态！"

"你们……竟敢这么侮辱人……"男子忍不住霍地站起身，面容狰狞，显得异常恼怒。他怔了怔，又冷静下来，坐回椅子上，哼了下鼻子，以一副豁出去的口吻说道："欲加之罪，何患无辞，你们破不了案想拿我垫背，可没那么容易！我要见一个人，见到她之前，我不会再回答你们任何问题……"

5月19日，床头桌上的夜视钟表显示时间已接近午夜。

黑暗中骤然响起一阵曲调轻柔的音乐，但在静谧的深夜仍显得尤为刺耳，从沉睡中被吵醒的顾菲菲，习惯性伸手从枕边摸索到手机，按下接听键放到耳边……

"你好，是顾菲菲同志吗？很抱歉这么晚打扰你！"未等顾菲菲开腔，电话那端先传来一个带些歉意的声音。

"嗯，是我。"顾菲菲闭着眼睛，含混应道。

"我们是西州市公安局的，有个非常紧急的案子需要你来协助，你能以最快的速度来我们这儿一趟吗？"打过招呼，对方不再客套，直奔主题。

"正常程序是需要你们那边先向总局支援部申请，然后我们才能过去。"顾菲菲整个人还处在不清醒的状态，语气懒懒地说。

"噢，不，其实这件事主要是跟你有关……"电话那端稍微顿了顿，似乎斟酌了下用词，接着说，"我们已经抓到犯罪嫌疑人，基本可以认定是凶手，只不过他提出了一个令我们不解的条件，说一定要见到你才肯交代犯罪事实。"

"跟我有关？他谁啊？"大半夜接到这种摸不着头脑的电话，顾菲菲有些不耐烦，勉强睁开眼睛，没好气地问。

"他叫耿昊。"对方说起犯罪嫌疑人的名字，刻意加强了语气。

"谁，耿昊?！"顾菲菲浑身一个激灵，猛地坐起身来……

◎第一章　莫名出征

刑事侦查总局，重案支援部。

早晨，吴国庆前脚刚迈进办公室，顾菲菲便紧随而至，见她微蹙着双眉，面色阴沉，吴国庆以为出了什么突发案件，赶紧问道："怎么，出大案子了，都堵到我门口了？"

"西州市，两起入室强奸杀人案，嫌疑人已经抓到了。"顾菲菲随手关上门，一脸谨慎的样子。

"那干吗还心神不宁的？"吴国庆将公文包放到办公桌上，又脱掉外套挂上衣架，背着身子问。

"案子似乎牵涉我。"顾菲菲咬了下嘴唇，轻声说道。

"跟你有关？"吴国庆转过身坐到大班椅上，一脸诧异，指指会客沙发，"坐下慢慢说。"

"昨天半夜我接到西州警方的电话，让我去一趟他们那儿，说案子的犯罪嫌疑人提出要和我见一面……"顾菲菲简单复述了电话内容。

"嫌疑人你认识？"吴国庆紧跟着问。

"嗯。"顾菲菲眼睛瞅着地板，回避似的点点头。

"关系密切？"吴国庆追问。

"曾经……算是。"顾菲菲支吾道。

"前任男友？"见顾菲菲如此扭捏，吴国庆心中猜到了七八分。

"对，他叫耿昊，我们在国外认识的，交往了四年多。"顾菲菲轻嘘口气，抬起头故作轻松道。

"相处时间不短啊，怎么会分手，这小子又有别人了？"吴国庆脸上露出一丝惋惜之色。

"不，他人很正派，对我很好，问题出在我这儿。"顾菲菲似乎对耿昊人品很是认可，使劲摇着头解释说，"我当众拒绝了他的求婚，然后……"

"你不喜欢人家制造惊喜，所以在众目睽睽下回绝了人家？"吴国庆哼笑一声，接下话，以他对顾菲菲性格的了解，不难猜到发生了什么。

"您果然一眼就把我看透了，其实我这人挺各色的，甚至可以说有一些冷漠，不太好相处。"顾菲菲挤出一丝苦笑自嘲道，"我和韩印老师交流过，他说我养成这样的性格有家庭环境的因素，也与我EQ不高有关——当我感到无法自如地与别人建立某种关系和沟通时，就会把自己隐藏在冷漠的面孔里，说到底也是一种缺乏安全感的体现。"

"韩老师'一针见血'啊！"吴国庆由衷地点点头，接着又微笑道，"不过你现在性子好多了，咱这里的同事对你印象都有很大改观。"

"大家迁就我而已。"顾菲菲客套地抿抿嘴，随即脸上又严肃起来，说道，"其实那时候耿昊条件挺好的，拿到了工商管理硕士，在一家国际知名的公关营销公司工作，算是蛮稳定的。不过总归是在异国他乡，我潜意识里总有很强烈的不安全感，有点强迫症似的希望万事都能在自己掌控的范围内，所以求婚的那个当下，在别的女孩看来是个非常浪漫的惊喜，于我来说心里面却有一种被蒙在鼓里的恼火，而那种措手不及的场景也令我十分尴尬，当然最关键的是我还没做好嫁人的思想准备。"顾菲菲面色复杂，说不清是遗憾还是内疚，轻叹一声继续说，"咳，不懂迂回，恐怕是我性格里的一大缺陷吧！反正那一下是把耿昊伤透了，之后的相处便开始磕磕绊绊，隔阂渐渐多了起来，直到最后大家都觉得累了，只能以远离彼此收场。"

"还是年轻不成熟，要是双方能多包容一点，不那么冲动，也许就……"

吴国庆话说到一半愣是生生咽了回去，因为他突然想到顾菲菲和韩印现在正好着呢，便赶忙转了话题，一连串地发问道，"耿昊什么时候回的国内？现在做什么？分手后你们还见过面吗？"

"他回来比我早，本来也没什么消息，不过年初在一次聚会上碰过面。聚会发起人我们都认识，邀请的也都是当年一起在国外认识的朋友，我也是那次才知道些他的近况。"顾菲菲眼睛里闪过一丝光亮，看似很替耿昊高兴，"他老家在西州市，回国后一开始自主创业，做过几个商业项目都不太成功，后来机缘巧合下开始写小说。他文笔本来就不错，涉猎的又是他很熟悉的商战题材，据说在圈子里很快就脱颖而出，现在已经是非常有名气的畅销书作家，年初聚会时，他正好出了本新书，到北京做签售，所以才能到场的。"

"事业这么好，怎么会去干那种事？"吴国庆大为不解地问。

"说实话，以我对他的了解很难相信，所以想跟您告几天假，去西州弄个明白。"顾菲菲眼神直直的，内心似乎很纠结。

"这好说，你带上英雄和小美，也多个照应。"吴国庆干脆地应允道。

"不太好吧，毕竟是我的私事，还是别占用部里资源了！"顾菲菲委婉拒绝吴国庆的好意，倒也不是因为客气，而是不希望在更多人面前暴露自己的私人生活。当然吴国庆和韩印除外，一个是她最钦佩的老师，一个是她人生中最重要的伴侣。

"别，你听我的，带上他俩。"吴国庆考虑片刻，执意说道，"我当了那么多年警察，这种事还是第一次碰到，我有种直觉，案子也许不是我们想象的那么简单，这俩孩子你肯定用得着！"

"那好，我这就去叫他们做准备。"顾菲菲抬腕看了下表，"11点多有班飞机，应该能赶上。"

"注意安全。"吴国庆扬扬手，叮嘱道。

"知道了。"顾菲菲简单应声，随即转身走出办公室。

　　西州市，地处华西平原，属亚热带湿润地区，常年云雾多、湿气重、日照不足，此时正值春夏交替时节，气温并不算高，但也让人感觉有几分憋闷和燥热。

　　他们下了飞机，赶到刑警支队，差不多已午后3点，与几位支队领导简单寒暄一番，便被引进会议室。虽然此行不算是一次正式的支援任务，但顾菲菲希望能够先对整个案件有足够的认识，再与嫌疑人耿昊进行对话。

　　专案组组长是西州市刑警支队队长张世杰，看模样已步入中年，个子不高，身材略微发福，大概是近期忙于办案劳累熬夜过度，脸色不是很好看，蜡黄蜡黄的，还有一对黑眼圈，不过说话倒还是中气十足。他配合着投影幕布闪过的画面介绍案情（因首起案件发生于本年度4月23日，故本次系列案件命名为"4·23"案）：

　　"案件一发生于本年度4月23日上午10点30分左右；案发地点为本市武顺区欣乐街道欣乐2区90号楼3单元201室；被害人叫李芳，女，56岁，退休教师，丈夫因病过世，独子成家单过。李芳为人开朗，平日喜欢在小区便民公园跳广场舞。据舞伴们回忆，案发当天她跟往日一样早晨7点多钟来的，然后10点左右走的，之后便没人再见过她。从时间点上看，李芳应该是跳舞之后回家没多久便遇害，其头面部遭毒打，有被强奸迹象，之后被一条连裤丝袜勒颈致死，由于门锁没有撬压痕迹，也未发现暴力闯入迹象，先前我们分析要么是熟人作案，要么是凶手借助某种理由诱骗其主动打开房门，趁其不备施下杀手。

　　"案件二发生在5月7日上午9点左右；案发地点为本市武顺区欣乐街道欣乐2区75号楼2单元603室；被害人叫孙佳慧，女，54岁，退休工人，离异多年，与女儿一家同住，女儿、女婿是朝九晚五的上班族，孙佳慧负责家务与早晚接送上幼儿园的外孙。据她女儿说，孙佳慧平日都是早上7点40分左右把孩子送到幼儿园，接着会到附近早市买菜，回到家差不多也就9点钟了，其被害过程与上起案子差不多，同样也遭到强奸……"

　　几个人正听得入神，张世杰突然停下话头，冲一旁的助手使了个眼色，助手便心领神会操作起身前的笔记本电脑，很快投影幕布上开始播出一段视频：一名女性仰躺于地板上，赤身裸体，面部惨遭毒打……特写镜头显示，其脖颈上缠绕着一条肉色"丝袜"，结扣处被系成蝴蝶结状……

"这是行凶过程，你们怎么会有录像？"一直未吭声的艾小美惊讶地问。

"对，这是李芳遇害的录像，被勒死前，遭到了强奸。"张世杰脸上露出一丝愠怒，"前天下午，队里收到一份快递，里面装有一张刻录了这段视频的光碟，估计是凶手寄来的吧？！"

"跟咱们警察叫板这是？"杜英雄瞪大眼睛说。

"差不多。"张世杰嘴角泛起一丝苦笑，"够嚣张的吧？不过这家伙也算百密一疏，虽然快递源头隐藏得很好，但痕检科在光碟的外包装袋上提取到一枚基本完整的指纹，并在指纹库中找到与之相匹配的指纹。"

"也就是说光碟外封上的指纹与耿昊的指纹是匹配的？"顾菲菲一脸疑惑，想象不出耿昊会有什么前科，"他的指纹怎么会被录入信息库？"

"喝醉了，打架斗殴，被派出所处理过。"张世杰冷笑一声道，"对了，这次我们拘传他时，他还袭警！"

"噢……"顾菲菲半张着嘴，一时语塞，在她印象里，耿昊滴酒不沾，并且总是谦虚客气、彬彬有礼，与张队口里的野蛮醉鬼很难对上号。

张世杰混迹官场多年，也算擅长察言观色，见顾菲菲脸色多少有些难看，便放缓了语气问："耿昊在这个时候提出见你一面，想必你们交情匪浅吧？"

顾菲菲虽愣着神，大脑却在迅速地思量：张世杰的情绪不对，话里话外怎么会有一股子怨气？这不是办案人与嫌疑人之间应有的情绪，难道这里面牵涉的是私人恩怨，还是什么别的东西？顾菲菲一时难以琢磨出个所以然来，便决定在刚刚的问题上做些保留。

"早年关系不错，近几年接触不多。"顾菲菲刻意让自己说话的语气不显出任何感情色彩，"除了指纹，还有什么证据能将耿昊与案子联系上？"

"耿昊年初写了本书叫《绞杀者》，你应该知道吧？"张世杰反问道。

"听说过，具体不清楚。"顾菲菲说。

"那好，我们就从这本书说起。"张世杰看似早有准备，举起一根手指示意说，"第一，据说耿昊这本新书销售相当火爆，近几个月他一直忙于全国各地的签售和讲座活动，在本市待的时间不多。我们通过经纪人确认了他的行程，令人生疑的是，每当发生凶案时，耿昊便于前一天飞回本市，而且没有人能证明他在案发当天的行踪，甚至连这一次队里收到快递，他也是前一天才回来，我们认为这绝不只是一个巧合。

"第二，2007年本市曾发生过与'4·23'案相似度极高的恶性系列案件，我们称之为'3·19'案，鉴于案情特别恶劣以及某些细节对串并案件有关键作用，该案有部分情节被严密封锁，至今仍未向社会公开。而耿昊的新书就取材于这宗系列案件，某些故事情节明显是在影射我们未公开的……"

"您所指的未公开的案情细节是什么？"顾菲菲打断张世杰，插话问道。

"虽然当年案件死者尸体均是被家人先发现的，但所幸在给他们做完笔录之后，我们发现这些家属只大概记得死者脖子上有丝袜，却都没注意到丝袜被系成了蝴蝶结，所以我们警局内部统一思想，把这一情节严密封锁起来。一方面，认为这种变态的举动流传出去，易助长凶手嚣张气焰；另一方面，则是有利于我们甄别案件的同一性。而耿昊笔下的凶手同样利用丝袜在死者脖子上做文章，只是把蝴蝶结改为红领巾的造型，所以我们认为他其实是了解内情的，只是出于某些目的做了创作上的修改。"张世杰解释说。

"我听明白您的意思了，如今两起命案实质上是模仿早年间的系列案件，而该案的某些细节至今仍未解密，原先通晓作案手法的只有凶手本人与核心办案人员，现在您认为又多了个耿昊。而偏偏在他新书出版之后，又冒出作案细节相似度极高的案件，再综合光碟上提取的指纹证据，以及未有案发时不在现场的证据，耿昊便有了足够的嫌疑，是这样的吧？"

顾菲菲总算理顺了些事情的脉络，随之心里也蒙上一层阴影。张世杰这边虽说办案逻辑没有问题，可说到底掌握的都只是间接证据，甚至还有些推论，

仅凭这些就抓了耿昊，还亮出底牌，实在有些冒进，不知道是急功近利，还是真的彼此之间存有恩怨，她开始相信造成这种局面肯定有案子以外的因素，尤其耿昊不要求见律师，而是提出和她见面，估计是有难言之隐。想到这些，她开始觉得有必要尽快见到耿昊。

"现在可以谈了。"顾菲菲内心翻江倒海，表面仍不动声色。

"到饭点了，要不先吃饭？"张世杰抬眼望了下墙上的挂钟，试探着问。

"先谈吧！"顾菲菲心里清楚，张世杰不过是客气而已，他比谁都着急这次对话。

◎第二章　故人之殇

审讯室。

顾菲菲一脸淡然，稳坐在审讯桌后的椅子上，她关掉桌上的强光灯，打开照明灯，使得室内光线柔和了许多，也随之减少了几分紧张气氛。

不大一会儿，门开了，耿昊被带进来，乍一看到顾菲菲，写满疲态的脸上即刻展露出欣喜之色。顾菲菲冲他身后的警员点了下头，示意他可以出去了，接着又冲耿昊身前的椅子扬扬手，让他坐下说话。

"没想到你真的愿意千里迢迢来见我，真是太感谢了！"耿昊的语气颤抖，一副激动万分的样子。

"你要求见我，现在我来了，想说什么？"顾菲菲面沉如水，语气平淡。

"喀……喀……"耿昊脸上的笑容倏地消失了，也许是顾菲菲的态度让他感觉有点热脸贴上冷屁股，他轻咳两声掩饰着失落，接着表情异常郑重地说，"我是被冤枉的，你最了解我的为人，我怎么可能杀人，还是那些老人家，我是疯了吗？"

"可是证据对你不利！"顾菲菲针锋相对。

"我已经跟他们解释过很多遍了：那两起案子发生时我回到本市确实就是个巧合，而且好容易有一天清闲，真的不愿意出门，也不愿意见任何人，就一个人宅在家里听听音乐、喝喝茶、构思构思新的作品，对我来说很享受，我到哪儿找证人去？"耿昊有些激动地说，"至于那个留在光碟上属于我的指纹就更莫名其妙了，一定是有人在陷害我。"

"你觉得是谁，为什么？"

"说来话长。"

"没事，有多长说多长，我来就是听你说话的。"

"好，我说！"

几番言语试探，耿昊情绪失落感更甚，对面的故人对他如此警惕，以他们曾经的关系，令他心里很不好受。他使劲眨眨双眼，生硬地挤出一丝不自然的笑容，又下意识冲旁边墙上的镜子望了望，他知道镜子背后站的是谁，但眼下的情势也由不得他考虑那么多了，便语气低沉地说：

"可能一切问题都源自我的新书——在出版这本小说之前，我休息了很长一段时间，说好听点叫蛰伏，实质上就是写不动了。我的经纪人提议不妨换换思路，尝试写点当下年轻人青睐的犯罪悬疑题材，并建议故事借鉴多年前发生在本地的一宗连环杀人案。我很早就外出求学，接着又出国，对发生在我们这座城市的那起案子是闻所未闻。随后，我上网查阅了相关信息，当中许多情节都给我很大触动，于是决定以此案为大背景，加以符合逻辑的虚构，用'伪纪实文学'的方式把它写出来。为此我开始广泛搜集当年媒体对案件的报道，同时也通过网络搜索一切与案件有关的披露和讨论，当然自己也恶补了相当多的犯罪心理学等方面的相关书籍。

"问题在于反复看过所有资料，私下接触了几个当年对此案做过深入报道的记者，尤其对杀人者做过深入研究之后，我认为，真凶另有其人，所谓凶手的认罪很有可能只是某些好大喜功的办案人员导演的一出戏，借以捞取升迁资本，甚至为掩盖舞弊行为还做过更加惊人的举动。所以，我按照自己的总结，在书中做了相关的影射，我觉得可能刺激到某些人，让他们感觉不舒服了。就说前阵子那次打架吧，跟我真没什么关系，是我朋友喝多了跟人起了争执，我其实是拉架的，结果稀里糊涂也被拘留了。还有这次抓我的时候，我当时只是一时有些发蒙，下意识挣脱一下，撞倒了一名警察，这些人便说我袭警。我觉得他们是盯上我了，故意要给我点颜色看，而现在他们得到了绝好的报复机会，那个光碟上的指纹，兴许就是他们有意栽赃我的。"

"是不是当作家的，想象力都无边丰富？"顾菲菲微微翘起嘴角，语气尖锐地说，"我承认先前国内一些地区发生过几起影响甚为恶劣的冤假错案，但我仍然相信我的大多数同人都能够坚守法律和职业道德，依法办案！"

"如果不是他们，那会不会是真正的凶手？"耿昊已无暇顾及被冷淡对待，在他看来，必须得找个说法打动顾菲菲插手这个案子，否则此事对他的负面影响是无法估量的，于是他紧跟着又提出一种设想，"刚刚说了，我认为真正的凶手还逍遥法外，那么在书中需要对此做个交代，于是我把凶手设置成一个有恋母倾向的变态狂，成人之后在罪恶感的纠结下出现性功能障碍，只有在疯狂变态的杀戮当中才能获取性快感，侵犯的类型便是与他母亲一样喜欢穿丝袜的中年妇女。最后我以善恶轮回终有报的隐喻，给他安排了一个患睾丸癌暴病而亡的结局，以此来表达凶手就算能侥幸躲过法律的制裁，但老天爷一定会加倍惩罚他的理念！假设，不，我觉得有可能是事实，凶手若果真逍遥法外，那么他看了我的书，可能会唤起他许多'美好的回忆'；或者他可能很愤怒，认为我把他塑造得太过不堪，所以再度作案。一方面重温快感，另一方面对我和警察进行戏弄和挑战。"

"暂且不说这个，先解释下你为什么要在书中设置将丝袜系成红领巾模样的附加作案情节。"顾菲菲直直盯着耿昊的眼睛，"据我了解，外界应该没有这样的传言。"

"我说是我自己的创作思路，你信吗？"

"你觉得呢？"

"真的，我先前根本不知道有什么'丝袜蝴蝶结'，是他们这次审我的时候说了，我才知道。"耿昊急赤白脸地解释道，"'红领巾'的设置完全是从小说故事丰满度去考虑的，是母亲给孩子系红领巾这样一个场景的浓缩，是为了突出'母亲'在整个案子中的象征意义。"

"哦。"顾菲菲点点头，不得不说，耿昊的解释有一定说服力。

见顾菲菲似乎被说动了，耿昊趁热打铁说道："可是现在的情形你应该也能察觉到，张队他们明显对我有偏见，我很担心他们若始终抓不到凶手，会使出更加不择手段的伎俩。我有今天不容易，我听说你和你的团队很厉害，看在以往的情分上，帮帮我好吗？"

顾菲菲默不回应，眼睛直直盯着耿昊。毕竟眼前的男人她曾经爱过，眼下他陷入这样的境地，顾菲菲不可能抛下他不管，更何况她已然对案子有了些兴趣。沉思良久，她以矜重的姿态说："第一，你要知道，我出现在这里与我们之间的关系无关，我是冲真相来的；第二，直到现在，我仍然无法判断你清白与否；第三，如果希望我帮忙调查，那你必须承诺，假使真的查明案件与你无关，也要把这段经历咽到肚子里，不得借此炒作，给警方造成负面影响；第四，你要做好心理准备，你的经济往来、移动电话和网络通信记录等等，都会被彻底审查，你就毫无隐私可言了！"

"无论什么条件我都答应，只要能还我清白！"耿昊满眼期盼道。

稳住耿昊，顾菲菲走出审讯室，紧接着便推开隔壁观察室的门，眼见杜英雄、艾小美以及张世杰正隔着单向玻璃盯着耿昊。张世杰转过身冲她微微点头，接着走到她身边，淡淡地抛下一句话："我们可以配合你，但没有太多时间，毕竟用袭警的由头也关不了他几天。"

张世杰这种姿态也算是会做人，毕竟是他一个电话把人家招来的，现在人家想把事情彻底搞清楚，他也不能太不近人情，尽管他心里并不情愿。当然，顾菲菲在整个问话中表现出的谨慎姿态和忠于警方利益的立场，也让他心里十分受用。

"谢谢！"顾菲菲若有所思地点了点头，紧跟着抿了下嘴唇，面露尴尬地说，"算是我一个私人请求吧，麻烦您交代下去，一定不要把耿昊被调查的消息透露出去！"

　　"行吧，没问题！"张世杰鄙夷地"哼哼"两声，又特意深盯顾菲菲一眼，推开门走了出去。

◎第三章　峰回路转

支队技术处，法医科，次日一早。

接待顾菲菲的是一个年轻的女法医，名字很好听，叫钟欣颖。小姑娘谦虚乖巧，一口一个顾老师叫着，对她极为尊崇。

钟欣颖引着顾菲菲进到解剖室，从一排冷藏柜中抽出一具被剃光头发的女性尸体，她轻轻扶起被害人的脑袋，将其脑后挫擦伤向顾菲菲展示之后，说："后脑部有多处头皮血肿，皮下有出血，面部肿胀，鼻骨左翼部骨折，左右两侧耳部有不同程度鼓膜破裂，系徒手暴力袭击所致，死亡原因为丝袜勒颈导致的机械性窒息。"钟欣颖向前紧走两步，再抽出一个冷藏抽柜，另一个被害人的尸体便显现出来，钟欣颖指着其面部说："这个也差不多，同样遭到徒手偷袭，挫伤部位分布于前额以及头部两侧额骨附近，有皮下出血，两侧蝶骨和颧骨都有不同程度骨折和骨裂。凶手当时应该是拽着被害人头发，将其头面部向地板上猛撞，随后翻过来，双拳左右开弓，对其正面又施以重击。脖子上发现了扼痕和勒痕，甲状软骨上角和舌骨大角均出现骨折，表明搏斗中被害人其实已经被凶手用双手扼死，可能为防范万一，凶手最后还用丝袜对其进行绞杀。两名被害人均遭到恶意性侵，但未采集到体毛和精液等可以指向凶手的物证，也未发现保险套外部的润滑剂残留，初步判断凶手应该是采用了体外射精的方式，并做了妥善清理。"

"与'3·19'案对比，你有什么看法？"顾菲菲耐着性子听完年轻法医的报告，开口问道。

"我特意调出以前的报告仔细研究过，如果只是从尸检的角度来说，我认为是相同案件的延续。"钟欣颖不假思索道。

"好吧，先这样，辛苦啦！"

顾菲菲微笑一下，伸出手，钟欣颖赶忙迎上来握住，做出一副诚挚表情道："您是我的偶像，今天能见到您真是太荣幸了！"

痕检科。

由于凶手作案时戴着手套，作案后又非常精细地清理过现场，所以现场勘查未发现任何有关凶手的物证。这一点倒也不出顾菲菲所料，她感兴趣的是系在被害人脖颈上的丝袜，可以说，整个作案过程中，凶手在"丝袜"上的动作是非比寻常的。当然，在她的印象里，耿昊似乎从未表现出对女性穿丝袜有特别的偏好。

这次接待她的是一位戴眼镜的男技术员，面相看起来也很年轻，他将两个带有编号的证物袋递给顾菲菲，紧跟着介绍说："1号被害人丝袜有破损，上面有其指纹和皮屑以及血迹残留，从血迹走向来看，有部分滴落型血迹，经比对，均属于被害人本人，表明凶手当时是脱掉被害人穿在腿上的丝袜将之勒死的；2号被害人的丝袜则毫无破损，上面只有本人的指纹和沾染型血渍，说明她被袭击时没有穿丝袜，凶手大概是把她打晕之后，在她家中找了条洗过的丝袜。总的来说，丝袜都属于被害人本人，非凶手带入作案现场，在这一点上与'3·19'案是一样的，将丝袜系成蝴蝶结的手法，也如出一辙。"

技术员介绍着，顾菲菲也没闲着，戴上手套分别将两个证物袋中的丝袜取出，先用肉眼观察，再用双手使劲抻了几下，仔细研究一番后把丝袜又装回证物袋中，接着便陷入一阵思索……

见顾菲菲有些愣神，似乎在纠结什么，技术员心虚地问："怎么，您觉得有问题？"

"不是你，是凶手的问题，我有点想不通。"顾菲菲皱着眉头，满脸疑惑地说，"纵观两起案件，看得出凶手对'穿着丝袜'的'老龄女性'有一种特殊情结，也就是说'是否穿丝袜'和'老龄女性'，是他选择作案对象时两个必不可少的考量因素。但从鉴定结果看，2号被害人遇害当天并没有穿着丝袜出门，凶手又为何会锁定她呢？"

"可能她平时也经常穿丝袜，只是恰巧遇害当天没穿而已。"技术员用力想了想说。

"首先，变态杀手都是完美主义者，只有完全符合他想要猎取的目标的模式，才能最大限度激起他作案的欲望；再一个，2号被害人平时应该不怎么穿丝袜。"顾菲菲显然刚刚就在琢磨这个问题，她指指两个证物袋，神色笃定地说，"你看这1号被害人的丝袜，材质是最普通的尼龙丝，弹性和透明度都一般，价格也很便宜，对丝袜穿着率高的老龄女性来说，是个实惠的选择；而2号证物袋中的丝袜就相对高级得多，材质是天鹅绒的，质感、触感和透明度都非常好，对一个退休工人来说，可能只有在比较正式的场合才舍得穿，更别说每天穿着去送外孙和到菜市场买菜了。"

"这……这方面我倒丝毫没注意到。"男技术员不自然地摸着后脑勺，想了想说，"这样看来，凶手有刻意误导之嫌，想让咱们认为两起案件都有丝袜的因素在，更主要的是想造成与'3·19'案高度相似的假象。"

"对，有这种可能。"顾菲菲点点头，四下看了看，问，"凶手寄来的光碟呢？"

"光碟上面擦拭得很干净，指纹是在塑料外包装袋右侧底部提取到的。"男技术员侧侧身子，从物证柜中取出分别装着光碟和外包装袋的两个证物袋交到顾菲菲手中，然后冲着身前的办公桌上指了指，说，"指纹贴片在这儿。"

顾菲菲略微向桌上扫了一眼，随即把注意力拉回到手上，她对已经完整提取的指纹没兴趣，她急于搞清楚的是，如果真如耿昊所说，他从未见过这张光碟，那么他的指纹怎么会落在包装袋上呢？

　　顾菲菲同样先用肉眼打量一番光碟和包装袋，然后把它们放到身前的桌上，顺手操起桌上的放大镜，挨个观察起来……屏气凝神好一阵子，她单独拿起光碟外包装袋，沉着脸，紧皱双眉走到靠在墙边的仪器台上，将包装袋放到显微镜下继续观察。少顷，她抬起头，眉头已舒展开来，冲技术员勾了勾手指，用眼神示意他也过来看一下显微镜，技术员赶紧凑过来，将眼睛贴到透镜前……再抬起头时，脸唰的一下涨红起来，眼睛不自然地眨着，显出一副羞愧不已的样子……

　　"袋子上好像有纸屑附着迹象，而且附近还有一小道似乎被黑色水性笔轻轻画过的痕迹。"男技术员声音很轻，显然知道自己漏掉了很关键的证据。

　　"准确点说，在距离发现指纹部位一厘米处出现纸屑物和非常模糊的黑色线条，这也许意味着它们与指纹是一同被'转移'到光碟包装袋上的，再结合耿昊的职业特点，指纹的出现就非常可疑了，对吗？"顾菲菲直视着技术员，语气中带些前辈教导晚辈的意味。

　　"是我工作不严谨，要多向您学习。"技术员一脸惭愧地说。

　　"其实我们的工作不仅仅是发现证据，还要清楚证据是如何出现的，这样它才更有说服力，以后要多加油啊！"顾菲菲微笑一下，拍拍技术员的胳膊，以示鼓励，紧跟着掏出手机，拨出一个号码……

　　在顾菲菲走访支队技术处的同时，杜英雄和艾小美联系上耿昊的经纪人田霜，在她的引领下，两人进入耿昊位于市中心地段一处高档住宅小区内的住所。

　　房子是三居室的，客厅带着大落地玻璃窗，白色的吊顶、素淡的黄色墙壁，加之全套的白色家具，使整个客厅显得尤为大气雅致，看起来倒蛮符合耿昊的气质，阳光、有冲劲。

　　田霜40多岁，相貌姣好，化着淡妆，穿着白色衬衫、灰色窄裙，一身标准白领装扮，乍一看便知道是个干练圆滑的女人。她热情邀请二人落座，熟练地

从茶几柜中拿出两只干净杯子，边挽着衣袖边询问二人是喝茶还是咖啡，俨然半个主人的架势。杜英雄摆摆手，指着侧边沙发让她坐下说话；艾小美则问清楚书房的位置，随即起身走了过去。

"你们一定搞错了，我们耿昊怎么可能去做那种事呢？他现在的情况到底怎么样？我现在也有点发蒙，是不是该给他请个律师？"没等杜英雄说话，田霜先情绪激动地连着发问。

杜英雄并没有接话，安慰似的抿嘴笑笑，抬眼瞅了瞅对面电视柜上摆着的一排镶有耿昊照片的相框，似乎在等待经纪人平复情绪，好一会儿才拉回眼神，望向田霜问："耿昊平日的工作计划和行程是怎么安排的？"

"是由我来定的，尤其有新作品出版期间，宣传和各种活动比较密集，我通常都会在一两个礼拜前就把行程表拟定好。"田霜语气平缓了许多。

"据说你们前一段时间大都在外地出席各种活动，可是中间4月22日和5月6日分别回到本市，而且只停留两天便又去了外地，干吗要这么费事折腾一趟，是耿昊要求的吗？"杜英雄接着问。

"根本不是，耿昊向来在工作配合度方面都做得很好，除非出现紧急状况，才会稍微提一下更改日程安排。"田霜猛摇两下头，解释说，"你说的这两个日程我先前已经跟你们警方解释过，一个是因为隔天下午在本市财经学院有一场演讲加签售活动；另一个是因为隔天耿昊要出席朋友公司成立十周年的庆典活动。"

"那几天他有特别交代让你别打扰他吗？"杜英雄问。

"我们心照不宣，我们俩近几个月一直在外地跑，好容易回来有几天的空闲，我也想让他彻底放松，好好休息休息；再说我也是有家庭的人，也想陪陪老公和孩子！"田霜的解释倒也入情入理。

"耿昊在近一段时间精神状况怎么样？有什么异常举动吗？"杜英雄问。

"挺好的啊，今年以来状态一直不错，尤其相比去年来说。"田霜深吸了一口气，跟着解释说，"因为去年正处在创作期，又是第一次尝试犯罪题材小说，他心理压力非常大，经常没日没夜、不知疲倦地钻研犯罪细节和揣摩罪犯心理等，整个人都沉浸在一种特别压抑的情绪中，让我感觉他都有点魔怔了，好在现在一切都过去了。"

"你们合作多长时间了？"杜英雄问。

"差不多四年了，他第一本书是我邀请他写的，当时我在本地一家出版公司做策划编辑，后来他开始有了名气，而且越来越大，需要一名经纪人帮他处理日常琐碎的工作。再有，我是他姐姐小学到高中的同学，她也特别托付我照顾他。他姐姐因工作原因现在把家安在海南，他父母觉得那儿的环境和空气好，便都跟了过去。耿昊一个人在这边生活，我拿他当亲弟弟一样，不论是工作上还是生活上都尽量照顾好他。"田霜也把眼神投向电视柜上的相框，眼神中掠过一丝疼惜。

"你们相处这么长时间，你觉得他对成熟女性和丝袜有特别关注吗？"说这话时，杜英雄特意上下打量一眼田霜。

"胡说，哪儿有！"田霜语带愠怒道，"不谦虚地说，我也算有些姿色的成熟女性，平时穿裙子和丝袜的时候也比较多，耿昊可从来没有对我有任何轻浮的举动。再说，先前他一直都有稳定交往的年轻对象，差点就结婚了，只不过中间出现些波折，分手了。"

与女经纪人一番交流过后，杜英雄在房间里四处瞅了瞅，没看到异样之处，然后也走进书房。此时，艾小美正兴致勃勃地摆弄着一台笔记本电脑，眼睛睁得大大的，嘴角挂着一丝狡黠的微笑，听到门被推开的动静，赶忙收敛起笑意，装作一本正经地盯着电脑屏幕。

"干吗呢，有发现吗？"眼见艾小美虚头巴脑的样子，杜英雄一脸狐疑地问。

"没什么，很正常，台式机耿昊不怎么动，平时主要用的是这台笔记本电脑。"艾小美朝写字桌上指指，说，"两台电脑我都仔细检查过，没发现可疑的文件，硬盘里大多存储着一些学术资料和写作素材，上网浏览的也都是正常网站，如果耿昊没有隐藏别的电脑的话，简直太正派了，一点你们这些臭男人的阴暗面都没有。"

"我怎么听不明白，啥叫我们这些臭男人的阴暗面？"杜英雄明知故问。

"拉倒吧，你们这些臭男人有几个电脑里没存着性感美女照片的！"艾小美故意白了杜英雄一眼，语带不屑地说。

"你个丫头片子，装得挺懂男人似的，哎，不对啊，你别转移话题……"杜英雄有些醒过味来，"我刚进来可是看你小脸兴奋着呢，有什么瞒着我，赶紧从实招来！"

"嘻嘻，你看出来了，别嚷嚷，小点声，别让外面听到。"艾小美吐了下舌头，嬉皮笑脸起来，然后猛按几下鼠标，将电脑屏幕转向杜英雄，放轻声音说，"我发现了个隐藏加密文件，破解开来就看到了这些照片，够劲爆的吧？"

"哇！还说没有美女照片！哎，这是顾姐的照片……天哪，这还有在海滩上照的……顾姐穿着比基尼……还有这么多顾姐和耿昊的合照……看起来挺亲密的……"杜英雄不禁目瞪口呆，半张着嘴，愣了一会儿才说，"原来他们曾经是一对恋人，我说这一路顾姐咋心神不定的！"

"我就说他们关系不一般吧！"艾小美撇着嘴雄赳赳地说，随即脸上现出一丝难色，"这照片的事跟不跟顾姐说啊？"

听小美这么一问，杜英雄赶紧把电脑屏幕转回去，摆着手说："你该说说，但千万别说我看过，顾姐要是知道我看过她泳装照，非扒了我的皮不可。"

杜英雄和艾小美在书房里又待了会儿，聊了聊刚刚与女经纪人的对话，之后两人整理好情绪走出来，看到女经纪人正愁容满面地坐在沙发上，抱着笔记本电脑一通乱敲，艾小美灵光乍现，走过去问："这是你的电脑？"

"对啊，是我的。"田霜紧鼻皱眉说，"耿昊不明不白被抓了，这么多商定好的活动都只能推的推、延的延，我天天都得应付好几拨合作方，跟人家要不说耿老师得重感冒了，要不说脚崴了，要不就说腰闪了……反正能想到的理由都用上了，也不知道瞒到啥时候是个头，愁死我了！"

"把你电脑给我看一下。"艾小美冲田霜伸出手。

就在艾小美接过女经纪人的电脑时，杜英雄的手机也响了，来电显示是顾菲菲，接听一阵过后，他冲田霜问道："耿昊是不是有专门的签名笔？"

◎第四章　洗清嫌疑

午后，顾菲菲通知张世杰，让他召集办案组骨干人员到会议室，针对耿昊身上的疑点集中做些交流，其实这样的措辞只是客气而已，至此时基本已经可以证明耿昊是被陷害的。

会议开始，杜英雄打头阵发言：

"我们跟耿昊的女经纪人会过面了，耿昊所有的工作计划和行程都由她一手安排，至于两个案发日前耿昊回到本市，是因为要出席商业活动，这一点我跟活动主办方也确认过，确实都是早先就约定好的。

"据女经纪人反映，耿昊近一段时间精神状态特别好，新书受欢迎程度和畅销度超越他以往所有的创作，随之而来的商业活动也是应接不暇，即在事业和财务收益方面，耿昊都处在一个飞跃的上升期；至于感情方面倒是有个小小的挫折，去年年底他与相恋多年的女友分手了，不过对方是个非常年轻的女孩，与眼下本市恶性系列案件被害人类型是迥然不同的；另外，耿昊从未在任何场合表现出对老年女性和丝袜的特别关注，他的阅读物和电脑中也未有此类资料和照片，我们也未发现他在网络上浏览畸形性爱影片和图片的痕迹。总之，从目前掌握的有关耿昊的背景资料来看，他不具备作案动机。

"当然，心理畸形犯罪，也就是变态犯罪，可能不需要什么客观动机，但是对罪犯来说，必定会有一个刺激性因素，如果就这一点来说，非要往耿昊身上套，倒也能找出一个说法——也许在创作新书的过程中，由于对犯罪情节的揣摩过于投入，他心志模糊、走火入魔，想要切实体会书中所描述的犯罪快感。不过，这种推论太过戏剧化，可能我们在文艺和影视作品中会看到，现实生活中是非常罕见的，也许是我孤陋寡闻，所以从未听说过此类型案件发生。"

杜英雄一番长篇大论过后，艾小美接着说道：

"就我同事小杜的分析，我补充一点，关于两个案发日与耿昊回到本市时间点存在相近的情况，应该并不是巧合，是有人刻意造成的。小杜刚刚介绍过，耿昊的日常活动是遵从他经纪人的安排，而这个经纪人通常都会提前一两个礼拜做好一份详尽的行程计划表，存档在她随身携带的笔记本电脑里。我对电脑做了技术测试，发现在案发前，系统被偷偷入侵过，方法很简单，也很有针对性。因为接洽各种工作和活动的关系，经纪人会把她的邮箱、电话和QQ号码等公布在网络上，而入侵者正是以联系工作为由头，通过聊天软件偷偷将木马程序植入她的电脑，从而盗取所需资料，事实也证明，入侵者确实浏览过行程计划表。我试着反向追踪入侵者的网络足迹，IP地址显示，源头为公共区域的免费Wi-Fi；至于木马软件，在一些网络商业平台上很容易就能买到，如果内行一点，在一些黑客论坛上也能够轻松下载，很难找到源头。"

最后由顾菲菲来做重要释疑：

"虽然前面已经说了很多，但各位应该更想听我解释有关指纹的问题，那就先说一下结论——指纹也是有人刻意栽赃给耿昊的。各位可以看到我身前桌上有一本耿昊的签名书，还有经纪人专门为他准备的签字笔，以及办案组收到的装光碟的塑料外包装袋。我跟咱们痕检科的同事对包装袋重新做过检查，于显微镜下，我们发现在先前提取指纹处附近有纸屑黏着迹象，并且还发现一道很难用肉眼观察到的水性笔画过的痕迹。随后通过有针对性的鉴定比对，确认包装袋上的纸屑材质与耿昊这本新书签名页上的材质完全吻合，同时包装袋上的水性笔痕迹与耿昊这支签字笔的水性墨水也是完全匹配的。说明有人通过不干胶处理法，将耿昊留在某本签名书上的指纹转移到光碟包装袋上，由于手法不够专业，连带着也把粘在不干胶上的纸屑和不小心粘到的签名笔画转移到了包装袋上。"

…………

　　耿昊被陷害的证据相当充分，会议结果便可想而知，办案组负责人张世杰正式表态，排除他的作案嫌疑，同时也算买顾菲菲一个面子，表示对他袭警的行径也不予追究，即刻将其释放。不过因为毕竟案子牵涉他，所以近一段时间不能离开本市。

　　手里没了耿昊这张牌，西州市恶性系列奸杀案便走进死胡同，对接下来的办案方向，张世杰心里也是一片茫然，到底是模仿作案，还是真有所谓的"3·19"案真凶再度作案呢？这是两个极端的方向，必须要谨慎判断，否则浪费警力和时间不说，还可能会让更多市民成为被害者，因此他觉得需要通过更专业的视角来甄别，尤其刚刚近距离见识了支援小组这几个貌似经验尚浅的年轻人在办案方面体现出的专业性、科学性、实效性，令他们这些自恃是老资格的刑侦人员感到望尘莫及。

　　所以顾菲菲等人回到宾馆收拾行囊没多久，张世杰便拍马赶到，言辞恳切地提出挽留，邀请他们加入本次案件侦办工作，并表示稍后会通过局里正式向总局支援部提出支援申请。而对顾菲菲而言，若此时甩手走人，心里还是有些遗憾，尤其凶手陷害耿昊的动机尚不明朗，让她对耿昊的安危感到忧虑，便表示只要支援部批准，他们这边就没问题。

　　接近傍晚，耿昊突然出现在支援小组下榻的宾馆。

　　此时的他，一身白衣白裤，自信挺拔、帅气逼人，早前的狼狈模样已消失得无影无踪。说是已在某高档酒店订好晚宴，一来，算是为他自己压惊；二来，更是要答谢三人千里迢迢的相助之恩，请三人务必赏光。

艾小美面对耿昊这种比韩印还帅气的潮人自然是免疫力低下，显得十分雀跃；杜英雄鉴于耿昊与顾菲菲之前的关系，本能地对其保有几分警惕和排挤，便一副兴致不高的样子。于是两人都望向顾菲菲，等着她拿主意。顾菲菲这回倒是答应得很爽快，不过抱歉地表示，自己稍后要到机场接机，只能让两个小家伙代表了。

顾菲菲如此说法，着实很扫耿昊兴致，他脸上的笑容有些僵硬，但很快便又展现出很好的风度，热络地拉着艾小美和杜英雄出了门。只是身影快要消失的一刹那，他回头瞥了顾菲菲一眼，眼神中透出一种复杂的情绪——似乎有某种期盼，也有些许感伤。

◎ 第五章　韩印驾到

顾菲菲说去机场接人并非托词，鉴于眼下支援小组即将正式接手案件，案件性质又相当恶劣，并具有未知的延续性，韩印此时加入便顺理成章，也势在必行。不过这一次顾菲菲心里却有种从未有过的纠结，她当然愿意与韩印搭档办案，也相信以他的人品和修养，应该不会介意她过往的情感经历，令她头疼的是耿昊。这几次接触下来，她感觉耿昊对她似乎余情未了，尤其又听艾小美提到他电脑中至今仍保留他们交往时的照片，心里便更加忐忑了，她担心接下来耿昊会一厢情愿地做出令大家都尴尬的举动。可问题是眼下在西州市发生的一切，于公于私她都无法置身事外，也只能走一步看一步了。

从机场把韩印接到宾馆已经夜里10点多，帮他办好房间、安顿好行李，顾菲菲到隔壁自己房间捧来两盒方便面和几袋榨菜，提议晚饭就这么对付。正张罗着沏水泡面，虚掩的房门在一阵吵嚷声中被推开，杜英雄和艾小美一人手里拎着一个大口袋走进来。

艾小美抢前一步，喜滋滋地说："看，我说嘛，一定是韩老师到了，你还不信！"

"没想到您这么快，我还以为您赶不上飞机呢！"大概是有段时间没见到韩印了，杜英雄显得十分兴奋，声音扬得很高。

"运气不错，临时买到一张末班机的退票，一路上都挺顺利的。"韩印温和地笑笑说。

"呀，还吃什么泡面，我们特意给你们打包了好多好吃的呢！"艾小美说着话，走到茶几旁，将装着餐盒的袋子放上去，顺手把泡面拿到一边的写字桌上。

"对，吃这个，耿昊出手倒是蛮大方的，一顿饭花了好几千！"杜英雄附和着，也走过去，放下手上的袋子。

"耿老师真是太优秀了，人长得帅，谈吐还特别幽默。顾姐你是没去，这顿饭吃得可开心了。"艾小美麻利地拿出餐盒，又拿出筷子分别递给韩印和顾菲菲，眉飞色舞地说。

"请你吃个饭，讲两个笑话，弄得像要以身相许似的。"杜英雄接下话，揶揄地说。

"要你管，大叔就是比你们这些幼稚鬼有魅力！"艾小美白了他一眼，嗔怪道。

"好了，还有完没？"顾菲菲拖长语气，摇摇头，无奈地说，"就没有你们俩不能吵的话题！"

"耿昊是谁？"韩印掰开方便筷，看似随意地问道。

"噢，刚刚的菜太咸了，我回房间喝点水。"

"我也回屋去，吃撑着了，想上个洗手间。"

韩印突然一问，顿时把两个小家伙问愣住了，屋子里热乎的气氛也瞬间冷掉，两人都瞅向顾菲菲，又转头对视一眼，心里便明白了七八分——敢情顾姐到现在还没跟韩老师提过耿昊。这种事外人可不能跟着瞎掺和，两人各自找个由头，急急忙忙地跑掉了。

韩印没想到自己顺嘴说出的话，竟然一下子把两个小家伙吓跑了，心里很是莫名其妙，便纳闷地望向顾菲菲。顾菲菲一脸平静，她本就没想隐瞒什么，只是觉得一句话两句话说不清楚，于是在电话里以及从机场来的路上她都没有提及。此时，她迎着韩印疑惑的目光，抿嘴淡然一笑，冲茶几扬扬下巴，说道："边吃边说吧……"

　　一顿饭的工夫，顾菲菲将从深夜接到张世杰的电话，一直到支援小组正式接手系列奸杀案，原原本本向韩印做了交代，并开诚布公地解释了她和耿昊之间的关系。如她所想，韩印脸上始终挂着他标志性的浅笑，也没有过多言语，凝神听完她的讲述，便陷入一阵思索。顾菲菲明事理地没有去打扰他，默默把茶几收拾干净，又贴心地用纸杯盛了杯热水放到他身前，然后才坐下来耐着性子等他来打破沉默。

　　"这个案子确实挺复杂，首要的是，咱们得搞清楚眼下案子是模仿还是延续早年间的系列作案。如果是后者就太难办了，还得厘清当年为什么会抓错人，而真凶又有怎样的背景，以及复出作案的刺激性诱因与心理动机等。"韩印一开口便把关注点放到办案上，他咽了下嘴，又沉吟了会儿说，"这样，明天让办案组将现在与早年间的案件卷宗资料全都交给咱们，我和英雄深入研究一下，可能还要去现场做下模拟。你和小美去找耿昊好好聊聊，让他帮着想想凶手有可能获得他签名书的渠道，看看能否从那方面找到突破口。"

　　"好，就这样办。"顾菲菲使劲点了两下头说，表情显得极为轻快，虽然她一早便知道韩印不会太纠结她和耿昊的事，但未想到他竟会只字不提，心里便更加欣慰和感激了！

　　次日上午，顾菲菲和艾小美敲开耿昊的家门。见到两人，耿昊自然是喜出望外，又是沏茶端水，又是切果盘，还端上来他亲手烘烤的小蛋糕。见他颇为热情，顾菲菲也不好意思制止，只能任他忙活。

　　"这段时间你不能离开本市，应该会耽误不少工作吧？"等到耿昊坐下来，顾菲菲关切地问候一句。毕竟他们曾有过太多美好的回忆，现在耿昊身上的嫌疑也洗清了，没必要把气氛搞得太僵。

　　"没事，满世界折腾将近大半年，我也累了，正好休息一段时间，也给田姐放放假。"耿昊使劲摇摇头，接着摊开双手，语气轻快地催促说，"快、快，尝尝蛋糕，今早刚烤好的，就好像特意为你俩准备的似的。"

"哇，味道好极了，没想到你还有这一手！"艾小美轻咬了一小口，语气浮夸地说。

"小意思，我可不止这一手。"耿昊饶有意味地看了顾菲菲一眼，"不信可以问问你领导，有机会再给你露两手，中西餐都没问题，保证比外面大饭店做得还地道。"

这点耿昊说得没错，在国外时两人的饮食差不多都是他负责，那时他还会经常换着花样设计些特别的甜点逗人开心。仔细想想，耿昊确实是个不错的男人。看着手里的蛋糕，一瞬间，顾菲菲心里一阵感慨，视线不禁在耿昊脸上凝住了，没承想正与艾小美有说有笑的耿昊也回望过来，她便赶紧把视线错开，轻咳两下，掩饰着尴尬说："咱们说点正事，现在已基本确认，陷害你的人就是两起强奸杀人案的凶手，他通过你签过名的新书获取你的指纹，我们想知道，通常得到你签名书的渠道都有哪些。"

"方式还蛮多的，主要可以通过电商平台网购，我自己也会邮寄几十本给朋友和一些多年支持我的忠实读者，当然，最直接的还是现场签售活动。"耿昊略微沉吟了一会儿，接着说，"这个事我自己也琢磨过，前两种方式中间环节太多，很难保证留在书上的就是我的指纹，如果我是那个栽赃者，我会选择第三种，他可以在现场很真切地观察到我签名时手指摆放的位置。还有，张世杰放我的时候，大概说了下指纹的事，从指纹留在栽赃者手里的那本签名书上的位置来看，也符合我在现场签售时的签名习惯。"耿昊停下话，起身走进书房，回来时手里多了一支签名笔和一本他的新书，他示范着说，"在活动现场，书迷比较多，为提高效率，田姐和一个工作人员会站在我左右两边，一个帮我接过读者的书翻到签名页，一个负责把我签好的书递回给读者。因为我是左撇子，所以我那时通常都是用右手食指或中指搭在签名页上，然后用左手紧挨着签下名字，可能就造成了凶手在作假时不慎把签名的笔画也转移到包装袋上。"

"分析得有道理，确实我们提取到的是你右手中指的指纹。"艾小美接下话，有针对性地问，"你在本地搞过几次签售活动？"

"应该有五场，"耿昊仰头稍微想了下说，"有四场是本地高校专场，只有大概一个半月之前——应该是4月5号，在新华书店那次活动是完全公开的。"

"那就从新华书店开始查！"顾菲菲斩钉截铁地说道。

"我跟你们去吧？"耿昊心里明白，顾菲菲这么说其实就等于认同他的分析，心里不禁一阵兴奋，毛遂自荐道，"那边的领导我都熟，你们查起来也方便。"

"让耿老师去呗，咱能省不少口舌呢！"等不及顾菲菲表态，艾小美急着从旁帮腔道。

"好吧。"顾菲菲撇了一下嘴角，似笑非笑地点点头，她看得出，小美这丫头彻底被耿昊迷住了。

离开耿昊家前，顾菲菲让他先给经纪人打个电话，问问活动当天她有没有注意到形迹可疑的人，但经纪人在电话那边想了半天也未想出什么来，之后三人便上了耿昊的车，用时20多分钟，就来到了新华书店。

耿昊带着两人来到大堂一角，表示当日活动签售台就设在那儿，环顾四周，并没有看到监控摄像头，顾菲菲和艾小美都有些失望。接着耿昊找来几个参与活动的书店工作人员，可逐个询问过后也没问出什么名堂。随后三人去了二楼文学部，当日活动用书都是从这个楼层的卖场售出的，遗憾的是，引导员和收银员每天都要面对许多顾客，并且时间久远根本回忆不出当天的情景。好在艾小美注意到收银台的上方设有监控，算是有了一线希望。

随后，耿昊带着二人去见了书店领导，由于与耿昊熟识，加之顾菲菲此行又属于警方正常办案，书店方面理应积极配合，所以领导二话没说，亲自引着三人去了保安监控室，任由艾小美用U盘将活动当日所有的监控录像拷贝下来……

刑警支队小会议室现已正式改为支援小组办公区，靠近门边立着一块白色写字板，上面贴着几张被害人照片，能坐下十几个人的会议桌，差不多堆满了案件卷宗和相关文件资料，相对而坐的韩印和杜英雄正全神贯注地翻阅着——

关于"3·19"案：

案件一。时间：2007年3月19日下午3时许。地点：西州市武顺区欣乐街道欣乐2区85号楼3单元401室。被害人：江蕙，女，61岁，退休职工，女儿在外地工作，丈夫在一家个体饭店做厨师，早出晚归，江蕙大多数时间都是一个人待在家里。尸检与现场勘查显示：被害人赤身裸体，头面部曾遭拳头重创，下体部位严重撕裂，生理体征反映系死前遭到恶意性侵所致，因在尸体上和案发现场均未采集到相关证据，怀疑凶手采取了体外射精的方式；凶手是用被害人随身穿着的棉睡袍的腰带将之勒死的，腰带绕在被害人颈部，结扣处被系成蝴蝶结状；现场有翻动迹象，但只有钱夹中的现金被带走，金银首饰等贵重物品均未被动过；没有强行闯入迹象，现场未提取到任何可以指向凶手的线索。

案件二。时间：2007年4月25日上午10时许。地点：西州市武顺区欣乐街道欣乐4区145号楼1单元203室。被害人：刘琳，女，57岁，退休职工，丈夫过世，子女均成家单过。尸检与现场勘查显示：被害人被发现时赤身裸体，遭双拳轮番击打以及扼颈而晕厥；死前曾遭恶意性侵（怀疑体外射精），之后被凶手用随身丝袜绕颈勒死，且凶手将丝袜系成蝴蝶结留在死者脖子上；门锁没有被撬痕迹，有明显搏斗迹象，但在被害人尸体和衣物上并未提取到凶手指纹和衣物纤维等物证。

案件三。时间：2007年6月27日下午1时许。地点：西州市武顺区欣乐街道欣乐5区196号楼4单元501室。被害人：朱笑颖，女，59岁，退休职工，离异单身，两个女儿均成家单过。尸检与现场勘查显示：被害人被发现时赤身裸体，头面部遭双拳轮番击打，后被凶手用随身丝袜勒颈致死；死前曾遭性侵，丝袜缠绕在其颈部，结扣处被系成蝴蝶结状；门锁遭到轻微破坏，现场提取到犯罪嫌疑人指纹多枚，并于床头处发现精斑与唾液痕迹。

关于凶手：于作国，男，生于1983年9月12日，西州市人，无业，案前居住地为西州市武顺区欣乐街道欣乐4区139号楼2单元602室。系先天性癫痫病患者，单亲家庭，母亲为个体商贩。于2007年8月7日上午11时许，主动至欣乐街道派出所投案自首，提取其指纹和精液做技术比对，结果与第三起案件现场遗留的证据相匹配……

死亡证明：2008年5月6日11时30分许，西州市康健精神病院发生一起意外死亡事件。死者于作国，男，25岁，经我局对尸体进行检验，系颅脑严重损伤死亡。

…………

关于"4·23"案：

案件一。时间：本年度4月23日上午10时30分许。地点：西州市武顺区欣乐街道欣乐2区90号楼3单元201室。被害人：李芳……

案件二。时间：本年度5月7日上午9时许。地点：西州市武顺区欣乐街道欣乐2区75号楼2单元603室。被害人：孙佳慧……

…………

韩印和杜英雄差不多用掉整个上午，将两宗系列案件的卷宗资料通读了一遍，对案情和细节都有了一定的认识和了解，从行为科学分析的工作层面来说，这应该是最根本的一环，所有的推论和犯罪心理侧写都是源于此。

二人一直埋头于卷宗中，冷不丁停下来才发觉眼睛干涩得不行。韩印一手摘下鼻梁上的眼镜，用另一只手的手背轻揉着眼睛。杜英雄站起身来，使劲伸了个懒腰，又活动两下腿脚，随手从桌上拾起于作国的死亡证明书，举到眼前反复扫了几眼，又扔回桌上，讥诮地说："真是死无对证，人都死了，耿昊还不是想怎么写就怎么写。一个作家看过几本刑侦工具书还真把自己当专家了？要不咱现在去找他，敲打敲打？"

韩印凝神略微思索一下，抿嘴笑笑说："不着急，先让张队带咱们去现场看看再说。"

这边话音刚落，会议室的门被轻轻推开，一个年轻女警探进半个身子，说："二位领导，张队让我带你们去食堂吃饭。"

"好，这就来。"韩印扭头冲女警应了声，再转过来招呼杜英雄，"先吃饭。"

随女警到了食堂，二人一眼便看到顾菲菲、艾小美、耿昊和张世杰围坐在一张餐桌上。艾小美和张世杰冲他们使劲招手，又指指饭桌上的托盘，示意饭已经给他们打好了，二人便径直走过去。

这是韩印第一次与耿昊照面，未等顾菲菲言语，韩印就主动伸出手介绍自己："你好，我是韩印。"

"耿昊。"耿昊赶忙从椅子上起身，和韩印握了下手，"久仰大名，经常在报纸和电视上看到你的功绩，我小说中的主人公很多地方都有你的影子。"

"我的荣幸。"

韩印客套回应一句，坐下来，便不吭声了。其余人也都装作专注吃饭的样子，餐桌上只剩下筷子碰触的声响，气氛开始变得微妙。当然最尴尬的非顾菲菲莫属，与前任和现任男友同桌吃饭，就算问心无愧，也挺心虚。她开始气恼艾小美非要拉着耿昊过来吃午饭的举动，忍不住在桌子底下狠狠踢了她一脚。

艾小美毫无防备，半疼半吓地叫了一嗓子，周围就餐的人瞬间都望过来，场面好不尴尬。不过她还算机灵，龇牙咧嘴地揉了揉腿，装作刚刚才想起来似的说："对了，韩老师，我和顾姐这边有进展了。"

"耿昊大约一个月前在新华书店搞过签售活动，他怀疑凶手是通过那次活动搞到带有他指纹的签名书的。我们去了书店，通过收银台监控录像，锁定了一个嫌疑人，已经截图下发到各分局和派出所。"顾菲菲顺势接下话。

"耿老师可帮了大忙！"艾小美一边冲着耿昊谄笑，一边从背包中取出平板电脑，调出相关视频交给韩印，说，"喏，就是这个人，40多岁，穿着比较邋遢，怎么看也不像忠实粉丝的样子，还一下买了两本耿老师的新书，很突兀。"

韩印"嗯"了一声，还未待仔细观看，张世杰放在餐桌上的手机响了，他接过之后，一脸欣喜："找到了，视频中的人找到了！"

"这么快？"杜英雄惊诧地问。

"下面派出所有个片警觉得这小子挺眼熟，像是经常在他片区的自由市场附近揽活的一个外来务工人员，刚刚特意去确认了一下，还真是，人已经带到所里了。"张世杰解释道。

◎ 第六章　任重路远

派出所，审讯室。

姓名、年龄、职业、籍贯、现居住地等一通常规讯问过后，顾菲菲和艾小美了解到：坐在对面看起来老实巴交的男子叫方大民，外省人，平时靠打泥瓦匠散工为生……

"这个买书的人是你吧？"艾小美将平板电脑屏幕上的定格画面举到方大民眼前问。

"是、是，是俺。"方大民忙不迭地说道。

"你喜欢看书？"艾小美瞪着眼睛问。

"看不懂，书是俺帮别人代买的。"方大民摇了摇头说。

"给谁买的？"艾小美紧接着追问。

"不认识，俺真不认识。"方大民又是晃头又是摇手，急着想撇清自己，"俺就是帮人买了两本书，他做过啥坏事可跟俺无关啊！"

"你别慌，我们相信你，你把受人委托买书的经过说清楚就可以走了。"顾菲菲和颜悦色地安慰道，她看得出方大民只是被人利用了。

"好，俺想一想。"方大民憨憨地点点头，飞快眨巴着小眼睛，回忆一会儿，说，"上个月4号傍黑大概6点，本来那个时候一般我早回去了，可那天没揽着啥活，就想多待会儿。然后有个男的走到我跟前，说要给我点活干。他给我200块钱和一个小布兜，让我隔天下午1点到新华书店帮他买两本书，之后到一楼大堂排队等着让写书那人帮着签个名。他跟我说了书名和写书人的名字，还告诉我书店在哪儿、怎么坐车，说隔天傍黑还是那个时候来找我拿书，到时候再给我200块钱。"

"日子怎么记得那么清楚？"艾小美质疑地问。

"啥力气也不用出，就能挣那老多钱，我肯定记得！"方大民声音有些高，竭力证明自己没说假话。

"他有什么特别交代吗？"顾菲菲跟着问。

"有，让我仔细观察那个作家签名时候的姿势，特别是手都碰哪儿了，书签好后我也不能乱摸，要直接装到他给的布兜里。"方大民说。

"那人长什么样？"艾小美问。

"哪儿能看出他长啥样啊！"方大民感叹着说，"那时候天还挺凉的，他穿个黑色的长棉衣，戴了个毛线帽子和大口罩，还戴个线手套，反正捂得严严实实的。"

"讲话什么口音，身体有什么特征吗？"顾菲菲再问。

"听口音应该是本地人，声音有些哑，身材嘛……"方大民又使劲眨巴眨巴眼睛，想了一下说，"个子挺高的，感觉至少有一米八，有点驼背。噢，对了，走路有点瘸，一高一低的感觉。"

"欣乐社区"位于城区西北部，1997年始建，至2007年"3·19"案发生，已发展到五个分小区，至今更是形成八个分小区的规模，面积达9.3平方公里，为西州市内最大的居民住宅社区。由于地处城市边缘，又紧邻机场地带，房价在整个城区商品房中属于最低阶的，人口构成复杂，以低收入人群为主，基础配套设施落后，安保松散，为犯罪多发区域。

早年间"3·19"案中的三起案件，分别分布在欣乐2区、欣乐4区、欣乐5区。由于年代久远，房子也早已搬进新住户，入室考察价值不大，也免得人家忌讳，所以韩印更多的是留意周边的地理环境。总的来说：三个案发现场相距比想象中要远，周边环境也并不闭塞，其中一个所在的单元楼临近市场，还有一个临街，且楼下就是公交车站，只有中间第二起案子的现场算是在楼群深处。凶手屡次作案成功，未引起任何人注意，应该对整个小区都非常熟悉，这一点倒是与于作国的背景信息对得上。

眼下两起案子，现场只隔着几排楼，都出在欣乐2区。跟早年间案子一样，案发现场楼道出入口均未安装防盗门，有利于凶手对目标跟踪——提到防盗门的问题，张世杰是一肚子气，警方曾多次向开发商建议为整个小区楼道口统一安装防盗门，但开发商一直以资金周转问题为由，置之不理，不然凶手哪儿会那么容易跟踪目标到户。至于周边环境，相对来说要僻静得多，作案风险也较小。当然这一点不能说明任何问题，也有可能凶手个性谨慎，又或许与该住宅社区内老龄化群体越来越庞大，凶手比较容易猎取到心仪目标有关。

案发区域楼房均为小户型，一梯三户，两边是南北向户型，中间是双南向户型。"4·23"案中，两起案子现场房号分别为201室和603室，也就是说，均为两侧南北向户型。第一作案现场均在客厅中，与房门有一段距离，说明被害人系主动放凶手进屋的，那么会是熟人作案吗？韩印认为可能性不大，两名被害人都是外出回家不久便遇害，或许意味着她们是在回家的路上被凶手锁定并跟踪了。

从现场出来，三人站在街边简单议论了会儿，韩印提议："就'4·23'案来说，随机作案有一定的不确定性，凶手也未必没失过手。咱仨不妨分头行事，在这两个案发现场中间的居民楼内挨家挨户问问，也许会找到潜在目击者。"

"噢，相关排查，尤其针对被害人所住单元楼的住户，我们专案组先前已经细致盘问过，没有人在案发当日看到被害人与可疑人员接触，也未发现

有可疑踪影在被害人住房附近徘徊。"张世杰不以为然，觉得韩印此举纯属浪费时间。

"您误会了，我当然相信咱们专案组的排查工作，"韩印姿态不卑不亢，坚持着自己的思路，"我觉得也许有些居民根本没有意识到他们曾见过凶手。"

…………

结果正如韩印所想。

天刚擦黑时，住在欣乐2区93号楼里一位姓王的老阿姨，在杜英雄的耐心启发下，想起李芳遇害当天，早上9点半左右，自己曾经与一个男人讲过话。当时她刚散步回来，便听到有人在外面敲门，声称自己是煤气公司的，受公司委派，免费上门为居民检修管线设备和更换煤气管。那时王阿姨老伴也在家，她随口问了句老伴家里需不需要更换，等回头决定要换时，门外已经没人了。老两口觉得可能遇到骗子，就没怎么在意，先前办案人员盘问时也忘了提及。

"4·23"案首个现场所处单元楼为90号楼，与王阿姨家仅间隔两栋楼，对话又发生在案发一小时之前，那个听到王阿姨并非独自在家而悄然消失的煤气检修工十分可疑，连张世杰也不得不承认，他有可能就是凶手——当日他未在王阿姨身上得手，在路上又将刚跳完广场舞正欲回家的李芳锁定为目标，之后通过尾随，搞清楚住所，利用同样的借口，诱使她打开房门，发现家中并无他人后痛下杀手。另外，王阿姨当日遛弯时，也穿着一双肉色长筒丝袜，这就让上面的推测看似更加可信了。

至此，"4·23"案凶手选择目标的方式以及入室手段基本清楚，遗憾的是，王阿姨当日只是隔着自家门上的猫眼大致看到敲门者是个戴着帽子的男人，无法进一步描述出具体相貌。当然，没人会相信那个男人的身份真是煤气检修工。

　　看过犯罪现场，韩印觉得是时候与耿昊谈谈了，便让杜英雄打电话约下时间，耿昊那边倒很爽快，说半小时后在一家咖啡厅见。张世杰开车将两人送到约定地点，不过他懒得应酬耿昊，便先回队里去了。这也正中韩印下怀，若他在场，估计有些话耿昊也不太好说。

　　二人走进店里，在招待员引导下找了个幽静的座位，不多时耿昊也到了，彼此寒暄几句，一人点了杯咖啡，便开始切入正题。

　　"让你出来目的很简单，想听听你对'3·19'案有什么看法。"韩印眼睛看着耿昊，温和地问。

　　"关于那个案子，我想说的话都写在我的书里了。"耿昊低头用左手慢悠悠地搅着咖啡说。

　　"抱歉，时间太仓促，还没来得及拜读大作，不过大概意思我听他们提过，你怎么会认定凶手另有其人呢？"韩印顺势问道。

　　"这才是你们约我的重点吧。"耿昊停止搅拌动作，抬头哼了下鼻子，端起咖啡放到嘴边轻呷一口，说道，"从我一个创作者的角度来说，'3·19'案的最大亮点其实是杀人者于作国。他先天患病，家庭生活不幸，在穷困和病痛折磨中长大，青春期难以压抑性欲本能，致使他蜕变成一名残忍变态的连环杀手。后来他主动投案自首，却又在精神病院意外死亡。这一系列曲折离奇的人生变化，充满了戏剧性和可塑性，所以起初我看过网络上和报纸上关于他的一系列背景调查后，特别急于了解他的成长经历甚至是整个人生。我去了他在欣乐社区的家，但早已人去屋空。他父亲于得水早年抛下他们母子，不知去向，母亲在他出事时已身患绝症，没多久也离开人世。他在本地又没有别的亲属，我只好采访他住过的精神病院和他当年的代理律师，尽可能去挖掘他生活上的一些细节。而采访中意外从律师口中得知，他父亲其实后来出现了，我于是通过律师要到电话联系上于得水，见面之后对于作国的死便更加疑惑了。"

　　耿昊端杯喝口咖啡，缓口气，接着说："于得水当年离开西州后混得不错，开了家建筑公司，也再度成家，但老婆始终怀不上孩子，他倍感落寞，对亲生儿子便越发想念。2008年，他回到西州市，一打听才知道原配病入膏肓，儿子因杀人被收监在精神病院。他非常自责，后悔没有尽到做父亲的责任，才让于作国变成今天的模样。他特别想见见儿子，不过由于警方在侦查期间规定嫌疑人只可以与律师见面，所以只能委托律师带话，表达自己的关切和歉意，为表诚意，他还特别嘱咐律师把他的手机号码告诉儿子，但没想到父子俩终究还是没见上面。几日后的一个上午，于得水突然接到儿子的电话，在电话里于作国先是一阵沉默，很快又迫不及待地声称他其实并没有杀过任何人，于得水当时正在公司开重要会议，便没容他多解释，只是表示下午会带律师到医院，见面再详说，可就在那天的中午，于作国死了。"

耿昊的情绪愈显激动，说："人家上午想翻供，中午就死了，这难道不值得怀疑吗？我曾与张世杰私下探讨过这个问题，可他始终端着一副不屑的样子，声称他们当时办案的程序和证据没有任何问题。后来我从市局的熟人口中打听到，原来张世杰和'3·19'案办案组负责人——已经退休的老局长，都是因为在侦办'3·19'案时表现出色而获得晋升机会的，所以我觉得这里面绝对有阴谋。"

"如果你的结论是对的，那你觉得于作国为什么要做替罪羊呢？"耐着性子听完耿昊冗长的讲述，杜英雄立马抢白道。

"也许是他太孤独了吧，又或许被人利用了，我终究不是你们这样的专家，这个问题实在说不好。"耿昊略显犹豫地说。

"你都说不清楚，还在书里乱写一通？"本就印象不好，又见耿昊一副道貌岸然的姿态，杜英雄有点搂不住火。

眼见他声音越来越高，韩印赶紧使个眼色，制止他再说下去，跟着打圆场问："你有于得水的联系方式吗？"

"有，等一下……"耿昊当然不甘被怼，狠狠瞪了杜英雄一眼，才打开随身带的皮夹，"喏，这是他的名片。"

　　与耿昊的会面以不欢而散收场，杜英雄仍气愤难平，坐在出租车里一个劲数落耿昊不是东西，韩印此时也懒得管他，扭头看窗外徐徐闪过的夜色，默默在脑袋里拼凑纷乱的案件枝节。这种行为对他来说就好像是玩拼图，只有把各个拼片放到对的位置，才能显现出图画的本来模样。当然，首先拼片数目得完整，韩印手里现在就少一块，因此他需要向张世杰讨要。

　　张世杰办公室半敞着门，像是算准他们会来而故意留的，但韩印还是礼貌地敲了两下才和杜英雄走进去。见到二人，张世杰放下手中的文件，指指身前办公桌上两个扣着盖子的饭盒，关切地招呼道："忙到这会儿，饭还没得空吃吧？食堂晚上蒸包子，特意给你俩留的。"

　　"太好了，早就饿了！"杜英雄一屁股坐到张世杰对面，掀开饭盒，顾不上拿筷子，伸手抓了一个大包子就塞到嘴里，边嚼边说，"还是热乎的呢，对了，您怎么知道我们会来？"

　　"呵呵，你们不找我，我也会找你们。"张世杰卖关子似的笑笑，又特意与刚刚落座的韩印对了下眼，其实两人心里都有数，虽然相关信息在案件卷宗中都有记载，但有些东西还是面对面讲清楚为好。他起身倒了两杯水放到二人身前，再坐回椅子上，语重心长地接着说："我知道你们现在实质上最感兴趣的不是眼下的案子，而是'3·19'案嫌疑人于作国，对于这个主动投案的嫌疑人，局里做过全面而又深入的背景调查。于作国年幼时个性还好，机灵懂事，智商方面甚至表现出比同年龄段孩子要高出一些的苗头，起初上学成绩也相当不错，不过随着癫痫病不时当众发作，他逐渐被同学们视为另类，与老师和同学之间互动少得可怜。后来又因家境困难，无法持续得到医治，他的认知能力受到很大程度的影响，后期学习成绩每况愈下，个性便逐渐趋于孤僻自闭。浑浑噩噩升到初中后，学习越来越难跟上，性格方面受青春期叛逆情绪影响，开始出现暴力和反社会倾向，严重到在课间把自己的教科书用打火机点燃，差点酿成一场严重火灾，因此被学校劝退，草草结束学生生涯。

　　"辍学后，由于母亲忙于生计无暇顾及，于作国便如脱缰野马般整天在社区里东游西荡，以拾废品变卖挣取零用钱，然后去网吧挥霍。不知道是受网络淫秽图片的影响，还是什么别的原因，那一时期他开始疯狂迷恋女性丝袜，尤其是被女性穿过的。后来我们搜查他家时，在他床底下发现200多双丝袜，其中大多是捡来的，也有从别人家阳台上的晾衣架上偷拽下来的，还有一些是通过入室盗窃而得。据他交代，他从网络上查到撬门开锁的方法，在地摊上购买相关工具做成简易开锁器，撬开一家房门只需两三分钟，并且普通人难以察觉门锁被动过。加之入室后从不乱翻乱动，只以丝袜为目标，所以若不是他主动交代曾有过多次入室盗窃活动，被盗住户根本不会发觉家里进贼了。当然，在调查中我们也得知，其实有些受害人是有所察觉的，但碍于丢的是丝袜之类的女性贴身物品，羞于启齿便未报案。

"于作国到案后供述了一系列作案情节，与案情是基本吻合的，他能精确指出所有犯罪现场地址，也能大致说出作案时间，尤其他交代了一个隐蔽性证据，连我们办案组都没怎么注意到——他说在第二次作案时，曾不小心碰到床头桌，他记得有支口红掉到地上，被他随意一脚踢到床头桌下面。结果去痕检科核对，还真有这么一支口红。"

"当年社会舆论和媒体对案子关注得多吗？"韩印插话问。

张世杰脸上露出一丝苦笑："那还用说，那案子可是新中国成立以来本市发生过的性质最为恶劣的案件。消息曝出后，很快便成为街头巷尾老百姓的热门话题，尤其在案发区域的欣乐社区，各种传闻甚嚣尘上。媒体更别提了，那段时间差不多都是头版头条，尤其在全媒体经济时代，某些纸媒和网络媒体为求生存和扩大影响，根本顾不上什么原则问题，也不听招呼，就跟疯了似的，穷尽各种手段从被害人家属口中甚至是局里的熟人关系中挖掘内幕，还给凶手封了个'丝袜杀手'的绰号。还有，那时虽未有微博和微信，但很多网民利用博客和论坛对案件的议论也很热烈。可以说案子的瞩目度和透明度确实前所未有，也加重了局里的办案压力。"张世杰顿了下，饶有意味地看了韩印一眼，接着说："我懂你问话的意思，其实局里也担心他是被人利用，所以每次提审都全程录像，还邀请专家做过测谎，结果没发现他有说谎迹象，关键他从来都是独来独往，社会交往很少，根本找不出'顶罪'动机。"

"您介绍得很具体，但这些还不是我们最感兴趣的。"杜英雄也卖了个关子，狡黠地笑道。

"小同志别沉不住气，我是觉得应该尽可能把我掌握的东西多跟你们说说，希望能有利于你们从专业角度做出更客观的判断。"张世杰抬手点点杜英雄，玩笑一句，接着说，"于作国投案后，由于癫痫病发作过于频繁，看守所方面担心发生意外，所以在侦查取证期间暂时将他收监到市局定点的精神病院，而他的死完全是一个意外。事发当天中午，在食堂吃饭期间他去了趟厕所，结果突然发病跌倒，后脑碰到小便池的陶瓷外沿，虽救治及时，但终因伤势过重死亡。意外发生后，局里做过慎重调查，当时在厕所里还有两名医生，两人描述的意外经过与技术勘查结论相吻合，从厕所外面的监控录像看，两人是先于于作国进入厕所的，且除了医患关系外，日常与于作国没有任何其他接触和利益关系，基本可以排除二人谋划意外事件的可能性。至于他父亲于得水的质疑，局里也认真考虑过，经查，于作国当天上午确实曾借有病人发狂引起医院混乱之际，溜到医生办公室给于得水打过一个电话，但所谓'翻供'只是于得水一面之词；再者说，于作国本身思维和精神存在很大不确定性，即使真说过他没杀过任何人的话，也不能代表他说的是事实。更何况人又死了，调查根本无法展开，所以绝不存在'舞弊'和'阴谋论'的问题！"

说着说着，张世杰突然摆出一副严肃表情，郑重其事地说道："卷宗你们也看过了，到最后其实并没有真正地结案，所以我必须严正声明一下：社会上的舆论、老百姓之间的传言，包括某些媒体的片面报道，其实是对整个案件的认知存在根本性误区，他们的意识里都认为于作国就是凶手，甚至想当然地以为他是畏罪自杀，案子也以他的死亡而终结。但事实上，我们警方从未正式对外宣布认定于作国系'3·19'系列强奸杀人案之凶手。原因咱们做警察的都明白，除了口供，证据方面只支持于作国到过后两起案件的现场，其余的什么

也证明不了。还有他说作案时戴的手套，被他扔到小区里的化粪池中，我们也一直未打捞到。也就是说，直到他意外死亡时，调查取证工作仍在继续，当然最后是无疾而终，所以理论上说，这个案子至今都还悬着。"

"既然你们都清楚外界传言有误，为什么不澄清？"杜英雄不解地问。

张世杰微微撇了下嘴角，皱着眉沉吟一会儿，说："虽然整体证据不足，但于作国大部分问题交代得还是蛮清楚的，除非是案件当事人，否则很难做到。另外，说来也不算什么证据，自于作国投案，至他意外死亡，调查取证长达近10个月，而在那段时间里相似的案件确实没再发生，甚至直到本年之前也未再出现，这难道不能说明问题吗？说句实在话，局里大部分人，也包括我，早已心照不宣地在心里默认于作国可能就是'3·19'案的凶手，所以对外界的传言采取不认同也不否认的态度。"

◎ 第七章　雨夜断案

吃饱喝足，与张队谈话过后，韩印和杜英雄回到小会议室。此时两名女将正在里面翻看卷宗，四人便将各自掌握的信息互相通通气，接着韩印让他们三人先回去休息，打算连夜将错综复杂的前后案件关系梳理清楚，不过大家都提出要留下来，韩印也没多坚持，也许集思广益更能碰撞出些火花来。

目前看来，无论是耿昊的质疑，还是张队的释疑，都是只代表他们各自立场的片面之词。韩印让艾小美把审讯录像找出来放一下，大家一道来听听于作国本人是怎么说的。

很快，会议室中的投影幕布上，显示出于作国首次被提审的画面……

"杀人总共有几次？"审讯人问。

"三次。"于作国答。

"时间、地点？"审讯人问。

"3月19号，欣乐2区85号楼3单元401；4月25号……"于作国答。

"是这三个人吗？"审讯人依次摆出被害人的现场存证照。

"对。"于作国低头扫了一眼，很快确认道。

"之前认识她们吗？"审讯人问。

"不认识。"于作国答。

"她们不认识你，干吗让你进屋？"审讯人问。

"我一般先敲门，如果没人应，就撬开锁进去偷点东西。要是家里有人应门，就借口说是高价收废品的。"于作国答。

"都偷过什么？"审讯人问。

"丝……丝袜。"于作国略带磕巴地说。

"只是丝袜？"审讯人问。

"对，我喜欢……喜欢收集女人穿过的丝袜。"于作国继续支吾地说。

"偷过多少次？"审讯人问。

"那太多了，记不清！"于作国答。

"慢慢想，时间、地点，能想起多少说多少。"审讯人说。

"好吧，时间比较近的是今年五一长假那回，就在我家对门，听说他们全家到外地旅游了，我就撬门进去偷了他家女人的丝袜；再往前还有3月初，好像是5区有家2楼……"于作国答。

"既然只是为了偷丝袜，怎么又想要杀人了？"审讯人问。

"她们三个那时都穿着长丝袜，我挺冲动的，想跟她们买，她们不肯，大脑一发热就强奸了她们，完事怕露馅又把她们勒死了！"于作国答。

"详细说说过程。"审讯人说。

"都差不多，先把她们打得鼻青脸肿，晕乎了，扒光衣服就'干'了，完事用丝袜勒死她们，再打上一个好看的蝴蝶结。"于作国答。

"你确定她们当时都穿了丝袜，都是被你用丝袜勒死的？"审讯人问。

"当然，噢，有个是用睡衣腰带勒的。"于作国答。

"哪个？"

"第……第一个吧。"于作国答。

"你看清楚了，这个脚上没有丝袜。"审讯人指指首个被害人的现场照片说。

"哦……她的丝袜被我带走了。"于作国迟疑着答道。

"弄哪儿去了？"审讯人问。

"那个……烧了，第一次杀人，过后挺害怕的，没敢留着。"于作国放慢语速答。

"为什么后面两个人的丝袜你没拿？"审讯人问。

"我觉得把丝袜绑到她们脖子上更刺激。"于作国这次回答得很干脆。

"为什么要把睡衣腰带和丝袜系成蝴蝶结的样子？"审讯人问。

"好看啊，丝袜那样系着，感觉她们像是为我准备的礼物。"于作国答。

"你怎么会系蝴蝶结的？"审讯人问。

"没事在网上看到的。"于作国答。

"为什么第三次杀人是直接撬门进去的？"审讯人问。

"我先敲了，可能她在上厕所或者睡午觉没听见，我以为家里没人就撬了锁，结果进去才发现有人。"于作国答。

"前两次实施强奸之后，你怎么清理的？"审讯人问。

"就把那玩意儿射到报纸上，带走了。"于作国答。

"为什么最后一次留下精液和指纹了？"审讯人问。

"那天我特别兴奋，到最后又犯病了，醒过来整个人有点断片，稀里糊涂就跑了。"于作国答。

"怎么想要来自首的？"审讯人问。

"听说你们警察要对我们小区里的男的挨个验指纹和D什么A的，我估计这回是躲不掉了，干脆就爷们儿点，认了！"于作国答。

…………

观看完整个审讯录像，又是接近午夜，窗外不知何时下起一阵急雨，清冷的空气从半敞着的窗缝中扑涌进来，室内的燥热感逐渐平息。韩印起身走到窗边，抬手推了推鼻梁上的黑色复古镜框，眼神空洞，望向无边雨夜，陷入默默的思索。

而围坐在会议桌边的另外三人，已开始热络地讨论。

　　杜英雄皱着眉头，咂巴下嘴说：“感觉有些问题于作国还是比较含糊，说不定还真被耿昊蒙对了！”

　　艾小美不以为然，接下话：“我觉得是他干的，生理证据和隐蔽性证据都有，作案方式、动机等等，交代得也都很清楚。”

　　“我倒是特意观察了，从微表情上确实看不出说谎迹象。”杜英雄紧着鼻子，不甘心地说。

　　“他有恋物癖，易于接受心理暗示，有偏执妄想的一面，会逐渐沉溺并绝对相信他幻想出来的东西，测谎对这种人作用不大。”伫立在窗边的韩印，背着身插话道。

　　“恋丝袜是他的原罪，这点毋庸置疑，无论是入室盗窃，还是强奸杀人，都源于他对丝袜的过度迷恋。看刚刚的审讯录像，提到丝袜时他眼神中的亢奋和欲望是显而易见的。”顾菲菲顺着韩印的话说，紧接着提出一个器质性方面的观点，“这属于性欲倒错，可能跟他长期缺乏正常恋爱关系有关；或者说丝袜具有特定的指向作用，代表某个幻想对象；当然肯定也有青春期性压抑的问题。除此之外，我觉得癫痫病的反复发作，长期服用副作用很大的抗癫痫药物，可能会导致他患上‘慢性精神障碍’，这也是他人格发生改变的一个重要因素。”

　　“不会吧，说话挺顺畅的啊。”杜英雄强调说，“思维和反应都不错，实施作案也有一定反侦查动作，哪儿像是有精神病的人？”

　　顾菲菲笑笑，解释说：“不是你想象的那样，癫痫病慢性精神障碍有两种表现形式：一种，是如咱们常见的慢性精神分裂；另一种，就属于在性格方面或者说是人格发生了改变。区别就在于，后一种症状者具备正常的智力水平，也具备谋划犯罪和逃避追查的能力，但因患病会出现易怒、敏感、妄想、暴躁、凶残等行为特征。”

　　“话说回来，咱们是不是可以用‘恋物癖’的行为特征，来鉴别前后案件凶手是否同一呢？”艾小美思索了一下说。

　　"有一定可行性，但这个案子没那么简单。"韩印转过身回到桌边，似乎心中已有了某种答案，拿起桌上于作国的归档照擎在手上说，"像他这种人，对丝袜的畸形迷恋和敏感程度要远远超出常人想象，或许只是听到别人提起'丝袜'这两个字，他心中都会荡起一片涟漪，可想而知，当诸多媒体以及街坊四邻总是在谈论所谓'丝袜杀手'的话题时，会激起他怎样的兴趣和关注。他一定会用尽所能去打探丝袜杀手作案的每一个细节，加之他平日就在整个社区中走街串巷捡拾废品，对地理位置的熟悉程度自不必说，他能对案情有相当程度的了解便不足为奇。"

　　"这么说，你倾向于作国是顶罪的？"顾菲菲从韩印上次插话便品出点话里的意味，所以此时并未显出多少意外，"难道他只是作为一个盗窃分子，碰巧闯入第三起凶案现场的？"

　　"可能性很大。"韩印点点头，习惯性抬手推了下镜框，试着还原当时的情境说，"我相信于作国起初是以盗窃为目的，不过撬开门后发现女主人被杀，那可能是他第一次真真切切地接近女性裸体，加之系在脖颈上的丝袜对他有难以抗拒的诱惑，他便无法自控，当场做出自慰举动。"

　　"对嘛，我就觉得这小子说话太有条理了，反而不正常！"似乎被韩印激发出灵感，杜英雄稍微寻思一下说，"杀人那几起，案发地点供述极其精准，语言组织又过于正式，不是正常人说话的方式，显得特别刻意。相比较，在供述盗窃案时，才更像是他真实的说话状态。我觉得韩老师说得对，于作国应该只是对案子有特别的关注而已。"

　　"这确是一个反常点。另外，于作国说他投案前最近一次实施盗窃，是在案发当年的五一长假期间，也就是说之前他已经有过两次强奸杀人的经历，那么盗窃行为实质上是一种退化表现，不符合畸变心理发展的特质。"韩印接着杜英雄的话说，"如果于作国真的从一名恋物癖者升级为连环杀手，表明他的畸变心理发展到了一个相当深的阶段，收集乃至偷盗丝袜已经无法满足他的心理需求，他需要不断体验和挑战更高层次的快感，即使出现退化也绝不会在那么短的时间内！"

"可为什么于作国的供述相对于案情来说基本都能在合理的范围内呢？尤其还能给出隐蔽性证据，他真有那么高的智商？"艾小美拧着眉头问。

"这就是'3·19'案让人觉得扑朔迷离的地方，也是整个事件的荒诞之处。"韩印抿嘴笑笑，心里明白这小丫头是想说他的论证还不够充分，便补充说，"于作国其实未必有多高明，供述之所以未出大的破绽，是因为他以恋物癖者的思维逻辑揣测真凶的行为，恰巧与案情呈现出的畸形特征有一定吻合度，正如演员塑造角色，如果有了相应的生活，他的表演自然会真实生动。尤其于作国把自己代入案件，把幻想与真实、谎言与真相生动融合，并对此深信不疑，便更加让人难以分辨。实际上这也是一种病，叫作'犯罪性精神错乱'。"

"我明白了，"杜英雄展开韩印的话题，"于作国交代盗窃手法和过程时，显然说的是真话；犯罪现场有他的唾液，也表明'因兴奋过度导致旧病复发'所言属实。那么利用这两个真实的点，他很好地解释了第三起案子与前两起案子呈现出不同案情特征的因由，比如前两起案子为什么没有撬锁痕迹，以及为什么只有第三起案子留下指纹和精液。至于为什么首起作案没有出现丝袜因素，以及整个系列案件的作案动机，他都是以一个恋丝袜者的行为方式，给出了想当然的口供。现实中这些人会通过各种途径收集丝袜做纪念就不必说了，也确实听说过他们这样的人会向陪酒女或者性工作者索要乃至购买丝袜，被拒的经历应该也不少。"

"完全正确。"韩印拍拍杜英雄的肩膀以示赞许，接着嘴角露出一丝狡黠的微笑，"我现在还解释不了'口红'的问题，不过我有个设想，等坐实了再说。"

"就算于作国目睹了犯罪现场，但他真能注意到挂在被害人脖子上的丝袜被系成蝴蝶结状吗？"艾小美看似要与韩印杠上了。

"当然！不是说了吗，于作国对丝袜有着难以想象的敏感度，我相信他不仅在现场特意观察了丝袜是如何打结的，而且在那以后还会时常回味和演练。"杜英雄抢下话说。

杜英雄与韩印一唱一和，艾小美终于哑火了，会议室安静下来。几分钟过后，顾菲菲提到一个最让人难以理解的问题："那顶罪的动机呢？"

"孤独、恐惧、绝望。"韩印长嘘一口气，眼神中流露出一股淡淡的怜悯与慈悲，鬼上身似的娓娓说道，"我是于作国，患有先天性疾病，打出生起便几乎被所有人忽略，孤独犹如宿命般无法冲破。我淘气、打架、不服老师管教甚至课间放火，不是因为我是坏孩子，只是太想让身边的人注意到我而已。'丝袜杀手'让我羡慕不已，所有人都在谈论他，他仿佛神一样，有那么一刻，我很想成为他，想如他一般让所有人见识到我的存在。而逐渐地，我开始觉得，我即是他，他即是我。我试着向一些人袒露我的'身份'，竟赢得前所未有的注视，我知道那是因为邪恶，心底却明明白白感受到一种快感，于是我决定要向全世界宣告——我就是'丝袜杀手'！我很清楚会因此失去自由甚至生命，可是又有什么关系呢？妈妈也即将离我而去，早晚我都会成为那个孤魂野鬼……"

"因为总是与孤独相伴，所以不擅长与他人建立良好的人际关系，最终只能以极端的方式来博取关注；因为母亲身患绝症不久于人世，所以对生存感到恐惧，对生活感到绝望；作为成功商人的父亲的突然出现，又再度点燃他生活的希望，所以才有了那通打给父亲的翻供电话。"杜英雄若有所悟，操着沉重的语气，就韩印感性的换位自白，结合案件做出一番总结。

"我还是理解不了，"艾小美下意识地摇了摇头，问道，"现实生活中真的会有人为了打破孤独，付出如此巨大的代价吗？"

"有，而且比于作国要偏执得多。"韩印将情绪从于作国身上抽离出来，"瑞典人托马斯·奎克，曾对瑞典警方主动供认自己犯下30多起恶性案件，涉及杀人、分尸、强奸、吃人等异常残忍的犯罪情节，让整个国家为之震惊，他甚至一度被称为'瑞典版的汉尼拔'。而荒唐的是，在其被定罪两年后，他终于在一次电视采访中承认，由于渴望受人关注，而且使用了大量药物，所以编出了弥天大谎，他其实从未杀过人，那些供认的案件细节，大多是从报纸上和图书馆里的相关纪实文献中看到的。"

"可是国情不同，瑞典没有死刑，如果咱们的法院认定于作国的犯罪事实，他肯定会被枪毙，他会不怕死？"艾小美还不死心，较着劲说。

"未必。"好半天没吭声的顾菲菲插话提示道，"咱们国家刑法中所指的'精神病'，并不仅仅是医学上的精神病，它是法律意义上的精神疾病的统称，癫痫病属于司法精神病学界定的法律意义上的精神病，于作国患有癫痫病人格障碍，但又具备一定自控能力，系限制刑事责任能力人，再鉴于其为主动投案，判死缓的可能也是有的。"

"我觉得他倒不会想得那么深，主要是过程对他来说太有吸引力了，另一方面他可能也有些钻牛角尖，认定了的事情就不愿回头。"杜英雄此时思路非常清晰。

"行了，先不争了，总的来说，排除于作国的作案嫌疑只是一个方向，还需要扎实的证据。"顾菲菲摊摊手，重重地叹了口气说，"其实我倒是真希望于作国就是凶手，那咱们眼下的案子也好办多了。"

看着两个小家伙针锋相对地辩论，韩印脸上也无奈地泛起一丝苦笑，他知道自己给整个办案组出了个大难题——如果不是于作国，那真凶是谁？如果真凶逍遥法外，就具备复出作案的可能，那么眼下的案子可能是模仿作案，也可能是延续作案。从调查方向来说，必然要双管齐下，既分散精力，也需要消耗更多警力。

须臾，他与顾菲菲交换了下眼神，有针对性地做了一番部署：凶手把耿昊牵扯到案子当中，很有可能是一种障眼法，利用他扰乱警方办案思路，达到逃脱追查的目的，但也不能排除他就是冲着耿昊来的，接下来还得围绕耿昊以及其社会交往做文章。顾菲菲和艾小美显然与耿昊更容易沟通，所以韩印建议她俩协调张队一起去跟进这个任务；韩印自己和杜英雄则要试着去挖掘"3·19"案的真相，只是时间太过久远，两人得先盘算从哪一个切入点着手较好。

◎ 第八章　丝袜无罪

围绕耿昊的社会关系展开排查，重点是要寻找到一名身高在1.80米以上、略微有些驼背、腿部有残疾、走路跛脚的男性。当然身材特征也可能是一种伪装，所以对任何疑点都不能放松。

凶手从获取签名书到"偷窥"行程表，再到邮寄光碟，可谓步步为营，显然做过周密计划，也必定对耿昊有相当程度的关注和了解。除去通过网络和媒介，他有没有可能对耿昊进行过跟踪？又或者这个人有没有可能就来自耿昊身边？带着这样两个疑问，顾菲菲和艾小美再次找到耿昊，让他仔细想想案发前后身边有无可疑人物出现，尤其这几年有没有伤害过什么人或者与人结怨。

这冷不丁的，耿昊还真想不出来，一边为两人斟茶，一边大大咧咧地说："近几个月我在外地待的时间比在西州长，没感觉有被人跟踪，也没觉得特别得罪过谁，打交道的人当中也肯定没有跛脚的！"

顾菲菲莞尔一笑，将茶杯端到唇边，愣神思索了下，斟酌着用词说："我们听你经纪人田霜说，你前段时间与交往很多年的女友分手了，你觉得她有没有可能怨恨你？"

"是，领证那天我反悔了，她请了好多朋友和亲戚到登记处见证，结果我没出现，场面很难堪。"耿昊无声笑笑，自嘲道，"没想到我也做了回落跑新郎，这种事人家肯定得生气，不过后来我们开诚布公地谈了几次，我给了她一些补偿，最后还算和平分手，再说她一弱女子，有那杀人陷害我的能耐吗？就算她雇佣别人，有可能做得那么像吗？"

"嗯，我们也只是提出一个调查方向而已。"顾菲菲怕他多想，赶忙解释一下。

"对了，"耿昊拍拍自己的额头，"刚刚你提到田姐，我想起一个人。"

"谁？"艾小美问。

"田姐老公，宋平。"耿昊特意强调了一句，似乎话里有话，"有一次我在他家吃饭，一起议论过那个案子，宋平好像特别感兴趣。"

顾菲菲当然能听出话味，顺势问："田姐老公人怎么样？"

"怎么说呢，醋坛子一个，心态有问题。"耿昊讪笑一下，说，"宋平在银行做保卫工作，原先还算是个小领导，后来犯了点错被贬成普通保卫员。田姐作为我的经纪人，要经常跟媒体和客户打交道，穿着打扮方面必须特别注重，再加上她也挺会保养的，整个人看起来算是光鲜靓丽。另外，在钱的方面我也没亏待过她，就她老公赚的那点死工资跟她根本没法比。宋平大概也感觉到和她之间差距越来越大，应该是有点自卑，总不放心田姐在外面应酬，整天胡乱猜疑，偷翻田姐的包，偷看手机短信，净干些不入流的事。尤其总怀疑我跟田姐有暧昧，有一次他在田姐包里翻出一盒避孕药，之后就闹开了，非说田姐跟我有事，还要动手打我，差点让我和田姐解除合作关系。"

"你说下他的工作单位和手机号码。"艾小美从包里拿出小记事本，显然宋平是个值得调查的嫌疑对象。

耿昊拿出手机调出宋平的号码，又详细给出他单位的地址，看着艾小美记下之后，做若有所悟状说："如果宋平都值得追查，那还有一个人我得跟你俩说说。情况是这样：我有个忠实读者，一直以来都很推崇我写的书，我和他在微博和QQ上不时会有些互动，听说我转换创作题材，他也特别支持。在写作《绞杀者》期间，我们曾有过很多次的探讨，他也是特别感兴趣。问题出在我曾经向他许诺，新书会以他的名字给男主角命名，不过后来觉得他的名字太俗气便没采用。结果书出来了，他满心欢喜打开书却未找到他的名字，觉得我是在耍他，便跟我翻脸了。他三番五次给我留言，说了很多难听的话，我一气之下就把他放到黑名单里，从此再没联系过。"

"他是本地人吗？"顾菲菲问。

"是，但我没见过他人，只是曾经给他邮寄过签名书，家庭住址、电话什么的我都有。"耿昊说着起身跑到书房里，不大一会儿便举着一张小卡片出来，交到顾菲菲手中。

如果于作国非"3·19"案凶手，那么在他整个供词中最让人难以捉摸的，便是他怎么会知道留在犯罪现场那支口红的。

韩印对此有两个设想：第一，有可能在审讯当时，审讯人对于作国做了不恰当的引导，怀疑审讯录像经过剪辑，韩印特意让艾小美做了鉴定，结果是否定的；如此就只剩下一种可能，来自"3·19"案第二个犯罪现场的隐蔽性证据，系凶案前期于作国在实施入室盗窃时不经意制造出来的。

从方位上看，该犯罪现场距离于作国家不远，属于他实施盗窃犯罪的心理舒适区——虽然于作国在盗窃情节上显示出一定的规划，但韩印觉得总体上他还是更偏向于"无组织能力的犯罪人"，这种类型的人通常都比较喜欢在熟悉的环境下作案。问题是，警方勘查那起案子的现场，并未发现门锁毁损的痕迹，难道是因为早前被害人发现家中丝袜被偷，不好意思报警，自行换了把锁？可时隔这么多年，被害人家属还能记得有这么回事吗？

被害人刘琳，遇害前丈夫已过世，一子一女其时均已成家，有自己的住处。韩印和杜英雄通过卷宗中留注的电话联系到刘琳的儿子，儿子又联系了妹妹，两人均表示没听母亲提过换锁的事。不过据儿子回忆，他家住2楼，母亲倒是曾跟他念叨过要安防盗窗，他当时觉得住了那么多年都挺安全的，没太当回事。时间在他母亲遇害前的一两个月内，具体记不清了。

这么一来，似乎可以假设于作国在命案发生前夕，曾通过窗户潜进过刘琳住处，实施盗窃丝袜行为。刘琳可能有所察觉，但又不能肯定，所以才有了安防盗窗的念头。由此，于作国虽掌握隐蔽性证据，但并非命案凶手，在逻辑上就存在可能性。这对排除于作国的命案嫌疑来说，可谓迈进了一小步，不过接下来恐怕要调整侦查重点，因为于作国身上可挖掘的东西太少了，如果继续以他为中心，案子恐怕就要走进死胡同，还不如干脆在真凶身上多下点功夫，再说有什么能比找到真凶更有说服力呢？

当然，即使这样，也不能完全撇掉于作国这条线，"3·19"系列强奸杀人案总共涉及三起案件，竟然有两起与于作国的盗窃目标是重合的，不能完全排除这两个人在现实中没有别的牵扯，而且以于作国日常在小区里四处流窜的活动特征，他也许真的撞见过凶手。所以韩印打发杜英雄去找于作国的父亲以及他住在精神病院期间的主治医生仔细问问，要尽可能地记下他跟他们说过的每一句话、每一个字，兴许于作国曾经在无意间透露过有关真凶的信息。

杜英雄领命离去，韩印独自踏上剖绘真凶之路。他颇为耐心地逐一走过三个案发现场，这也是凶手曾经走过的路，韩印似乎正在追寻着他的气息，同时大脑中也逐步勾勒出他的形象：这是一个组织能力极强的凶手，从初始作案便做好保护措施，有效避免了在现场留下指纹、毛发、精液等证据，表明三起案件都不属于随机作案，而是经过一定谋划的；凶手能控制体外射精，又在首起作案时故意掺杂了盗窃行径，以扰乱警方对作案动机的判断，说明凶手有一定的性成熟度和相对成熟的思维能力，年龄介于成年与成熟男人之间、20岁到40岁之间；但只带走现金而忽略了诸多贵重物品，则又表明凶手缺乏真正的反侦查经验，应该没有犯罪前科；凶手在三起作案中都是徒手制伏被害人，并且攻击部位以头面部为主，这一方面表明他对自己的身材和力量都具有相当大的自信，同时也显现出深深的愤怒。

在被害人的选择上，凶手显然有他固定的模式——具有独立空间的老龄妇女。对于这样一个群体，凶手在满怀激愤的情绪下实施了性侵犯，则表明他对

她们有着又爱又恨的矛盾心情，而此种畸形心理不会是一朝一夕造就的，或许是因为凶手成长的过程中长期缺乏女性的关爱，有很大可能性是生活在父系单亲家庭，对女性有着他自己理解的形象。另外，也可能与他身处的环境有关，比如因学习或者工作的原因，需要长期跟老龄妇女打交道等。当然，无论是哪种可能，这中间必然存在着令他心理扭曲的因素，比如受过虐待或者猥亵等。

实际上，符合凶手选择目标类型的对象在欣乐社区并不少见，那么他是如何选定她们的呢？是随机的，还是经过筛选的？总体来说不是太好判断，但从某些细节上看，韩印比较偏向于后一种可能。在首起案件中，被害人遇害时穿的是一件棉睡袍，如果面对完全陌生的男人，她应该不会穿成这样把他放进屋。而如果在这一点上韩印的判断正确的话，便意味着凶手与几个被害人在生活中是有着某种交集的。

接下来要剖析的是杀人方式和凶手的"签名"，对犯罪心理侧写来说，它们是最具有价值的两个犯罪情节：

无论是媒体还是社会大众，甚至于警方，都以"丝袜杀手"作为"3·19"案凶手的代名词，似乎所有人都认定凶手对丝袜有着特殊变态的情结，以至于连于作国这个正宗的恋物癖都认为他们是同类人。韩印则并不认为是这样，如果丝袜对凶手来说真的能最大程度激发欲望和快感，那么有关丝袜的情结必然要存在于整个系列案件中，可以说是一种近乎强迫症的行为，是无可替代的。但凶手的首起作案并未出现与丝袜有关的因素，这就说明凶手对被害人施以勒死或者说是绞杀的方式，只是一种"犯罪惯技"，绞索是可以随着环境和客观条件变化的，可以是睡衣腰带，也可以是丝袜，或者别的什么……只要凶手觉得称手、有效就可以，也就是说，实质上根本没有什么"丝袜杀手"一说。

而凶手将绞索系成"蝴蝶结"留在被害人脖子上的行为，是一个明显的"犯罪标记"。对于本案，这种标记行为，从案情特征和痕检证据上看，是整个犯罪过程中的最后一个环节，那么"蝴蝶结"显然不是一个替代象征，而是意在彰显凶手的身份。

综上所述，被害人是老龄女性，蝴蝶结代表凶手，也就是说，是蝴蝶结在伤害老龄妇女，那么两者之间在现实中会是怎样一个关系呢？韩印觉得"老龄妇女"和"蝴蝶结"这两个关键词，一定有某种纽带能将它们联系在一起。

◎第九章　一日两命

韩印对于"3·19"案最新的侧写分析，大概透露出这么几个重点：案发当年凶手年纪在20岁至40岁之间；被害人类型为长时间独自居住的老龄妇女，凶手在这样一个群体中选定被害人不是随机的，凶手与被害人乃至被害人群体，在现实中可能存在某种关系；丝袜因素存在于案件中不是必须的，凶手本身并没有恋丝袜情结；"蝴蝶结"代表凶手的身份。

这份报告同时延伸指出了韩印对当下的"4·23"案的判断，他更倾向于是模拟作案——该案中，凶手对于被害人类型的选择没有问题，但选定方式与"3·19"案大相径庭，综合案情以及王阿姨提供的线索，可以看出他大致的方式是：在路上锁定相关类型的目标，并进行尾随跟踪，出于谨慎，他不会在路上与其搭讪，也不会在目标人物进入家门的一刻采取突然袭击，他会以煤气公司检修工的身份诱使目标人物打开家门，在入室之后通过观察确定目标人物系单独在家，才会采取攻击行动，也就是说，选定目标的方式是随机的，双方在现实中不存在任何交集。

当然，最具有鉴别意义的，还是穿插在案件中的"丝袜"因素。技术鉴定显示：凶手第二次作案使用的丝袜绞索，是在打晕被害人之后在其家中搜到的。他想刻意表达的无非是丝袜对于凶手在整个作案过程中的重要性，他对于"3·19"案凶手的认知与大多数人一样流于表面，认定其为一个恋物癖，也恰恰因此暴露了他的伪装。就像韩印先前多次提起的那样，凶手在犯罪过程中伪装动作越多，其实越有利于办案人员洞悉他人格的本质。至于他在作案中的其他动作，都是在模仿前案的前提下做出的，对侧写其本身的背景并没有多大价值，但不可否认，他熟悉案情所有细节，这也是目前唯一可以追查的方向。这就又回到了案件初始调查面临的困境，到底还有谁能窥探到被警方严密封锁的案件资料？

　　围绕耿昊展开的社会排查没有任何进展，尤其耿昊给出的嫌疑对象——宋平和闹翻的粉丝，顾菲菲和艾小美都亲自做过调查，结果均不具备作案时间和作案动机。另外，杜英雄那边走访了于作国的父亲和主治医生，也未获得有价值的线索。

　　就眼下"4·23"案面临的局面，支援小组与西州警方包括张世杰等办案骨干，开诚布公地做了一次交流。对于接下来的工作，双方都感觉遇到了"瓶颈"，缺乏主动性的侦查手段，似乎只能等着凶手再次"出招"，这也意味着又会有无辜市民遇害。张世杰自然是心急如焚，也顾不上客套，向顾菲菲强烈提出建议，既然"4·23"案已经定性为模仿作案，那韩印必须放下手中的旧案，把精力全部投入到当下的案子上。他早看出来了，韩印独特的视角和敏锐犀利的洞察分析能力，才是支援小组办案的最大利器！

　　而对警方来说，做不到主动攻击，那就先把防守做好，总不能坐等市民被害。如果凶手继续遵守模拟作案的规律，那么欣乐社区也许还是他作案的中心，张世杰决定调派大批警力，便衣进驻欣乐社区，实施24小时不间断布控，期望能在凶手动手之前将其擒获。

　　韩印能够理解张世杰的心情，也当然愿意全力以赴解决"4·23"案，只不过"3·19"案刚刚感觉摸到点眉目便戛然而止，心里多少还是会有些遗憾。那么着眼于眼前，韩印觉得最迫切的是要搞清楚凶手模仿作案的真正动机，否则只能被他牵着鼻子走，但时间可能不多了，他有种不祥的预感，凶手很快便会卷土重来。

果然，仅仅十几个小时之后，更坏的，甚至可以说是难以想象的局面出现了，而这一次凶手仿佛感知到某种危险，作案地点远远地避开了欣乐社区！

5月26日，与凶手上次作案时隔仅半月，上午10点左右。

田霜全身赤裸地倒在自家客厅中，脸被打得血肉模糊，五官极度变形，一双杏眼瞪得大大的，定格于诡异的神情。死亡时间在前一天傍晚的6点到7点之间，依然是被丝袜勒死的，丝袜还缠绕在脖子上，结扣处被系成蝴蝶结状。勘查现场，门锁未被撬过，也未发现暴力闯入迹象，被害人下体红肿撕裂，有被性侵的迹象，但这一次在被害人的下体中采集到了精液。报案人是田霜的老公宋平，他昨天晚上值夜班，下午4点左右离开的家，今天早上下班回来，进门便发现老婆被杀了。

宋平除了哭哭啼啼，也说不出什么有价值的东西来，留在现场只能干扰警方工作。张世杰吩咐警员先行将他带回队里，做一份详细的笔录。支援小组这边，杜英雄和艾小美负责外围走访，包括楼内其他住户和小区里一些居民。韩印和顾菲菲脸色都不怎么好看，站在客厅里默默注视着勘查和尸体初检工作。

过了不久，房门口突然出现一阵嘈杂，顾菲菲回头见是耿昊正与守门警员争执，便冲警员招呼一声，示意让他放耿昊进来。耿昊掀起警戒线走到田霜尸体前，脸上顿时现出惊诧而又悲痛不已的表情，少顷终于忍不住，红了眼圈，用手紧紧捂住嘴巴，无声落泪。

"你怎么来了？"顾菲菲扭头以审视的目光望向耿昊说。

"姐夫给我打了电话，说……"耿昊抽着鼻子，哽咽地说不下去。

顾菲菲"嗯"了一声，转回头继续关注法医初检。此时法医正将田霜原本握拳冲下的手翻过来，欲要观察指甲缝中是否留有异物，却听见顾菲菲突然喊了一句："等等，拳头里是不是握着什么东西？"

法医将田霜僵硬的手指一根一根掰开，果然有一个纸团落到地上，法医随手拾起，递给顾菲菲。顾菲菲接过来，小心翼翼地展开，韩印和耿昊也凑过来，三人共同看到：这是一张黑白人物速写画，画者有一定功底，画的是一个裸体女子，呈侧卧状，脖颈上系着一个蝴蝶结，脸上和胸前布满刀痕，女子五官精致，眼深鼻挺，眉心之间有一颗显眼的美人痣……

耿昊突然疯了般，一把夺过画纸，仔细端详两眼，赶紧从裤兜里掏出手机，急急忙忙拨出一个号码。他把手机放在耳边听一会儿，似乎没有接通，重拨，过了几秒，似乎还是没接通……耿昊一手哆哆嗦嗦地拿着画纸，一手擎着手机，语气颤抖地说："这……这上面画的可能是我的前女友刘雨琴，她会不会……也死了？"

将近一小时之后，刘雨琴住处，张世杰踹开房门。

刘雨琴侧卧于血泊之中，与先前的被害人一样，除了脖子上用丝袜系成的蝴蝶结，周身上下别无他物。她面冲房门，瞪着无辜的大眼睛，似乎在濒临死亡的刹那，仍然期盼拯救者的出现。她同样没能幸免，下体留有性侵痕迹，不过对于她，凶手似乎格外愤怒，好像只是勒死她还不足以释放心中怨气，于是便如田霜手中攥着的那幅画所表达的那样，凶手用尖刀残忍地在尸体胸口附近接连捅了十几刀，并用刀尖把她的脸划烂了，凶器就扔在尸体旁。

门口楼梯间传来一阵哇哇呕吐的声响，显然耿昊无法承受眼前发生的这一切。事情已经很明白了，凶手就是冲着他来的，先是把他牵扯到案子当中，然后接连杀掉与他有亲近关系的人。

此时耿昊也顾不上风度，用衬衫袖子胡乱抹了下嘴，摇晃着身子跟跟跄跄站在门口，冲里面神经质地吼叫着："为什么……为什么……那禽兽既然那么恨我，为什么不直接杀了我？！"

正在屋内四处观察的韩印扭过头看了他一眼，声音冷冷地说："他不会杀你，他只是想折磨你，他要让你生不如死！"

"都怪我，都怪我，我干吗要写那本书？"听了韩印的话，耿昊想当然认为是他新书中的内容激怒了仍逍遥法外的"3·19"案真凶，从而遭到报复。他懊恼地使劲拽了拽自己的头发，面如死灰，喃喃道："是我害死了她们，是我……是我……"

见耿昊如此内疚自责，顾菲菲不免有些心疼，走过去将他拉进门里，递给他一张纸巾，等着他把脸上的泪痕和挂在嘴角的呕吐残渣擦干净，柔声说："你冷静点，事实也许不是你想象的那样，如果案子真的因你而起，那你更要积极协助我们抓到凶手。据你所知，刘雨琴是一个人住在这房子里吗？"

"对，这是她妈妈的房子，她在外面还有两套房，不过这儿离她单位近，所以一般都住在这儿。"有顾菲菲的安慰，耿昊略微缓过神来。

"那她妈呢？"

"她父亲去世很多年了，她妈几年前又找了个老伴，平时基本住在男方那里。"

"你有联系方式吗？"

"有，有手机号码。"

"给她打个电话，说我们想见见她。"

"阿姨……噢，您在外地……您还是赶紧回来吧，雨琴出了点事……您回来就知道了……"耿昊很快接通手机，担心老人家一时受不住刺激弄坏身体，在电话里只能含糊其词。挂掉电话，他向顾菲菲解释说："雨琴她妈和老伴在外地旅游，说马上买飞机票赶回来，估计最早也得今天半夜。"

…………

5月25日18点到19点之间以及21点到22点之间，凶手连续两次作案，被害人皆与耿昊有亲密关系，由此"4·23"案作案动机部分浮出水面。之所以说是"部分"，是因为目前只能确认凶手作案是特别针对耿昊的，至于他到底与耿昊有什么样的过节和仇恨，要以如此残忍和卑劣的手段来折磨耿昊，实在是让人难以揣测。更何况，他还是一个"3·19"案的知情者，身份就更加扑朔迷离了。

两名被害人所住的小区都比较老，都是开放式小区，未安装监控，防盗门老化，周围邻居表示没注意到有可疑人物在小区出现，其他外围调查也毫无收获。

物证方面：捅刺刘雨琴的凶器是一把长水果刀，属于某著名品牌，痕检员在刘雨琴家厨房找到多把该品牌其他样式的刀具，从网络电商的销售信息上看，加上被用作凶器的这一把水果刀，正好凑齐该品牌的一个套装系列，也就是说，这把刀是刘雨琴的，非凶手带到现场的。除此，法医在被害人田霜下体部位采集到了精液，虽然目前在信息库中未找到相匹配的DNA，但也算是一个不小的突破。

而韩印对这一点其实并不看好，很难说样本是属于凶手的，以凶手在已知四起作案中表现出的谨慎风格来看，他应该不会留下这么大破绽。与之相比，韩印觉得更值得注意的，是凶手在犯罪过程中附加动作所体现的心理轨迹。

凶手一夜之间连杀两人，更毫不避讳暴露出核心作案动机，显示出强烈的欲望升级迹象。尤其他利用手绘画预告另一起犯罪的举动，显示出他开始享受这场由他一手策划的游戏。那么接下来的犯罪手法，很可能不会再拘泥于模仿，有可能全面打破原有模式，创造出带有他个人风格的犯罪模式。

很快，韩印对DNA样本的猜测再次得到了印证。

艾小美将田霜手机上删除的微信聊天记录做了技术恢复，发现田霜长期通过微信与一个叫东子的健身教练搞暧昧。聊天记录显示两人不仅时常到酒店开房，而且田霜还会趁老公值夜班的机会把东子约到家里鬼混。案发当天即是如此，宋平离家上班不久，田霜便发微信把东子召到家里……由东子在朋友圈里发的图片消息，很容易便锁定他工作的健身馆，随后张世杰亲自把他带回队里问话。

东子很配合地交出DNA检测样本，在等待鉴定结果期间，他坦陈与田霜是情人关系，表示自己当天是在傍晚6点左右离开田霜家的，随后与一帮朋友去饭店聚会，直到凌晨才散场，最后他主动给出多名证人的联系方式。

几小时后，DNA比对结果出炉，证实田霜下体中存留的精液是东子的。派出去约见证人的警员也传回消息，证实在聚会中途东子从未离开过。并且通过对东子身边的人进行问话，了解到他是个专业吃软饭的小白脸，这几年田霜在他身上没少花钱，简直就是他的提款机，他怎么会舍得杀她呢？

不过对东子的问话也不是一无所获，东子离开田霜家是傍晚6点左右，与凶手作案时间非常接近，张世杰觉得东子离开与凶手去田霜家可能就是前后脚的事，于是便让东子仔细想想从田霜家出来有没有遇到行踪可疑的人。

经他这么一提醒，东子还真想起来一件事：当时从田霜家出来，他边下楼梯边低头讲电话，没承想刚走出楼道口，不小心与一个正欲进楼的高个男人撞了一下。至于那男人的样貌，他还真说不上来，一来，是因为当时天快黑了，加之那男人戴着帽檐很长的运动帽，遮住了大半个脸；二来，他作为一个偷情者，自己也做贼心虚，根本没敢正眼瞧人家。反正互相都没计较，接着各走各的，不过他瞥了眼那男人的背影，看到他上楼梯时有一条腿是瘸的。

从时间点上看，如果不出意外的话，东子说的男人应该就是凶手，关键点在于他跛脚的特征与方大民反映雇他买书的人特征相像。既然这个高个男人与东子是不小心相撞，属于偶然因素，那么就不存在伪装的问题，警方这边可以完全确认凶手具有"跛脚"的特征。

另外，在耿昊前女友刘雨琴遇害案中，凶手附加了刺割尸体胸口和脸部的动作，明显是属于"过度杀戮"，鉴于这并非凶手初次作案，韩印认为：附加的虐尸举动，尤其针对面部的动作，更多地代表着一种"私人恩怨"。由此，关于凶手的背景信息，除了刚刚确认的"跛脚"特征外，他也很有可能在现实中与刘雨琴存在着某种交集。

虽然已经分手，但耿昊与刘雨琴毕竟恋爱了很多年，对她平日的社会交往比较了解，他尽可能把他知道的人和联系方式列了一份名单交给顾菲菲。同时，艾小美深入梳理了刘雨琴的手机通话记录以及微信和QQ等社交软件的通信记录，也列出一份调查名单。顾菲菲将两份名单交给张世杰，让他尽快安排警员进行排查走访。当然，最了解女儿的还是母亲，所以大家都在急切盼望刘雨琴母亲的飞机尽快落地。

◎第十章　相思成病

晚上9点多，刘雨琴母亲和继父终于赶到队里。白发人送黑发人，听到噩耗，刘母当即晕厥过去。幸亏顾菲菲在场，及时给她做了人工呼吸，刘雨琴继父又给她吃了几片降压药，才慢慢缓过来。

老太太醒过来立马要求见女儿的尸体，可是刘雨琴死状太惨烈了，就老太太现在的身体状况，谁敢让她看啊？于是顾菲菲以尸检工作还未完成，家属暂时不能看为由搪塞过去，可没承想老太太不领情。气氛正僵持着，刘雨琴继父出来打圆场，其实也是怕老伴再被刺激出个好歹来，提出由他代表，去看看闺女。

刘雨琴继父被警员引去法医科，顾菲菲看着刘母喝下一杯温开水，气色略有好转，便开始发问："您平常与女儿沟通得多吗？"

"还不错，经常打电话，有时候还会一起逛街。"刘母略带哽咽地说。

"据您所知，近半年的时间里她有没有和谁闹过不愉快，就是那种特别让别人记恨的事？"顾菲菲问。

"不能吧？没听她提起过，这孩子其实除了有个乱花钱的毛病，性格什么的都还好，挺温和的，应该不至于得罪什么人。"刘母使劲摇了下头，否认道。

"那情感方面呢？除了和耿昊这段恋爱关系，她还交过别的男友吗？"顾菲菲问。

　　"这耿昊也不知怎么想的，一会儿要结婚，一会儿又一拍两散，这不是要弄我闺女玩吗？谁受得了他这么折腾，可把雨琴窝囊坏了，哪儿有心情再谈朋友。再说，我觉得雨琴心里其实还有耿昊，她还是很想找机会与耿昊复合的。"提到耿昊，刘母果然一肚子气，数落一番，才回到正题，"不过跟耿昊好之前倒也处过一个，那孩子是外地的，两人是在读大学时开始交往的，毕业后就散了，我也只是后来听雨琴提起的，对那孩子的情况不了解。"

　　"再没了吗？"顾菲菲不死心地问道。

　　"没了。"刘母摇摇头，愣了下，像是突然想起什么，"噢，不对，我想起来了，好像最近她有个客户在追她。我出去旅游前，她陪我逛街买备用品，提过那么一嘴，不过她不想跟他交往，说他有个毛病……"

　　"是腿吗？有些跛脚？"听到刘母提到"毛病"二字，一直坐在顾菲菲身边未吭声的张世杰，立马联想到凶手的身体特征，忍不住插嘴问。

　　"不是，说他说话老爱喷口水，让人受不了。"刘母身子蓦地顿住了，急促地问，"你是说害雨琴的人腿有毛病？"

　　"从我们目前掌握的信息看，有这种可能。"顾菲菲眼睛紧紧盯在刘母脸上，似乎感觉到接下来刘母的答案将会为案子带来一丝曙光。

　　"难道是大海那个疯子？"刘母瞪着眼睛，哀怨道。

　　"大海是谁？您怎么会觉得他是凶手？"顾菲菲着急地追问。

　　"都是十几年前的事了，你要不说瘸腿，我还真想不起来。"刘母眯缝着眼睛回忆道，"大海叫刘春海，是雨琴他爸亲大伯的孙子，平时我们这几家亲戚走动得比较少，小辈之间就更少了，都不大认识。有一年因为挪祖坟的事，整个家族乱七八糟的亲戚都聚在一块儿，雨琴那年17岁，还是个高中生，正好赶上放假便跟着她爸去了，谁承想就被刘春海看上了。

　　"刘春海当时二十三四岁，刚当完兵复员回来，也不知怎么的，跟中邪似的，就看好雨琴了，非要跟她处对象。你说这不胡闹吗？先不说雨琴年纪还小，关键这还没出'五服'，又属于近亲，怎么可能谈朋友？可那小子不死心，我们两家人怎么劝都没用，整天就那么寻死觅活地闹。有好多次大半夜地跑我们家楼下乱溜达，再后来竟严重到从一处立交桥上跳下来自杀寻死。幸亏桥下有个水果摊帐篷挡了他一下，要不然就真的摔死了，从那次之后腿就落下残疾，走路一高一低。再后来，家里人实在看不住他，就把他送到精神病院，一检查，说是得了严重的相思病。"

"精神病院！"这又是与案件有重合之处的几个关键字，张世杰不禁念出了声，紧跟着追问道，"刘春海当年住在哪个精神病院，具体是哪一年，您知道吗？"

"好像是2005年左右住的院，据说进进出出住了三四年，至于哪个医院我还真不清楚。"刘母挠挠头，回忆着说。

"那他现在什么情况，您能找到他吗？"顾菲菲问。

"他父母几年前出车祸去世了，现在好像是他哥哥在照顾他，我倒是有他哥哥刘春江的手机号码，你等一下，我找找。"刘母从背包里掏出一个小电话本，翻了两下，递给顾菲菲，"喏，就是这个号码，你记下吧，这孩子有出息，自己开大公司，当大老板。"

从刘雨琴母亲那里拿到刘春江的手机号码，顾菲菲即刻拨打过去。虽然时间很晚了，但案情紧急，多争取一些时间也许就少一个无辜市民被害。

电话顺利接通后，顾菲菲将电话交给张世杰，免得刘春江听出不是本地口音以为是诈骗电话。张世杰接过电话亮明身份，刘春江在电话那端表示自己正在开车回家的路上，张世杰便让他先到市刑警支队来一趟，说有个案子需要他协助一下。

20多分钟后，大门口警卫将刘春江领到审讯室，看模样他应该不到40岁，梳着油亮的背头，手里拎着公文包，一进来便带来一股香水味，俨然一副成功人士的做派。

"你知道你弟弟刘春海在哪儿吗？"张世杰也不客套，开口直奔重点。

"我出差半个月，昨天才回来，怎么，我弟弟惹事了？"刘春江一时有些莫名其妙，从公文包里拿出手机，拨出一个号码，放在耳边听了会儿，放下说，"这小子关机了。"

"你弟弟住在哪儿？"张世杰反问说。

"住在我们家原来的老房子里，他到底犯啥事了？"刘春江似乎感觉事情不是想象的那样简单，语气也有些发急。

"走，你开车在前面引路，带我们去找你弟弟，具体情况稍后向你解释。"张世杰仍旧不解释，扶着刘春江肩膀便向外走，从言语和动作都不容刘春江多做反驳，刘春江也只好被动地听从指令。

据刘雨琴母亲反映：刘春海也是个大高个，腿部因跳桥自杀未遂落下残疾，现实生活中与刘雨琴属于堂亲关系，并且一厢情愿痴恋刘雨琴。以上这几点，与目前警方所掌握的"4·23"案凶手的背景信息是符合的，问题是，如果他是凶手，他怎么会知晓"3·19"案的隐蔽信息？

杜英雄在找于作国主治医生问话时了解到：于作国顶着杀人犯的名头住到精神病院初期，确实曾引起一阵不小的震动，医务人员和患者将他视为十恶不赦的恶魔敬而远之，他被监视居住在防范级别最高的病房。但随着时间的推移，很多人发现他并非想象中那么可怕，脸上总是挂着憨憨的笑容，也从未做出特别暴力和有侵略性的举动，按时接受喂药、按时吃饭睡觉，在医生眼里绝对属于模范病人。所以逐渐地，医院对他的防范便降格了，到后来他已经可以与其他病患一同活动、一同就餐、一同参加劳作，与普通病患没有多大区别。也就是说，如果刘春海与于作国曾经同期住在同一所精神病院的话，他们完全有机会产生接触，刘春海或许就是从于作国口中得知"3·19"案犯罪情节的。

由于刚刚张世杰一门心思放在问出刘春海的藏身之所上，根本没给韩印和顾菲菲插话的机会，所以从支队大楼里出来，两人便干脆坐进刘春江的车里，希望在路上将一些细节上的问题落实清楚。

这夜出奇地黑，周遭雾气蒙蒙，能见度很低，车窗外的风是温热的，静悄悄的夜晚被聒噪的警笛声打破，一切都是那么令人烦躁不安。

此时驾驶着黑色吉普车带路的刘春江也是一样心绪不宁，不时挪动着屁股，似乎总也找不到舒适的坐姿。一会儿拿起手机，一会儿再放下，嘴里自言自语嘟囔着脏话，显然是在数落那个一直接不通电话的弟弟刘春海。

终于，等到他彻底烦了，气急败坏地将手机甩到一边副驾驶座位上，韩印才找到问话的空隙："还有多久能到？你们家老宅远吗？"

"远，在城南郊区。"刘春江应答得极简单，语气也不太客气，大概觉得韩印和顾菲菲是被指派上车监视他的，但突然他好像悟出了什么，通过后视镜冲后排打量着说，"听口音你们不是本地人，是省厅的？我弟弟这回牵涉的是个大案？"

"我们是总局的，你弟弟的问题还不能确定，所以需要你的协助。"顾菲菲客气地接下话，"据我们了解，你弟弟曾因患了相思病在精神病院接受过治疗，我们想知道他是住在哪家病院、住过几次、具体时间是哪一年。"

"医院是康健精神病院，我父亲在那儿有个熟人，时间嘛……来来回回折腾了好多次，我得想想……"知道了二人身份，刘春江客气许多，用力思索一阵，才缓缓地说，"第一次应该是在2005年9月份；然后2006年住过两个多月；2007年差不多一整年都待在医院；最后一次是2009年，我父母出车祸去世，又让他受了点刺激，大概住了3个月。"

果然，刘春江的话证实了他们先前的推测，刘春海和于作国住院的时间是有重合的。顾菲菲和韩印交换了下眼神，不动声色继续问道："还记得刘雨琴吗？"

　　"当然，那是我妹啊！"刘春江随口应道，随即似乎想起什么，连着问，"大海不会是真去找人家了吧？他把雨琴怎么了？绑架了？"

　　"这么说，近段时间他跟你提过刘雨琴？"韩印顺着话题反问道。

　　"去年底，具体哪一天我记不得了，反正大海那天兴冲冲地跑到公司问我要钱，一开始我也没在意，因为平时都这样，他没钱了就会找我要，我就给他一笔。原先也给他办过几张卡，给他定期往卡里打些生活费，可这小子丢三落四的，没几天就弄丢一张，后来我也烦了，干脆就给他现金。"刘春江的抵触情绪彻底没了，主动说明当时与弟弟见面的来龙去脉，"不过那天我给完他钱后，感觉这小子情绪格外亢奋，便随口问了句'今儿心情怎么这么好'，没想到他跟我提起雨琴，说什么雨琴被男朋友甩了，还是在结婚登记当天，对她刺激特别大，他要买身名牌衣服，好好捯饬捯饬自己，去安慰雨琴。我一听就急了，这么多年好歹让他病情稳定下来，可千万别再走老路，赶紧拦下他，连骂带劝带威胁地费了一个多小时口舌，后来他怕我真断了他的生活费，便跟我保证不会去骚扰雨琴，雨琴那边也没找过我，我以为这个事就算过去了。"

　　"他怎么知道雨琴和男友分手的？"顾菲菲问。

　　"他说是从雨琴和她男友微博上看到的，还说雨琴那男友是个什么名人，这么多年这小子其实一直在默默关注雨琴的生活。有一次我去家里看他，无意间用了下他的电脑，看到里面有不少雨琴的照片，也不知道这小子从哪儿弄的。"刘春江又仰着头看后视镜，试探着问，"你们是不是搞错了？他要是想伤害雨琴早就做了，干吗非要等到现在？"

　　"你最后见他是什么时候？"顾菲菲仍旧不理睬他的发问，继续遵循自己的思路反问道。

　　"大年三十，我把他叫到家里吃了个团圆饭，又给他几万块钱当红包。"刘春江叹口气，语气有些自责，"唉，这阵子公司业务特别多，没怎么顾得上给他打电话，我还以为他没来找我，是钱没花完呢！"

"你弟弟学过画画吗？"

"还真学过，我也不太懂，反正就是用铅笔画的那种素描画，我记得当年他画过好多雨琴的肖像。"

…………

通过一路上与刘春江的交谈，刘春海作为"5·25"案凶手的形象似乎越来越清晰。顾菲菲目光炯炯，直视前方，有点摩拳擦掌的架势，不过韩印心里隐隐有种忐忑的感觉，也许这一趟抓捕并不会如想象的那么顺利。

刘家老宅位于一条村巷的最深处，巷子狭窄，警车开不进去，众人只好在巷口下车，跟随刘春江步行过去。

一行人拿着手电筒，在坑坑洼洼的泥路上深一脚浅一脚走了三五分钟，终于看到刘春江在一扇大铁门前停下。只见他从公文包里摸出一串钥匙，费力辨认一番找出把长的，打开了大铁门上的挂锁。

大门上锁不意味着里面没人，为谨慎起见，张世杰招呼众人关掉手电，以免打草惊蛇，随即众人悄无声息地进入院中。韩印大概打量了下，除中间一条水泥铺成的小道外，四周皆是杂草，一棵粗壮挺拔的青冈树立于墙边，枝叶繁茂，遮盖住大半个院落，令整个院子显得越发阴沉。中间正房由五间房组成，乍一看还挺气派，青砖灰瓦、飞檐翘角，透着古色古香，想必建造时间相当久远。只是在这样一个黑暗静寂的深夜，刘家老宅更多的是给他一种荒凉而又阴森的感觉。

宅内也是没有任何动静和亮光，两扇原色木门外面并未上锁，刘春江伸手握住门把手，稍微停顿了下，看似有些局促，随即还是用力把门拽开。紧跟着，他冲向黑洞洞的屋内，试探着唤了两声弟弟的名字，未得到任何响应。张世杰摆摆手，示意他闪到一边去，一手握着手电筒，一手举着枪，小心翼翼走进屋子。顾菲菲等人随后跟上，没有武器装备的韩印按规定只能跟在最后。

　　众人进到屋内，迅速对各个房间展开搜索，片刻之后会合，相互摇了摇头，示意没发现刘春海的踪影。张世杰掩饰不住失望，骂了句脏话，吩咐将各屋的电灯打开，进行更为细致的物证搜查。

◎第十一章　引蛇出洞

刘春海很有可能望风而逃了！

搜索刘家老宅，发现一台电脑，刘春江证实是他买给刘春海的，但机箱中的硬盘被卸去，随后在洗澡间蓄满水的浴缸中找到了这块硬盘，并且浴缸里还扔着两本书，封面顾菲菲很熟悉，那就是耿昊新出版的有关"3·19"案的小说——《绞杀者》。

电脑硬盘中可能存储了刘春海从策划到实施犯罪过程中的一些罪证，而那两本书应该就是他雇佣外来务工人员方大民代买，用于提取耿昊指纹的签名书。他把它们扔进浴缸里，明显意在毁灭证据，也显示出他可能意识到自己快暴露了，所以逃遁藏匿起来。

由于硬盘在水中浸泡时间过长，并且之前已经被摔坏了，艾小美想尽办法也未能将存储的信息提取出来。不过可喜的是，经过技术鉴定，确认了邮寄到支队的那张光碟，是用刘春海这台电脑上的刻录机刻录出来的。

同时调阅刘春海手机的通信记录，艾小美发现该号码最后一次通话发生在本年度4月22号，通话的另一方倒没什么追查价值，是一家保健品营销公司。但时间点似乎有一点特别，因为仅仅一天之后，便发生了"4·23"案的首起作案，这说明刘春海对整个作案是有相当周密的谋划的，在犯罪之初便弃用自己的常用号码，可能是意在避免日后警方利用这一点追查到他的蛛丝马迹。

另外，艾小美特意浏览了耿昊与刘雨琴的微博，发现二人发帖和互动的频率都蛮高的，也不避讳在上面暴露自己的私生活。而刘雨琴的微博账号还关注了一个叫"春海"的人，并且两人还存在互动，从互动语气来看，叫"春海"的账号是属于刘春海的，不过两人之间大都是一些简单的寒暄话语。由此可以判断：刘春海应该就是借助微博掌握耿昊和刘雨琴的日常活动和情感变化的。

至于刘春江，经过调查，证实他的确是在外地出差了半个多月，不存在包庇弟弟的行径。

综合目前掌握的各种线索，刘春海确有重大作案嫌疑。经市局批准，通缉令和协查通报第一时间下发到各分局以及基层派出所。支队这边调集所有能够调派的人手，除密切留意机场、车站、码头等交通要道以及旅店、宾馆、桑拿房等公共场所外，对刘春海的社会交往、日常活动区域以及居住地附近有利于藏匿的场所等，都进行了深入调查和搜索。

此外，从案情上看，刘春海作案主要针对的对象是耿昊。原因可能是刘春海在微博上看到他与刘雨琴分手的消息之后，以为自己又有机会了，便带着满心幻想去找刘雨琴表白，结果却遭到拒绝。或许不仅如此，可能当时正饱受失恋折磨的刘雨琴还对他说了什么难听的话，并且话语当中还把耿昊牵扯进来，由此刘春海深受刺激，继而把耿昊树为人生中最大的敌人，遂展开疯狂的报复计划。鉴于此，张世杰特别在耿昊居住的社区周边布下眼线，以防刘春海穷凶极恶，对耿昊实施终极报复举动。

各方排查行动紧锣密鼓持续了一个多星期，但只是雷声大雨点小，除顺手破获几起性质轻微的违法案件外，连刘春海的影子也未摸着。支援小组和西州办案组方面碰了个头，商讨着是否再上点新手段，可出人意料的是，刘春海先出招了。

碰头会开始没多久，耿昊突然闯进会议室，情绪显得很激动，手里挥舞着一张纸片，径直走向张世杰，啪的一声将纸片拍到张世杰身前的会议桌上，红着双眼，声嘶力竭道："够了！够了！我不要再让任何无辜的人为我受到伤害，对我来说眼前只剩下两条路：要么自杀，彻底做个了结；要么你们把我当成诱饵抛出去，把那个浑蛋引出来！"

能坐上支队队长的位置，自然也是什么场面都见识过，面对耿昊突如其来的这个阵势，张世杰并没有乱了方寸，他没好气地瞪了耿昊一眼，才拾起桌上的纸片看了看，问了句纸片是从哪儿弄来的。耿昊回应说是凶手发到他网络邮箱中，然后他把它打印出来的。张世杰皱着眉头将纸片递给坐在身边的顾菲菲，顾菲菲接过来扫了眼，随即也蹙起眉头，将纸片又递给一旁的韩印。韩印便看到：这张A4尺寸大小的白纸上，打印着一幅黑白人物速写画——一个裸体女子仰躺着，双峰傲人，脖子上系着一个蝴蝶结，但并未画出头颅，头颅似乎被割掉了，断裂处鲜血四溅……

韩印看着手中的画，陷入深思：这张速写画想必是下一起案子的预告，凶手故意未画出头颅，或许意在预示下一次作案将会采用更加残忍的行凶手法，又或许是想让耿昊和警方揣测一下被害者身份。这两种可能性，无论是哪一种，或者兼而有之，都会令耿昊身心备受煎熬。再追溯凶手针对他的所作所为——先是陷害耿昊，令其遭到警方拘捕；接着再杀掉他的经纪人和前女友，让他明白所有的人都因他而死；再到眼下这幅通过邮箱直接发给耿昊的"预告画"，宣告与他亲近的人还会继续因他的"过错"而受到惩罚。这么综合起来看，凶手作案的思维逻辑简直是太有条理了，层层递进、步步紧逼，逐渐加重对耿昊心灵的冲击和折磨，直至将他彻底逼疯。就像现在这样，他已经感到生不如死了。

韩印抬起头，神色愈加严肃，因为他蓦然发现自己先前大大低估了刘春海，他俨然是个高智商罪犯，对于控制、操纵、支配欲望的追求已经达到最高层级，韩印开始有种棋逢对手的感觉了。

就在韩印凝神的这一会儿，张世杰好说歹说，终于将狂躁的耿昊按到椅子上坐下，但他情绪一时很难冷静下来，嚷嚷着非要张世杰立马给个说法。顾菲菲看他几近崩溃的模样，心里有种说不出来的难过，于是那个她在心里盘算了有一阵子的念头再度冒出来——不能再这样被凶手牵着鼻子走了，应该让他主动来找我们！

"我觉得耿昊说得有道理，为避免无辜群众再度被害，我们确实需要采取更主动的手段，我同意制订个'诱捕计划'，不过……"顾菲菲迟疑一下，稍微提高些音量说，"我来当这个诱饵！"

顾菲菲此言一出，会议室立马安静下来，几乎所有人都愣住了。耿昊最先反应过来，涨红着脸，使劲摆着手说："不……不行，菲菲，我是个大男人，不能让你替我担这份风险！"

"你做诱饵？"张世杰从两人初次见面就嗅到一点端倪，但还是忍不住接着耿昊的话追问道，"以什么身份？"

"前女友，我和耿昊以前确实交往过，这是事实，即使刘春海再了解他，也不会有破绽。"顾菲菲坦然应道，"前女友从国外回来，准备与耿昊旧情复炽，如此的身份背景设定，对刘春海应该会有足够的吸引力。"

"可是如果刘春海跟踪过耿老师，那他很可能见过你和小美，说不定也知道你的身份是警察了，他会上钩吗？"杜英雄插话问道。

"这点不用操心，我自有办法。"顾菲菲卖关子似的笑笑，紧跟着冲艾小美吩咐道，"小美，一会儿去商场帮我选个合适的假发，要长发的……"

"我坚决不同意，菲菲，你能来帮我洗清嫌疑我已经很感激了，你真的不需要为我这样做。"耿昊急不可耐地打断顾菲菲的话，哑着嗓子执意拒绝道。

"你误会了，我是在尽一个警察的本分，我愿意做诱饵，是因为我合适，跟你没关系。"顾菲菲故意操着公事公办的口吻，以减轻耿昊心里的压力和负疚感。

"如果你真决定了，我没意见，但时间紧迫，咱们必须马上制订出个计划，并立即着手实施。"张世杰补充道，"至于人手方面，你不用顾忌，队里会全力配合。"

张世杰语毕，将目光投向韩印，他知道他和顾菲菲说得再热闹，具体制订计划细节，尤其从心理层面上怎么能够最大程度牵住刘春海，还需要韩印的专业意见。顾菲菲此时也侧着头望向他，眼神中含着歉意，同时还带有一丝执拗……

韩印心情有些复杂。顾菲菲虽一贯个性强势，但以往在很多事情上都会重视他的感受，可刚刚在做出这个将她自己置身于凶险境地的抉择时，丝毫没有理会韩印有何想法，更何况让她挺身而出的那个人是她的前男友，作为现任男友的韩印，心里多少会有些不得劲。而从工作角度来说，顾菲菲提出的诱捕行动，其实是有点孤注一掷的意味的，甚至说白了就是一次赌博式的行动，以韩印的个性当然不喜欢这种极端做法。但他也看出来了，顾菲菲态度坚决，恐怕这个时候很难听得进去不同意见，所以踌躇一阵也只能默然点点头，同时又习惯性露出他那标志性的浅笑，以掩饰内心的不安和不知所措。

关于本次诱捕行动，主要分两步走：

第一步，必须在最短的时间内吸引刘春海的注意力，促使他将视线从无辜群众身上转移到顾菲菲这里，所借用的渠道主要是耿昊的微博，因为先前刘春海就是通过微博关注耿昊与刘雨琴的平日动向的。

第二步，通过耿昊与顾菲菲在现实中的接触，逐步将刘春海引入监控范围，也就是说，通过两人的约会，将顾菲菲所扮演角色的一些背景信息，尤其是住所，自然而然地暴露给刘春海，给他创造一个犯罪的平台，才有机会将之抓捕归案。

关于角色设定：顾菲菲所要扮演的角色并非如她想象的那般简单，一个人的身份和背景决定着他所处的环境，问题就在于，像前面提到的，需要给刘春海创造犯罪机会，那么为顾菲菲选定的住所就应该在那种安保松懈、没有监控、进出单元楼方便的开放式社区。相应地，她的身份便不可能太高级，而顾菲菲提出的所谓"海归前女友"的身份，显然是不合适的。所以经过一番紧急商讨，最终将顾菲菲的身份设定为一名普通白领，化名为陈楠，外市人，独自租住，就职于耿昊朋友经营的贸易公司，与耿昊的关系也并非前男女朋友，而是新近交往中。其实若是如此这番设定，换任何女警做诱饵都可以，不过顾菲菲还是坚持亲自上阵。一来，她觉得诱捕计划是她提出来的，理应由她来担这个风险；二来，一时之间张世杰在队里也确实找不到与耿昊气质形象比较搭的人选。

说到气质形象，顾菲菲属于天生丽质，平日大多时候保持素颜，只有重要场合才略施脂粉，但这一次为防止刘春海先前在跟踪耿昊时撞见过她，必须对自己的妆容和气质做一番彻底的改造。虽然对此韩印有一定思想准备，但没料到改装后的顾菲菲甫一亮相还是让他看呆了：

顾菲菲戴了一顶栗色大波浪的长假发，眼眸内侧画着细细的黑色眼线，还粘了长睫毛，立体深邃的扩眼效果令她那双本就清透的大眼睛看上去极具神采，加之粉嫩双唇上那一抹亮色唇彩，更是为她整个面庞平添了几分魅惑感。着装上，她以黑白搭配的经典职场装扮亮相，五分袖白色小立领雪纺衬衫，搭配黑色一步短裙，时尚俏丽又不失端庄之美，尤其裸露在外的那一双修长光洁的美腿，在淡粉色高跟鞋的衬托下，显得分外惹眼。如果说先前顾菲菲在韩印心里是一个清爽干练的冷感美女，那么现在她俨然是一个周身充满活力和诱惑力的妖艳女神。也别说刘春海了，就连熟悉的人冷不丁也辨不出她是顾菲菲来。

另外，本次行动还有一个非常重要的环节，那就是为顾菲菲寻找合适的"住所"。前面提到过，这个地方要处在低档社区，最好是临着社区街道的，楼层也不能高，要方便刘春海观察室内状况，要让他觉得环境对他来说是有机可乘的。幸运的是，办案组里有一位警员的亲戚刚好有一套房要出租，房子位于本市阳光花园小区，地理位置和环境均符合行动要求，于是住所问题可以说没费什么力气就解决了。

出于谨慎考虑，市局领导虽然批准此次诱捕行动，但强调原先的各项排查工作仍要继续推进，这就不可避免地要面临人手吃紧的难题，张世杰也只能尽可能地做到合理分配。鉴于刘春海先前一贯采取入室作案的手法，顾菲菲住所这边自然是监控的重点区域，围绕着住所所处的单元楼，张世杰布置了多个监控点，其中重点的也是本次监控任务的指挥中心，设在对面楼的一个出租屋内，里面高倍望远镜、摄影摄像器材、监听设备等一应俱全。由于张世杰是案件的总协调人，这个监控点的负责人便交由艾小美来担任。除此，杜英雄带着一名专案组警员，负责随时跟踪保护顾菲菲和耿昊外出活动时的安全……

在各方协力配合的情形下，只用了不到一天的工夫，计划的各项准备工作便全部就绪，诱捕行动随时可以正式启动。

这天中午的时候，耿昊在他的微博上发了一条"暖文帖"，内容大概意思是说：在他人生处于最低谷之时，有幸遇到一个漂亮温婉的好女人，他会用尽一生的爱来回报她……此条帖子还配有一张照片，是他与顾菲菲的自拍合影，合影中两人举止亲密，但顾菲菲戴着一副大框蛤蟆墨镜，遮住大半个面庞，让人难以一窥其庐山真面目。

这即是前面提到的诱捕行动的第一步，借助微博吸引躲在暗处的刘春海的注意力，既然他作案的宗旨是希望耿昊"生不如死"，那么耿昊于危难间反而收获了新的意中人，肯定不会是他所乐意看到的，对于顾菲菲扮演的陈楠，他自然会格外关注。而偏偏在合影中又看不清陈楠的样子，这可能会促使刘春海好奇心加重，想要了解陈楠的欲望也会更加强烈，迅速将注意力从原定侵害对象身上转移到陈楠这边来。也就是说，陈楠用墨镜遮脸的细节，是韩印故意设计的，所起到的心理作用与刘春海那张未画出头颅的预告画是一样的，如果刘春海真的上钩了，也算是以其人之道还治其人之身。当然，也不能就这么一条微博，按照计划，此后的日子，在微博上秀恩爱是耿昊每天必须做的功课。

如果诱捕行动第一步达到预期效果，意味着成功促使刘春海将陈楠锁定为下一个侵害目标，那么站在他的角度来说，首先需要摸清楚陈楠的底细，尤其是陈楠住的地方。鉴于他目前的处境，可能唯一的办法就是通过跟踪耿昊来达到这一目的，之后再寻找合适的作案时机。这当然是警方所希望看到的，要的就是他在这样一个过程中，逐步步入警方为他设置的天罗地网。

接下来，行动的第二步所要呈现的是耿昊与陈楠在现实中的亲密接触。大概的计划是：耿昊要每天开车接送陈楠上下班，合适的时候两人可以去逛逛商场，或者看场电影，再或者去酒吧坐坐，当然也免不了浪漫晚餐的环节。反正做热恋中的人该做的事，多些生活气息，以免被躲在暗处的刘春海看出破绽。

这些对两人倒也不是什么难事，毕竟曾经交往过，还是有一定默契，甚至一些表面上的亲密举动，比如拉拉手、搂搂腰、挎挎胳膊什么的，做起来还都蛮自然的。而且耿昊还主动"加戏"，不时中午会跑去公司给陈楠送自己亲手做的爱心便当，还自作主张送陈楠名牌包和化妆品，甚至每每在陈楠家楼下与之分别时都会轻吻陈楠额头，可谓做足了情侣之间互动的戏码。但在了解内情的其他警员眼里，他似乎有点过于投入，用杜英雄和艾小美的话说——这耿昊是有点要假戏真做的意思。

如此，又是一周的时间过去了，各种排查和诱捕行动均未捕捉到刘春海哪怕一丝一毫的踪影，但同时，他也未继续作案，这对诱捕行动来说算是一个好的趋势，或许意味着刘春海已经被耿昊的微博吸引住，只是出于谨慎心理才没有贸然现身。不过也必须考虑另一种可能，就是刘春海其实早已不在本市，尤其通过反向追踪IP地址，艾小美发现耿昊接到的那封带有"预告画"的邮件，

其实是刘春海早前从刘家老宅采用定时发送的方式发出来的，这似乎有点故布疑阵、拖延时间的嫌疑，以确保他可以安然顺利地潜逃至外地。

所以为以防万一，经上级有关部门批准，对刘春海的通缉范围扩大至全国。同时西州警方与海南警方也取得联系，请求协助做好耿昊身在海南的家人的安全保卫工作。至于诱捕行动，仍按原计划推进，市局也特别做了指示，要求参与任务的所有警员，继续保持旺盛的斗志，做好与犯罪分子比拼耐心和意志力的准备，绝不容许出现任何的松懈，以免给犯罪分子可乘之机……

◎第十二章　悬案疑凶

就在西州警方联合支援小组全力追捕刘春海之时，韩印却孤身出现在欣乐社区。

实际上，诱捕行动已经进入到实施阶段，他的作用相当有限，甚至从某种角度来说，让他继续跟进属于浪费资源，韩印跟顾菲菲和张世杰做了一番坦诚的沟通，希望自己能够再次着手调查"3·19"悬案。二人也觉得以韩印的身份去执行"蹲坑"抓捕任务，的确是大材小用，便应允了他的请求。

"3·19"案件集中出现在欣乐社区，说明那里即使不是凶手的常住地，也应该是他日常活动的一个重要区域。可案发这么多年，想要再回过头筛查凶手，显然难度太大，再说也没有那么多警力支援，仅靠韩印单枪匹马那得筛查到猴年马月。

还有，先前介绍过，侦破这个案子的关键点就在于能否找到蝴蝶结与老龄被害女性之间的交集。韩印原本也非常看重这一调查方向，但一上手便发现途径太单一了，无非就是上网搜搜这两个关键词，他也确实这么做了，结果仍是一头雾水。

前面两个调查方向都行不通，韩印并不气馁，他心里很清楚，调查这种年代久远的悬案，切入点始终就是个难题。经过一番综合考量，他觉得还是得从他熟悉的连环杀手的特质着手。

"3·19"连环强奸杀人案，共涉及三起案子，也就是说，凶手在第三次作案之后便戛然收手，对连环杀手的群体来说这算是一个特例。理论上说，具有变态心理，尤其犯罪情节中有"性行为"出现的连环杀手，是很难自动终止作案的，尤其处于频繁作案阶段，除非遇到比如因疾病和意外而死亡或者失去继续作案能力等因素，否则不会突然就消失得无影无踪。当然，相反的案例也有，比如甘肃白银系列强奸杀人案的犯罪人高承勇、美国BTK杀手丹尼斯·拉德，但这两人作案的周期长达十几年甚至近三十年，在这样一个漫长的时间段中，人的注意力、体力、心态，都会随着现实生活处境的改变而发生转变，作案欲望的下降乃至彻底消除，都是有可能出现的。

话归正题，遵从上面的思路，韩印来到市局资料室，从专用电脑管理系统中调出死亡人口登记信息记录……

凶手最后一次作案是在2007年6月27日，为谨慎起见，由这一天开始，韩印将时间放宽至2008年年底，将近一年半的时间，西州市因意外和疾病死亡的人数为1960人；结合先前罪犯侧写中圈定的20至40岁之间的年龄范围，人数缩减到912人；再剔除女性，人数又缩减到690人；进一步将死亡人口登记的家庭地址以及生前工作单位地址分别圈定为欣乐社区所属的欣乐街道，人数便大幅度下降至75人。

韩印将筛选出的死亡人口信息来来回回与先前所做的罪犯侧写比对了很多遍，综合身高、体质、职业、有无犯罪前科等条件，最终圈定12名具有作案嫌疑的人选。随即，他带着打印出的这12个嫌疑人的信息离开资料室，奔欣乐街道而去。

去时满怀憧憬，结果却不甚理想。虽然还算幸运，在街道派出所的配合下，用了两三天的工夫，除有一户人家于两年前迁至外地外，其余11个嫌疑人选的家属韩印都见到了，这些家属也蛮配合的，但似乎都没有让韩印觉得哪一个人选有比较令人信服的作案动机——无论世俗的还是心理方面的。于是带着沮丧和失落的情绪，韩印又将自己关进了资料室，这一次，他决定要将那690个人当中剩下的615人登记的信息全部筛查一遍。

如此熬了几个通宵，韩印手里又多了十几个嫌疑人选，其中有两人他觉得应该重点关注。他们一个是在养老院做保卫工作，于2008年3月因病去世；一个在市医大附属二院（老年病医院）从事医生工作，于2007年9月溺水身亡。虽然这两个人家庭住址与登记的工作单位地址均与欣乐街道和欣乐社区不沾边，但因工作关系，需要长时间与老龄女性接触，这也是韩印把他们的资料从数百人当中挑选出来的原因。而且相对来说，显然医患之间产生摩擦的概率较大，所以韩印对医生兴趣更大。

韩印试着将"医大附属二院"和"欣乐社区"作为关键词，在网络搜索引擎中进行搜索，没承想竟然很快便找到了关联。原来医大附属二院曾在欣乐社区开过分部，直到前年才因种种原因被撤销。韩印乘胜追击，又将"医大附属二院"和"蝴蝶结"作为关键词进行搜索，结果翻了几个搜索页，便有一篇标题为《医大附属二院护士换新装 蝴蝶结点缀青春 新制服扮靓天使》的社会新闻闯进他的视线。他急不可耐地点开链接，看到内容大概是说：我市老年病定点医院医大附属二院，自2005年3月起为全院护士定制全新制服，新制服样式美观、简洁修身，尽显女性曲线之美。尤其领口处系有蝴蝶结点缀，更是增添活泼可爱之气，广受病患好评……

护士，蝴蝶结，医大附属二院欣乐社区分部，体外射精……难道凶手是女性？是老年病医院的女护士？韩印赶紧把医生的资料扔到一边，转而把目光放到先前剔除的那一部分女性死亡名单上。果然，没费多大力气，便找到一位女性死者信息，其生前在医大附属二院当护士，因车祸于2008年1月不幸丧生……

韩印在资料室洗手间里简单洗漱了下，出来之后也顾不上吃早饭，坐上出租车直奔西州市医大附属二院。

那位在韩印看来极具作案嫌疑的女护士叫张雯，去世至今已有几个年头了，可能年轻点的护士根本没听过这个人，韩印干脆直接去拜访护理部主任，她即使不是最资深的，想必也会有个十年八年的工作经验，否则也坐不上这个位置。

也巧了，韩印见到护理部主任，亮明身份，道出来意，对方即刻笑着表示他找对人了，说当年张雯在医院做护士期间，所属科室的护士长正是她，而且张雯父亲退休前也在院里药局工作，私下关系也不错，直到现在还时常有来往，对张雯她是再熟悉不过啦。随后，也不用韩印多问，她便主动介绍起张雯的情况来：

"张雯是2005年秋天大学毕业分到我们这儿来的，小姑娘长得像假小子似的，不仅个子高，身体也壮，但性子特别温和，不怎么爱说话，脸上总是一副笑模样，挺招人喜欢。后来她被调到欣乐社区分部，科里的人都挺舍不得的。"

欣乐社区分部？这不正是与被害人的交集之处吗？韩印心中一震，紧接着问："听您这话的意思，她好像是被动调走的，是工作上有失误？"

"那倒不是，这孩子活干得不错，手脚麻利，人也勤快，经常被安排值夜班也没有怨言，主要是……"主任顿了下，稍微斟酌了会儿，接着说，"运气不好吧。"

韩印笑了笑，听出主任的话有些含糊，便追着问道："怎么个不好法？"

"怎么说呢，这孩子真就是运气不好，接二连三地被冤枉！"主任顿了顿，脸上挤出一丝苦笑，感慨地说，"那次是一个脑血栓病人，算是老病号，是个大老板，60多岁，每到换季便来住院输液预防病发。这人当时住我们科，老一点的护士都知道，他有对女孩子毛手毛脚的毛病，给他输液啥的都会躲着点他，也尽量少和他搭话，以防他蹬鼻子上脸，偶尔被摸一把，也只能自认倒霉。张雯那时刚来几个月，赶上那天管他的床，张雯哪儿知道他有好色的毛病，可能跟他多聊了几句，给他造成错觉，趁着张雯转身调整输液管时，狠狠掐了她屁股一下。这小姑娘哪儿能受得了，当时就和他吵起来，正吵着，那男的的老婆进到病房，也是五六十岁的人了，简直就是为老不尊，像个母老虎似的，不分青红皂白，抢起胳膊上去就给了张雯两个耳光，还反过来口口声声称张雯勾引她老公。"

"事情最后怎么解决的？"韩印问。

"解决啥啊，人家有钱有背景，不仅不道歉，还挑了医院一大堆毛病，最后也就不了了之了，苦了张雯这孩子，白受一顿委屈。"主任说。

"那她为什么被调走？"韩印问。

"那次更冤枉，差不多是2006年夏天，一个岁数挺大的老太太来看病。当时是她闺女搀着她，谁承想她闺女来了个电话，光一门心思接电话，把老太太忘了，一撒手老太太就在走廊里摔倒了。赶巧张雯端着输液瓶和输液器从身旁路过，实际上是老太太把张雯扑倒了，结果输液瓶碎碴把老太太胳膊和大腿都割伤了。"主任无奈地摇摇头说，"这娘俩岁数都不小，没一个讲理的，睁眼说瞎话，非说是张雯把老太太撞倒的。那时我们走廊里还没监控，虽然有很多人可以为张雯做证，但是没用，人家就是胡搅蛮缠，不仅让医院赔钱，还非要让医院开除张雯。闹了好一阵子，不依不饶的。眼见事情越来越无法收拾，影响越来越大，医院只好让步，采取息事宁人的态度，把张雯调到欣乐社区分部，这场闹剧才算平息下来。"

"张雯当年的护士制服是什么样的？"韩印先是打量了对面的主任一眼，见她穿的是便装，接着把目光转向门外，正好几个护士在走廊里走动，便指着她们说，"是不是跟她们几个的制服一样，领口处系着蝴蝶结？"

"对，这款制服深受好评，所以这么多年医院一直沿用这种款式，就是在材料上做了些改进，我记得张雯当年也特别喜欢。"主任回应。

"她是单亲家庭？"韩印问。

"是，她打小由爸爸带大。"主任点了下头，随即反问道，"对了，你们警察怎么突然想起要调查张雯了，难道她当年出车祸不是意外事件？"

"不、不、不，跟车祸没关系。"韩印连忙摇头否认，同时心里一阵暗喜。这就基本对上了。张雯系父系单亲家庭长大，可能母亲的形象在她心里并不高尚，长大后成为一名护士，又一再受到老龄女性侮辱，心中淤积的闷气和不忿逐渐让她的人格发生裂变，直至激发内心中邪恶的潜能，于是她用蝴蝶结彰显身份，开启连续弑杀老龄妇女的报复之旅。

如此，刺激性因素和心理动机基本搞清楚了，除了性别，其他大抵与韩印先前的分析一致，接下来就要看能不能找到实质性的证据了。

韩印向护理部主任要了张雯父亲的联系方式和家庭住址，但在拜访之前，他先去了趟医院工会。据护理部主任介绍，现在的工会主席，原先就是在欣乐社区分部做护理管理工作的，也就是张雯在分部工作时期的顶头上司。

据这位工会主席反映：张雯初去分部时情绪特别低落，工作态度也比较消极，对所有人，包括同事和病患，都是一副爱搭不理的样子。但过了一段时间，不知道为什么她整个人突然来了个大转变，不仅工作热情饱满，与患者相处得也越来越融洽。好多老太太就爱跟她聊天，家里的大事小情都跟她唠，她也能耐着性子与那些老人家交流，跟先前相比简直像换了一个人。

工会主席提供的线索，再次印证了韩印先前的判断，也让案情更加明朗："3·19"案中的3名受害人，果然是张雯有针对性的选择。当然，这种针对性并不是指双方存在世俗上的利益交集，而是通过日常的聊天，张雯确认了她们要么长期独自居住，要么因为丈夫工作的关系有长时间独立的空间。也就是说，这种针对性是为了保证张雯的作案能够顺利完成，没有干扰，也不必担心被人撞见。

从医院出来，已接近中午，韩印随便找家小饭店简单吃口饭，便坐上出租车，按照主任给的地址找到张雯家。

　　敲了好一阵房门，屋内才有人瓮声瓮气地应了句，韩印赶忙表示自己是警察。一阵窸窸窣窣的声音之后，一个头发花白、满脸皱纹的老大爷将防盗门敞开一条缝，揉着惺忪的双眼，含混不清地问："你是警察？我这儿没啥事啊，你是不是走错门了？"

　　"对不起大爷，打扰您睡午觉了。"韩印愣了下，似乎没料到张雯父亲是这般年岁，便试探着问道，"您是张雯的父亲？"

　　"对啊，是我。"听到女儿的名字，张父顿时清醒了不少，一脸警惕地打量起韩印来，"小雯走了很多年了，你想干吗？"

　　张父冷不丁这么一问，韩印反倒不知该如何作答，看老人家这副沧桑的面庞，女儿的去世显然对他打击不小。韩印实在不忍心再刺激他，便挥挥手里的警官证，岔开话题道："大爷，这是我的证件，您看一下。放心，我不是坏人，您让我进屋说话吧。"

　　韩印这一下还真糊弄过去了，张父接过警官证仔细看了两眼，便把防盗门敞开，将韩印让进屋。

　　房子不大，有两间卧室，加一个小客厅，家具陈设也相当朴素。韩印打量着屋子，有些没话找话地问："您是自己住在这儿？"

　　"小雯还小的时候，她妈改嫁了，几年前小雯也不在了，只剩我一个人了。"张父坐到沙发上，神情凄哀，指着沙发旁边的椅子说，"小伙子，你坐吧，说说，你来到底有啥事？"

　　韩印继续采取回避策略，一边四下打量，一边故意用随意的口吻反问道："张雯当年怎么会想到去学护理专业的？"

　　"是我的主意，虽然那会儿社会没现在竞争这么激烈，但也基本上没什么铁饭碗，大学毕业生找不到工作的多的是。我在医院工作我知道，社会再怎么发展也得看病，学了护士这门手艺，到啥时候都不愁没饭吃。"张父眯着眼睛说。

　　"那她妈妈改嫁之后，你们就没再联系？"韩印问。

"她妈跟个外地做买卖的跑了，杳无音信，孩子常说，就当没那个妈。"张父使劲叹口气说，"嘻，哪儿有孩子不想妈的，小雯偷偷哭，我都知道。"

"那个是她房间吧，我能看看吗？"韩印生怕张父再问起他的来意，指着张父背后的房间说，还未等张父应允，便已向房间走去。

"不……不是！"张父赶紧起身，抬手拦住韩印解释说，"以前的房子里到处都是小雯的影子，她走了我实在没法住，就卖了，换成现在这个房子。"

"啊，那张雯的东西呢？"听闻张父此言，韩印心里顿时发起急来。如果张雯生前用过的东西都被处理了，那就意味着很难找到与"3·19"案相关的证据，先前寻找到的线索，便只能停留在推论的层面上，到最后案子还是不能结。心里揪紧的韩印，说话的声音也不禁提高了许多："大爷，张雯没有留下日记什么的吗？"

"日记本倒是有几本，还有一些书，都让我归整到立柜上面那个纸箱子里了。"张父扭头冲房间里一个棕色大立柜上方指了指，又扭回头一脸狐疑地追问，"小伙子你到底要找什么？你和我们家小雯究竟是啥关系？"

"大爷，我们警察有纪律，这会儿真没法跟您解释，还请您谅解。"韩印既不想撒谎，又不想让老人家伤心，可眼下又实在绕不过老人家的一再追问，所以只好用场面上的官话来搪塞。说罢，也不管老人家如何反应，他径直走到立柜边上，踮起脚将纸箱子搬了下来，随即把箱子打开，自己一屁股坐到地板上，便翻找起来。

"那你慢慢找吧。"见此情形，张父也很是无奈，苦笑着摇了摇头，便从房门口闪开，坐回客厅沙发上看电视去了。

韩印在纸箱子里找到几本日记本，但打开来看发现只是工作笔记，并未看到与案件有关的内容。箱子里剩下的书他也大概扫了几眼，大多是一些临床护理方面的工具书，也有几本杂志和小说，对办案来说应该没什么用处。

韩印多少有些泄气，但还有点不死心，将箱子里的工具书挨个抽出来胡乱抖着。突然，两张百元人民币从一本厚重的护理工具书中滑落出来，显眼的是，钱上面都沾着血渍。韩印瞬间联想到"3·19"系列案件中的首起案件，凶手作案后曾将被害人钱包中的现金取走，以模糊警方的办案视线，那么眼前这两张钞票会不会就跟那笔钱有关呢？

◎第十三章　声东击西

晚上9点左右，西州市丽苑西餐厅。

顾菲菲在公司里的掩护身份是行政助理，但包括耿昊朋友在内，整个公司没人知道她的真实身份，所以她在那儿就是一普通员工，每天都有一大摊子工作要应付，没有任何优待。

公司最近接了个大项目，顾菲菲也得跟着同事们一块儿加班。下了班已经是晚上8点多，加上中午也没怎么得空吃饭，这会儿饿得是前胸贴后背，也顾不上招呼耿昊，狼吞虎咽把先上来的副菜和汤吃得干干净净，跟着又结结实实吃了一大块牛排，直到上甜点时才空出嘴和耿昊说话。

"咳，没想到，一个小白领也这么累，真是干什么工作都不容易！"顾菲菲打趣一句，向四周警惕地扫了几眼，压低声音冲耿昊说，"今天有可疑情况吗？"

"待会儿去酒吧坐坐？"耿昊并不接她的茬，抿嘴笑笑，卖着关子说，"今天是一个值得纪念的日子。"

"怎么？有什么特别？"顾菲菲讶异地追问道，"刘春海真的露头了？"

"不是，你想哪儿去了，脑袋里除了案子，还有没有点别的？"耿昊使劲紧了下鼻子，假装失落的样子说，"你真的不记得了？我们第一次相遇就是在7年前的今天啊！"

"噢，时间过得真快，一晃这么多年了！"顾菲菲愣了一下，随即轻描淡写地应道。但顾菲菲心里极其懊恼，她其实也有所察觉，耿昊似乎越来越享受眼下这场"戏"，看来是想借着诱捕行动的机会，重新对她发动恋爱攻势。这当然是她最不愿意看到的，先不说她从来就是个公私分明的人，单说情感，她心里如今除了韩印，根本容不下别人。她只是把耿昊当成一个最好的朋友，甚至可以说是亲人来看待。不过她也不想把气氛搞得太尴尬，便赶紧把话题岔开："别说咱俩了，都老皇历了，说说你和刘雨琴吧？你们俩怎么认识的？你怎么会在登记当天又反悔了？"

"这个嘛……好吧，你要想听，那我就说说。"耿昊支吾地说道，表情略显尴尬，迟疑了一阵，才接着说，"我和雨琴认识其实很简单。那时我从国外回来，办了一家智能家居公司，雨琴也刚大学毕业，应聘到公司做销售。"

耿昊又顿了下，脸上浮现出一丝笑意，但转瞬即逝，似乎提起刘雨琴他的心情还是蛮复杂的："雨琴算是那种你看第一眼便会被吸引住的女孩，身材高挑，皮肤白皙，眼睛长长弯弯的，笑起来脸上还有两个小酒窝，很乖巧、很甜美。初次见面我对她印象蛮好的，后来接触上一段时间，发觉她是个心地善良的女孩，并且各方面品位都不错，她对我也颇有好感，于是我们自然而然开始交往。后来公司运营出了状况，项目立意过于超前，市场越做越窄，没能融到足够的资金，虽然死撑了一阵子，但最终还是以结业收场。那时经常有人上公司讨债，别人欠我的又要不回来，三角债每天把我搞得焦头烂额，情绪特别不稳定，经常无端地发火。可能就是这样，我们起冲突的次数越来越多，加之我事业失败，她觉得跟着我没什么希望，得不到她想要的生活，便和我分手了。从此虽然生活在同一座城市，却再也未曾联系过，但缘分似乎仍然未尽，终究还是在异国他乡相遇了。

"先前跟你提过，我有过一段时间的写作'瓶颈'期，郁闷了一阵子，后来索性四处旅行。那次去法国，竟然偶遇雨琴，公司派她去出差。许是他乡遇故知感觉格外亲近的缘故，又或者是法国随处可见的浪漫气息感染了我们，总之相遇的那一刻，先前所有的不愉快顷刻间都释然了，后来几天我们结伴同

游，回国后便决定要重新在一起。

"当然，我必须承认，跟雨琴复合，乃至后来相约要在新书完稿之后登记结婚，是有一点点冲动。或者坦白讲也有虚荣心作祟的成分，觉得自己功成名就了，可以趾高气扬地令彼时无法留住的女人重回怀抱，心里面很是有种成就感。然而事到临头，当真正要去面对这段婚姻，才发觉雨琴似乎并不是自己真正想要厮守一生的人。那时，我脑海里不住地浮现一个人的身影，那个人就是你——顾菲菲！"话到最后，耿昊加重语气，眼眶也微微泛红，眼睛里充盈着某种期盼，直直地望向顾菲菲。

顾菲菲没料到耿昊兜来兜去竟又把话题转到自己身上，很是无可奈何，便赶紧把目光避开，转头向落地窗外望去。

窗外不远处，保护小组的吉普车，静静地停在街边，车窗紧闭，顾菲菲心里最清楚，那里面憋着两个大男人。其实这么多天下来，最憋屈的就是英雄这个组，由于人手不足，他们白天在陈楠公司附近转悠，晚上还得负责在耿昊住处周边巡视，差不多一整天都要窝在铁皮盒子似的车里。时下天气又闷又热，出于谨慎考虑，他们也不能开空调，车里面的燥热和异味简直无法想象……

顾菲菲凝神张望着，却见冲向她这一侧的副驾驶车门被推开，紧接着看到杜英雄从车里走出来。他举着手机贴在耳边，晃晃悠悠走到车尾，然后将身子放松地靠在后备厢上，似乎正和谁悠闲地通着电话。须臾，一辆货车从车边经过，他突然放下手机，反身回到车里，车子随即微微晃动几下，看起来应该是发动了引擎。果然，车子启动以后，缓缓地掉过车头，突然一个加速，斜着向街对面冲过去，瞬间又以迅雷不及掩耳之势猛地一个刹车，车身横在一辆黑色轿车前。那黑色轿车似乎也有所防备，迅速一个倒车，紧跟着猛地向左一打方向，伴着刺耳的轮胎摩擦地面的声响，车身贴着保护小组的车尾冲了出去……

"啊！难道那黑色轿车里的人是刘春海?！"顾菲菲不禁叫出声来。

就在顾菲菲在西餐厅大快朵颐之时，韩印和张世杰却毫无胃口。在张世杰的办公室，从食堂打好的饭两人一口未动，而且一个皱着眉头抖着脚机械地叼着香烟，另一个则心事重重地揣着手来回踱着步子——两人在焦急等待着DNA比对结果。

七八个小时前，韩印将从张雯家里找到的那两张带有血迹的百元人民币送到痕检科，要求技术人员立即采集样本做DNA检测。结果若能与"3·19"系列案件中首个被害人的DNA比对同一的话，那么就可以确认张雯为该系列案件的凶手，也就意味着该案终于成功告破。

数年未解之悬案，如今即将迎来一个明朗的结果，可想而知，作为当年案件侦办核心成员的张世杰，此时的心情会是多么急切和忐忑。且不说可以了却一桩夙愿，单从功利角度说，作为整个办案团队的领导者和将支援小组请至西州的决策人，张世杰算是为西州市公安局立下奇功，从而也相对缓冲了眼下的案子对他本人和整个市局的压力和负面影响。韩印的目标则相当单纯，而且自始至终都是一样，寻求案件真相，还被害人以公道，令犯罪分子接受法律的公正审判，就是他想要做的！

终于，张世杰办公桌上的座机铃声响了起来，他立马掐灭手中的香烟，随即抄起话筒放到耳边。几秒之后，他猛地撂下话筒，用拳头重重捶了下桌子，兴高采烈地嚷道："对上了，DNA完全符合，案子破了！"

韩印未显出有多激动，这也是他一贯的作风，总是会压抑自己的情感，当然也是因为这个结果对他来说并不意外。所以他只是轻嘘了一口气，冲张世杰微微笑笑，便一边从裤兜里掏出手机，一边向门外走去，他想将喜讯在第一时间跟顾菲菲分享。

只是，手机刚拿到手中还未拨号，却先接到一通来电。接通之后，韩印听到电话那端传来杜英雄哽咽的声音："韩老师，顾姐她，她出事了……"

晚上10点45分，西州市，中北小区。

尖厉的警笛声此起彼伏、由远及近，很快，数辆警车蜂拥而至。车刚停下，车门迅速打开，韩印、张世杰、法医以及痕检员相继跳下车来。

现场位于一个丁字形路口，耿昊的私家车撞在正对面的一堵高墙上，右侧车头被撞得凹进去一大块，大灯至风挡玻璃处撕裂出一道大口子，风挡玻璃碎裂，主副驾驶气囊均弹出，车里的人不知所终。

韩印和张世杰沉着脸默默看着法医以及痕检员在损毁的车体中采集证据，杜英雄和另一名负责保护任务的警员，都耷拉着脑袋唯唯诺诺地站在一旁。

少顷，张世杰使劲白了杜英雄一眼，又瞪着自己的手下，一副恨铁不成钢的模样，嚷嚷道："纯粹是废物，好容易把刘春海盼出来，竟能在眼皮底下让他把两个大活人掳走，都干什么吃的！"

韩印心情当然更加焦急，但他很清楚眼下不是埋怨的时候，不能自乱阵脚，便淡淡地接下话，说道："具体什么情况？"

"今天顾姐下班比较晚，耿昊带她到西餐厅吃饭。两人坐下大概20分钟，我们注意到一辆黑色轿车停到了街对面，令我们生疑的是，司机始终坐在车里没出来。于是我假装下车讲电话，借着来往车辆的灯光观察车里的情况。那司机戴了帽子，我看不清他的脸，估摸着是个男的，但可以肯定，他当时手里正在摆弄一部相机。随后我返回车里跟专案组的兄弟合计了一下，觉得很有可能像咱们预想的那样，刘春海开始跟踪顾姐了。据此，我们发动车子，想出其不意将那辆车拦住，但没想到那车里的司机反应更快，撞开我们的车子，夺路逃走了！"杜英雄顿了顿，使劲吸了下鼻子，嗫嚅着说，"是……是我太大意，当时要是及时汇报，请求支援，就不会中计了。"

"中计？怎么回事？"张世杰没好气地催促道，"先别急着检讨，赶紧往下说！"

"接着就开始追车呗！"杜英雄赌气似的扬了扬声，大概是张世杰的态度让他脸面上有些挂不住，但随即又心虚地放低声音接着说，"那司机车开得不错，对市区路况也比较熟悉，我们一路追出去差不多10公里，才找到机会将车子逼停。问题是把司机拽下车来，发现根本不是刘春海。不过他倒也是冲着顾姐来的，据他交代：他是个私家侦探，有人出高价雇他跟踪顾姐。

"随后我们返回西餐厅，发现耿昊的车已经不在了，询问餐厅服务员，说是差不多半小时之前，两人急匆匆地结账走了。而那个时间刚好是我们开始追车的时间，我估计是耿昊看到我们这边出现情况，所以第一时间送顾姐回阳光花园了。我立马给阳光花园的监视组打电话，但得到的消息是并未看到两人回去。我心里就有了不祥的预感，有点反应过来，刚刚有可能是中了刘春海的调虎离山之计，于是赶紧沿路寻找耿昊的车子，就找到这里来，一看，果然出事了。

"不过就刹车印迹和车尾剐蹭情况来看，这应该不是意外，估计当时刘春海开车在后面追耿昊的车，耿昊一时慌乱转弯转大了，或者转弯时被刘春海从后面顶了一下，汽车失去控制直接撞到墙上。这一下把耿昊和顾姐都撞晕了，失去抵抗能力，刘春海趁机将两人劫走了。"

"那家西餐厅先前他们去过吗？"韩印紧跟着问道。

"去过，这阵子他们总在那儿吃晚饭。"杜英雄说。

"这是回去的必经之路？"韩印继续问。

"应该说是条近路，凡是到西餐厅吃饭，回来耿昊都会走这条路。"杜英雄说。

"对。"张世杰也点点头，冲远处指了指，"沿着这条街道向西开到尽头，再向北拐，再开个十来分钟就是阳光花园了。"

"也就是说，刘春海利用私家侦探引开保护小组，同时又诱使耿昊和顾组长离开餐厅，然后伺机于半路上将两人劫持，好一招声东击西！"韩印咬着牙叹道。

"他大概发现咱们在阳光花园布下重重警力，所以也只能用这种冒险的方式。"张世杰抬眼看了韩印一眼，试探着问道，"把各监视点的人都撤了，撤到大街上排查下过往车辆吧，不知道还来不来得及？"

韩印听出他话里有情绪，其实是在责怪杜英雄不仅中了刘春海的计，还一再贻误排查时机。就像杜英雄自己说的那样，如果他发现嫌疑目标，在第一时间寻求支援，根本不会发生后面的事。再说，哪怕你发现司机不是刘春海，能立马将情况报告上来，那个时候组织警力设障排查也还有用，以刘春海先前在作案中显示出的谋划能力，估计他这会儿早逃到事先找好的藏匿地点了。

不过有没有用都得试试，眼下也没有别的手段，韩印稍加思索说道："你看着安排吧！那个所谓的私家侦探呢？"

杜英雄知道后面的话是问自己的，赶忙应道："在我车里铐着！"

"带回队里仔细审，再派几个人在周围转转，看能不能找到有价值的线索。联系交警部门，把周围能收集到的监控录像全部拷贝下来，让小美找找可疑车辆。"韩印一连串地吩咐道。

◎第十四章　图穷匕见

中北小区与阳光花园毗邻，实际上两个小区原先都属于西州市东部的一个旧城区，不过阳光花园开发较早，而中北小区因牵涉一个国营大型水泥厂整体搬迁问题，直至不久之前才完成小区建设工程。因此，这个区域路况虽不算差，但基本上没什么人，来往车辆也不多，监控摄像头也还未投入使用，可以说很难找到目击者。选择在这样一个地段作案，对刘春海来说是很明智的。

据私家侦探进一步交代：他是在三天前接到这单委托电话的，委托人表示自己的妻子有外遇，希望私家侦探能帮他拍下妻子与情人约会的照片。不过奇怪的是，委托人并未透露他妻子的背景资料，也不需要私家侦探做贴身跟踪，只是让他把手头上其他案子停掉，保持手机通畅，随时等待召唤。委托人还特意强调，他妻子的情人有相当厉害的背景，这单案子可能具有一定的危险性，叮嘱私家侦探要随时保持警惕，一旦发现异常状况，要尽最大努力逃走。当然，既然是高风险的委托，必然会有高额的报酬，委托人表示会预付一万块钱，等案子成功完结后，再付两万块钱。私家侦探虽心里有些忐忑，但看在钱的面子上还是硬着头皮接下了案子。可他哪儿想得到，昨夜当他接到委托人的短信召唤，以最快速度赶到丽苑西餐厅之时，竟然会成为一起绑架案的帮凶……

艾小美追查到与私家侦探通话的电话是一个临时的手机号码，没有开启GPS功能，首次通话时距离最近的发射塔位于武昌路附近，那里与耿昊所住的小区只隔着两条街。同时查到，预付给私家侦探的一万块钱也是通过武昌路周边的一个ATM自动存取款机，用现金直接存到私家侦探的信用卡账户上的。调取ATM机监控录像，存款人戴了帽子和口罩，无法看清容貌，想必也就是刘春海了。该号码第二次使用，即昨夜发出短信指令时，距离最近的发射塔位于丽苑西餐厅附近的一座大厦上，这个发射塔也覆盖了昨夜的案发区域。手机目前处于关机状态，但以上种种迹象显示，刘春海似乎一直潜伏在耿昊周边。

痕检科连夜对车辆和车祸现场进行勘查，由现场提取的轮胎印迹以及耿昊车身尾部的撞击痕迹来推断，刘春海作案时驾驶的应该是一辆国产黑色小型轿车。就着这样一条线索，艾小美对昨夜于案发前后出现在中北小区附近干道被交通监控拍到的车辆进行了鉴别，初步锁定一辆牌照为"SXD4558"的黑色轿车。警方报案记录显示，该车于一周前被盗。

随后，全市大范围搜索嫌疑车辆的行动即刻展开。至清晨6时许，在距离案发现场5公里的一个巷口处发现嫌疑车辆。车上留有血迹，但人去车空，显然刘春海在此更换了车辆，线索至此完全中断。

现在是上午10点整，距离顾菲菲和耿昊失踪已将近12小时，如果是寻常绑架案，应该说还在侦查的黄金时间内，问题是绑架者是一个身负多桩血案的连环杀人狂，尤其从他先前毫不拖泥带水的作案风格来看，恐怕二人已是凶多吉少。

小会议室里，艾小美和杜英雄均一脸焦急，对着白色分析板比比画画着。两人刚刚将已知线索都记到白板上，希望通过直观立体的观察，寻找出刘春海可能留下的破绽。张世杰更是如热锅上的蚂蚁，红着一双眼睛，哑着嗓子不断地通过对讲机向前方各搜寻小组喊话。韩印还是一贯的模样，脸色沉着，坐在一大堆卷宗前。在他看来时间还有，他相信刘春海会最大限度去享受折磨顾菲菲和耿昊的快感，否则昨夜何必要将二人从撞车地点掳走，直接杀掉不就一了百了了吗？

当然，即使这样，也不意味着有多少时间可以浪费，作为侧写专家的韩印，很想以自己的专长，为搜捕行动找出一条捷径来。犯罪心理侧写笼统点解释，其实就是通过对犯罪行为的科学分析，来推断出犯罪分子的各种背景信息。当然这其中也包括个性、喜好，因此侧写专家们都秉持着一个观点——行为反映个性。那么反过来说，个性决定行为，就是说每个人的个性差异导致的行事方法也会大相径庭。所以从昨夜案发到现在，韩印一直试图通过全面剖析刘春海的个性特征，结合目前掌握到的有关他的所有犯罪信息，加上他的视角和思维方式，去"绎想"他会选择的逃窜路线和方向，以及他认为安全并具有一定心理舒适度的藏匿之所。

…………

此刻，韩印已经反复翻阅过刘春海的背景信息和犯罪资料，对每一个犯罪环节都逐一加以剖析，却并没有摸索到任何可以缩小搜捕范围的方向和思路，反而心里面的疑惑越来越多。而当他试着把这些疑问串联起来去审视，一个大胆的想法陡然从脑袋里冒出来：刘春海真的有能力做出这么一系列惊人的案件吗？他会不会是一个被精心塑造的"替罪羊"？

单纯从目前的局面上看，刘春海显然已经识破警方的"诱捕计划"，也应该清楚警方的警力布置状况，包括阳光花园的主监控区以及保护小组的动态，所以他才会利用私家侦探引开杜英雄等人，从半路上劫走顾菲菲和耿昊。这也就意味着犯罪升级了，迫害和折磨耿昊已经无法满足刘春海的欲望，他需要一个更大的平台——与警方对抗，来寻求更高级别的控制感和成就感。这倒也符合畸变心理发展的过程。

但是，为什么刘春海能够掌握警方和耿昊以及陈楠的动态，而警方捕捉不到他一丝一毫的影子呢？如果非要找出一种理由，那就是有可能刘春海在耿昊的手机或者随身物品中植入了定位工具。那么现在耿昊整个人都被掳走了，这一设想肯定是没法证实。不过即使真是这样，刘春海想要顺利完成昨夜的行动目标，也需要很多个巧合来促成。

综合昨夜案情，刘春海采取了伏击的策略。也就是说可能早前通过几次跟踪，他熟悉了耿昊与陈楠一贯的晚餐地点、路线和环境，然后根据这一路线制订出绑架方案。当昨夜耿昊和陈楠再次按此路线就餐，刘春海觉得时机成熟了，避开交通监控，从小路将车开入中北小区附近设伏，然后再把私家侦探召至餐厅对面引开保护小组，最后坐等慌不择路的耿昊进入他的埋伏区域完成作案。这算是一个比较合理的逻辑，就眼下的线索来看，也只能这样推理，不过他怎么就能保证私家侦探可以成功引开保护小组？更为关键的是，他怎么就能确定耿昊一定会按原路返回呢？

当然，就结果来说，刘春海成功了。这里面可能有运气的成分；也可能因为长时间的跟踪，他摸准了耿昊的脾气和秉性；或者他本身的判断能力、规划能力以及执行能力，的确非常出众。那么回过头再来审视他前面的四起入室作案，也同样可以说是非常成功，没有任何目击者，在复杂的作案过程中几乎未留下任何可追查的痕迹，还一度利用耿昊成功模糊了警方的办案视线。总之，如果这所有的成功犯罪，真的都来自刘春海的话，那他简直太强大了，称得上是高手中的高手！

然而，韩印从辩证的角度来审视这样一个强劲的对手，却蓦然发现了逻辑上的漏洞——如果刘春海真的这么神通广大的话，他怎么会把自己作为罪犯的形象如此完整地暴露给警方呢？韩印似乎感受到一只看不清面庞的黑手，在刘春海背后将他一点一点地推给了警方……

首先，通过买书的民工，将跛脚特征暴露给警方；接着，在奸杀耿昊经纪人前，故意与做贼心虚的偷情者发生碰撞，借此强化凶手跛脚的形象；然后，又将素描肖像画遗留在作案现场，表面上看是用来传递下一个被害者的信息，实则是想暗合刘春海擅长绘画的技能；再然后，在奸杀刘雨琴一案中，刻意以过度杀戮的行为方式，显现出凶手与刘雨琴之间存在交集，让警方由此顺藤摸瓜将视线锁定在刘春海身上；最后，利用刘春江的介绍，交代出刘春海与于作国在精神病院是有可能近距离接触的，借此消除刘春海是如何掌握当年悬案中凶手隐秘动作的疑问，从而坐实刘春海犯罪的嫌疑。

那么，如果说让警方把刘春海作为凶手是有人精心设计的，那这个人必定要非常熟悉刘春海。当然，以熟悉程度来论，他哥哥刘春江肯定是第一人选，不过他早早地就被证实与案子无关；其次应该是刘雨琴，但她作为被害者更不可能是幕后那只黑手。那还有谁呢？

韩印摘下鼻梁上的眼镜放到桌边，闭上眼睛用双手揉着两边的太阳穴，此刻他的大脑中正极力追溯着出现在整个案件中的每一个身影留下的线索……终于，当一个人的形象在他脑海里飘过的时候，他猛地睁开双眼，随之眼神中透射出一股复杂的情绪——异常冷峻，似乎还带着一点点惆怅。

接着韩印做了两件事。

第一件：他拷贝了一份当初张世杰审问耿昊时的声音片段，然后直奔欣乐社区，找到住在93号楼里那位因老伴恰好在家而幸运躲过奸杀劫难的王阿姨，请她和老伴听一下这份审讯片段。不过因为时间太过久远，老两口只能说声音有点像，但不能完全确定。也就是说，两位老人家并不否定，这就给了韩印很大希望。

第二件：离开欣乐社区之后，韩印立马去了健身俱乐部，找到耿昊经纪人田霜的情人、健身教练东子。他要对东子做一次认知访谈。此种方式，韩印在先前的办案中已经运用过多次。他让东子放空大脑，情绪完全松弛下来，利用心理暗示引领东子回到当初在田霜家楼道口与嫌疑人碰撞时的场景。通过启发和描述，希望东子能回忆起一些响声、气味，或者已经被视线所及但又未被大脑关注的信息，等等。

果然，双眼微闭的东子，叙述出先前并未提及的一个细节："我和那个戴着运动帽的男人在楼道口撞了一下，他个子比我高，身子撞到我肩膀上，有一

个轻微的踉跄。我回头瞥了他一眼，他正一瘸一拐地向楼梯走去。他身子先是向左边歪的，感觉左腿是瘸的，不过踏上楼梯台阶时，他身子又开始向右倾斜，又让我觉得他瘸的是右腿，实在很莫名其妙。"

东子不能理解的细节，恰恰是韩印最需要的，它不仅仅表明那个跛脚男人是正常人假扮的，更重要的是显示出假扮的这个人是一个"左撇子"。为什么这么说呢？刘春海是右腿有残疾，左撇子的人在正常步伐频率下刻意模仿他当然没问题，但如果因为某个突然的动作打破了节奏，他第一时间会本能地选择以自己最舒服的方式接着去模仿。所以在与东子相撞后，那个戴运动帽的男人，最初走路的姿态显示出的瘸腿是他的左腿，直到他踏上楼梯台阶时，才意识到搞错了瘸腿方向，于是赶紧做了相应的调整。而耿昊正是一个"左撇子"，这一点早在咖啡厅的那次约谈时，韩印就留意到了……

韩印回到支队大院，眼见杜英雄和艾小美正站在门口议论着什么，韩印上去打招呼，问两人在干啥，两人说正要给他打电话，韩印便将两人拉到一旁僻静处说道："我觉得咱们现在排查的方向和目标可能都是错的，咱们要找的不是刘春海，而是耿昊！"

韩印稍顿一下，见两人并没有想象中那般惊讶，以为他们没听懂自己的话，便加重语气说："耿昊才是这一系列案件的作案人，他很可能听刘雨琴提过刘春海的经历，甚至也许正是因为他从刘雨琴口中得知刘春海曾经跟于作国住过同一所精神病院，并且两人在入院时间上也有重合，才有了完美的作案灵感和替罪羊，于是策划了这一系列匪夷所思的犯罪！"

韩印话音刚落，杜英雄和艾小美迅速对了个眼神，随即艾小美语带兴奋地说道："咱们想到一块儿了，我和英雄刚才讨论了半天，也认为耿昊有很大问题！"

"噢，是吗？"韩印先是有些意外，接着便饶有兴致地问道，"快说说你们是怎么分析出来的。"

"其实也没有多复杂，我们只是运用比较原始的侦破手段，由案件原点开始重新审视案件，寻找突破'瓶颈'的办法。然而，当我们纵观了整个案件，便隐隐有种感觉：一切的一切似乎都因耿昊的新书而起。"杜英雄信心满满地说，"对于这一指控我们没有任何证据，但显而易见，确实是耿昊的那本新书，让多年前的疑案再一次成为社会的热点话题，也让专案组注意到他对'3·19'案的认识，加之邮寄到支队的光盘上有他的指纹，便让专案组有了拘传他的理由。然后借助这样的一个契机，耿昊主动将顾姐牵扯到案子中来；又随着案件发展，出现了凶手是针对他作案的相关线索，他便由嫌疑人转为被害人；而通过网络邮件事件，他提出以自己做诱饵抓捕凶犯的建议，从而催生出所谓的'诱捕计划'；还有晚餐的地点，也是他选择的；他最后跟顾姐一起失踪了……如此罗列下来，我和小美发现，整个事件中，每一个环节都有耿昊的存在，这绝对不是一种巧合，更像是精心设计的。另外，耿昊的身高也符合东子和方大民的指认。"

"还有，我回想起一个细节，也让我觉得尤为可疑。"艾小美补充道，"在排查耿昊的社会关系时，我和顾姐曾询问过他是否有仇家。他起初一口否定，可当我们提到刘雨琴的名字时，他态度立马发生转变，忙不迭地说出宋平和一个所谓的粉丝曾与他闹过矛盾。而当我们顺着这两个方向去查的时候，刘雨琴便遇害了。所以仔细想想，耿昊匆忙中抛出的嫌疑对象，是为了引开我和顾姐对刘雨琴的关注，为他自己赢得杀害刘雨琴的时间。"

"分析得不错，咱们运用的方法差不多，只是关注点不同而已，我是复盘了刘春海在整个案件中的行为线索，通过排除法推导出耿昊来。我见过东子和王阿姨了……"韩印大致将自己的分析思路说了一下。

"可是我们想不通他作案的动机，是针对顾姐吗？"艾小美皱眉问，"耿昊目前状况非常不错，事业处于巅峰状态，很难想象有什么刺激性因素能令他做出如此荒唐和变态的举动。尤其他和顾姐分手多年，就算当年可能分得并不愉快，也犯不着做这么荒唐的事情来报复吧？"

"我是觉得应该跟你们顾姐有关。"韩印迟疑一下，抬手扶了扶眼镜框，脸上现出一丝尴尬，用少见的支吾口气说，"可能不仅仅是当年分手的事情，也许……也许他们之间还发生过什么，只有他们自己清楚。"

"怎么跟张队说？"杜英雄挠挠头，一脸为难地问。

"现在的局面张队已经不能完全把控，整个西州警方都动了，局领导亲自做指示，不太可能因为咱们这样抽象的分析，而全盘否定专案组先前所做的一切工作。所以我觉得还是策略点，别急着和盘托出，就跟张队说让他们配合咱们再补充调查一点耿昊的情况，看能不能找到线索牵出刘春海来。"韩印凝住神想了想，然后吩咐道，"咱们现在得赶紧再去耿昊家彻底搜一遍，还有他近期所有的活动状况、通信记录、财务信息、财产状况都要仔细地捋一遍。重点是房产信息，包括他家人和亲戚的，看他有没有不为人知的落脚点。再不行，就再迅速排查一遍他的社会交往……"

时间到了傍晚，案情终于有了突破性的进展。

房产方面，耿昊的父母和姐姐在本地各有一套房，加上耿昊的住所，杜英雄和艾小美都带人搜过了，结果并无收获。不过韩印从耿昊的一个朋友那儿了解到，耿昊当年办公司时曾有客户欠了他一笔钱，最终抵给他一栋位于西郊千叶山庄小区中带院落的别墅。耿昊年前本想转手给这个朋友，可不知道为什么又不卖了，至于具体楼号，这个朋友也说不上来。

诸如千叶山庄这类建于城市近郊的别墅区，大多没有国有产权手续，价格相对便宜，并且房管中心也查不到相应登记。多数购买者都是以投资或者养老性质购买的，当然也有一些不法之徒借机隐蔽财产，所以实际上小区入住率一直都非常低，加之独楼独院，隐蔽性强，对耿昊来说是一个极好的落脚点。

另外，杜英雄和艾小美这边又查到耿昊姐姐名下登记有一部白色日产轿车，针对别墅线索，两人特意调看了出市区的交通监控，结果确实在监控录像中发现了该汽车，时间大致在昨夜案发后40分钟……

◎尾声

夜阑人静，悄无声响，一幢幢黑洞洞的别墅矗立在山边，显得尤为寂寥。但影影绰绰的，还是有一束昏黄的光亮透出来，犹如冥灯一般，诡谲莫名。

整洁的客厅，柔和的灯光，音响中传出清幽的钢琴曲，是那首著名的*My Heart Will Go On*（《我心永恒》），忧伤、婉转的音符，传进耳畔，涌入心底，有一种无法言喻的空灵和美好，是她和他最喜欢的曲目。一切都是那么熟悉，伫立在落地窗前的他的背影也是如此清晰，时光仿佛回到多年以前，回到她和他远在大洋彼岸的那个温馨的小屋……

顾菲菲费力地睁开眼睛，脑袋沉得不行，还有股炸裂般的疼痛，嘴里咸咸的，鼻腔里充斥着血腥味。她想挪动下身子，却丝毫动弹不得，她转了转眼球，才发现自己被绳索缠绕，紧紧捆绑在一个大靠背椅上。她努力抬起头，渐渐地从看到一双脚到看到一个熟悉的背影。

原来不是梦，那背影……果然是他！顾菲菲心里瞬间一个激灵，使劲闭了下眼睛又睁开，似乎不敢相信已经从梦境中醒来，但她知道，她必须接受现实。她冲着窗前的背影，气弱声嘶地说："是你？是你策划了这一切？这么说，你早就知道有丝袜蝴蝶结这回事？"

"你醒了。"耿昊缓缓转过身子，手里举着一杯红酒，脸上贴着创口贴，满脸惬意的微笑，不置可否地说道，"你真以为那些人能守住秘密？派出所民警、巡警、刑警、法医、痕检员……这么多人都去过现场，怎么可能全都把嘴闭得死死的。反正不管怎样，咱们现在终于在一起了。"

"你觉得我们这样算是在一起？"顾菲菲深深吸了口气，抬眼瞪向耿昊，语带讥诮道，"你做了那么多罪孽深重的勾当，我会和你在一起？"

"当然能，你是我的，永远是我的，为了你我可以做任何事！"耿昊将手中的高脚杯放到一旁茶几上，走到顾菲菲身前蹲下，一副神经质的模样说，"你知道吗？以前我不觉得，但当我要和雨琴结婚时，才发觉自己从来就没有忘记过你，才知道你对我有多么重要。"

"哼，你是我认识的那个耿昊吗？都到这个地步了，你还要这么虚伪？"顾菲菲冷哼一声，随即探探身子，毫不畏惧地迎向耿昊的目光，一连串诘问道，"你只是忍受不了拒绝对吗？你地位越高越忍受不了别人对你的'忤逆'对吗？你在结婚登记日反悔根本与我无关，你选择与雨琴复合，不过是为了狠狠地甩她一次，狠狠地报复她一次，以解当初她弃你而去之恨对吗？这让你感到无比畅快，于是决定报复所有曾令你感受到挫败的人，当然，这其中我是最值得报复的那一个。可是我不明白，你有必要这么大费周章，让那么多人为我陪葬吗？"

"哼哼。"耿昊也轻哼两下鼻子，静默了一会儿，梗着脖子，还是神经质的模样，说道，"我在想你那个狗屁警察男友在做什么。他还在苟延残喘地追捕刘春海吧？你不是把他当宝吗？他在你眼里不是最牛的警察吗？又怎样，还不是被我耍得团团转？"

"你……"顾菲菲一时语塞，她实在没料到耿昊疯狂到这种地步，不仅要报复她，还要挑战韩印，那接下来他还会怎样对付韩印呢？顾菲菲不禁暗吸一口气，试探着问道："事到如今，你想怎样收场？"

"你放心，我不会动你那个宝贝男朋友的，我会让他一辈子都不知道你身在何处，我要他一辈子活在失去你的阴影中。不只是他，全世界也只有我知道你在哪儿，想到这一点，我心里特别满足。哈哈哈哈……"耿昊直起身子一阵狂笑，随即戛然沉寂下来，面露狰狞道，"你知道Jack和Rose（电影《泰坦尼克号》男女主角）的爱为什么可以永恒吗？那是因为Jack死了。我也会让我们的爱成为永恒的，所以你有两个选择，要么像刘春海那样被我院子里的大狼狗吃掉，要么被我埋在那棵我新栽的榕树下。当然，首先我们得好好叙叙旧……"

说着话，耿昊逼近顾菲菲，他猛地撕开顾菲菲衬衫的扣子，露出粉红色的胸罩，猥琐地端详两眼，紧接着双手捧起顾菲菲的脸，无耻地用舌头来回舔着顾菲菲的脸颊。顾菲菲屈辱地闭上眼睛，泪水不自觉地涌出。当耿昊变态地用舌头舔着她的眼泪，又试图亲吻她的嘴唇时，她突然睁开眼睛，一口咬住耿昊的舌头，用尽所有气力咬了下去。耿昊瞬间高声哀号起来，同时一拳将顾菲菲连人带椅子打翻在地。他眼看着躺在地上面带讥笑的顾菲菲嘴里正咬着他的一截舌头，整个人彻底被激怒了，疯了般抡起双拳冲顾菲菲的脸疯狂暴打，接着又是丧心病狂地一阵猛踹……

……渐渐地，顾菲菲感觉不到疼痛了，她觉得自己整个身子似乎飘了起来，眼睛无法自控，慢慢地合上，整个世界也逐渐暗淡下来。就在这一瞬间，她隐约听到一声巨响以及随之而来的一声怒吼……

医院。

艾小美皱着眉在走廊中踱步，不时隔着病房门上的方块玻璃冲里面关切张望着。杜英雄坐在一旁的长椅上，怒目切齿，来回搓着拳头，浑身上下冒着一股怒气。

须臾，艾小美也坐到长椅上，长吁短叹一阵，才颇为感慨地说："相比咱们先前碰到的变态杀手，耿昊这种高智商罪犯其实更加可怕。顾姐是多精明的一个人，跟他相处了那么长时间，竟然也没看出破绽！"

"狗杂碎，他是变态中的变态，刚刚在别墅里就应该把他整惨了。"杜英雄咬着牙，恨恨地说。

"得了吧，你要是再打，非得把他打死。"艾小美说完，赶紧又嘱咐一句，"待会儿回队里你可不能冲动啊，别让那小子的律师抓到把柄！"

"知道，我不过说说罢了，就是心里特别不得劲，感觉像……"杜英雄皱了皱眉，使劲吸了下鼻子，说，"其实一直以来，顾姐在我眼里就跟武侠小说里那小龙女似的，洁若冰雪、清冷孤傲，有一种神圣不可侵犯的美感。当然，不是说我对她有啥想法，就是一种感觉。耿昊整这么一出，真是太恶心了，我现在的心情就跟当年看书里的小龙女被全真臭道士尹志平玷污时的感受一样，特别想杀了那死变态。"

"别瞎说，没到那份儿上。"艾小美拍拍他的肩膀安慰道。

病房里，顾菲菲终于从昏厥中醒来，她微微扭头，看到坐在床边的韩印，第一反应竟是无声地抽泣起来。这可能是顾菲菲第一次当众落泪，在男女恋情中本就笨拙的韩印，一时更不知该如何安慰，只好不住地为她擦着眼泪。

顾菲菲抽泣一阵，抬手握住韩印的手，哽咽地说："对不起，对不起，都是因为我，害了那么多条人命。"

韩印将顾菲菲的手拿到嘴边，轻吻了下，柔声道："别傻了，别人想要做什么，咱们控制不了，你只是被利用了而已，耿昊的偏执和自恋才是原罪。"

"不，真的，我真的应该跟你说声对不起。"顾菲菲挣扎着坐起身子，歉疚地将脸颊贴到韩印握着她的手上，说，"先前我说过的，年初和耿昊在朋友聚会上的偶遇，应该是他故意安排的。其实那次隔天他又单独约了我一次，并且求我跟他复合，被我拒绝了。我怕你多想，没好意思跟你说，若是先前都坦白了，也许你早就能察觉到耿昊的心机。"

"都过去了，不要再用这样的假设来折磨自己。"韩印捧起顾菲菲的脸，深情地望着她的眼睛，诚恳地说，"我真的不在乎你私下跟什么男人见面，你也不必向我交代什么，你只要让我知道，你的心始终在我这里就好。"

韩印如此说，顾菲菲又掉下了眼泪，这一次是笑着落泪。随即，两人紧紧拥抱在一起，默默感受着劫后幸福的时刻……

　　"你是怎么突然把怀疑目标转到耿昊身上的？"顾菲菲把脸埋在韩印胸前，喃喃地问。

　　韩印疼爱地抚摩着她的头发，说："柯南·道尔有句名言，你应该知道吧？那就是'排除一切不可能的，剩下的即使再不可能，那也是真相'！"

第二卷
烈火囚心

当一个人的心中充满黑暗，罪恶便在那里滋长起来。有罪的并不是犯罪的人，而是制造黑暗的人！

——雨果

◎楔子

夏夜，天色沉沉，闷热无风，蝉鸣声凄厉刺耳，透着莫名的狂躁。几道突如其来的焰火，发出"嗖嗖"的响声，刺破凝滞的夜空，狠狠撞向矗立在街边的一排小楼。

顷刻间，火花四溅，无数条慑人的"火蛇"，仿佛早已埋伏在黑暗中，只等这一声令下，便从四面八方蹿射出来，并以迅雷

不及掩耳之势蔓延开来。

惊叫声、求救声、哀号声，乃至由远渐近的警笛声，响彻黑夜。越来越多的人被吸引过来，他们看着被大火不断侵袭的小楼，无不露出震惊畏惧的表情……

而与火灾现场人们的反应迥异，面对如此火情火景，有一个人的目光却是无比贪婪和兴奋的。尽管他面对的只是一个电脑屏幕显示出的画面，但那已足够让他身体里那股燥热的激情达到顶点，直至在身体的战栗下迸射出去……

◎第一章　连环纵火

刑事侦查总局，重案支援部。

顾菲菲敲了敲老领导吴国庆办公室的门，听到里面有回应，便推门和韩印一起走了进去。吴国庆正伏在大班桌上看着一份卷宗，抬眼瞧见两人，赶紧摘下老花镜起身迎接。

吴国庆使劲握了握韩印的手，说："稀客、稀客，啥时候来的？"

"刚到。"韩印微笑道。

"他学校放暑假了，过来看看我，一到就惦记着先来拜访您。"顾菲菲一脸甜蜜地在旁帮腔道，说着话把拎在手中的一个礼品袋放到吴国庆的桌上，"知道您好这口，给您带了两瓶好酒。"

"来就来呗，还带啥东西，以后不准这么见外，快坐，快坐！"韩印本就是吴国庆欣赏的后辈之一，加之他与顾菲菲还有这层关系，吴国庆显得兴致颇高。他一边让座，一边转身从大班桌抽屉里翻出一盒茶叶，说："你难得来一趟，咱爷俩泡壶好茶喝喝。"

"你们聊，我来。"顾菲菲很有眼力见儿，从吴国庆手中接过茶叶盒说。

不大一会儿，茶水沏好，一老一少喝着茶，东一句西一句聊起来。

顾菲菲不想掺和男人间的谈话，眼见大班桌上摆着一摞卷宗，随手拿起一份翻看起来，没承想很快便被吸引进去。一份份看下去，顾菲菲脸色渐沉，不由得蹙紧双眉……

案件一。时间：2015年5月13日晚11时30分许。地点：江华市长房区林逸街道裕德路兴发旅店。案情：犯罪分子将汽油泼至旅馆大门口点燃，造成旅馆迎客厅起火，所幸火势不大，未有伤亡情况发生。

案件二。时间：2015年9月8日凌晨1时许。地点：江华市林苑区大名街道财大路长城宾馆。案情：犯罪分子围绕宾馆正门部位大面积喷洒汽油，造成旅馆火情严重，导致一名住客在情急之下由宾馆三楼全身带火跳下，后被紧急送往医院，但终因烧伤严重，在一周后去世。

案件三。时间：2015年12月14日晚11时许。地点：江华市万程区周山街道民兴路金利招待所。案情：犯罪分子向旅馆大门以及窗户连续投掷多枚自制汽油燃烧弹，造成大面积火情，导致一名住客身亡。

案件四。时间：2016年3月9日晚10时30分许。江华市正阳区君里街道人宝路隆盛宾馆。案情：犯罪分子向大门以及窗户连续投掷多枚自制汽油燃烧弹，引起宾馆大面积失火，导致两名住客身亡。

案件五。时间：2016年6月5日凌晨1时30分许。地点：江华市正阳区美林街道玉山路友好旅店。案情：犯罪分子向大门以及窗户连续投掷多枚自制汽油燃烧弹，导致一名消防员在救援任务中不幸牺牲。

案件六。时间：2016年7月2日晚11时许。地点：江华市甘化区英奎街道菜市路诚铭旅馆。犯罪分子向大门以及窗户连续投掷多枚自制汽油燃烧弹，造成住客一死一伤。

综上所述：犯罪分子选择的纵火目标皆为低档次住宿场所，助燃剂均使用的是汽油，犯罪情节也基本类似，故该六起案件做并案调查处理。现场勘查：除首起案件在案发现场附近发现一个容积为2升的塑料饮料瓶（后被认定是犯罪分子用来装汽油的容器）外，未找到任何可以联系到凶手的物证和人证。虽然相关监控摄像头拍摄到了纵火过程，但犯罪分子面部经过刻意遮挡，故难以辨清其真实模样。

顾菲菲合上最后一份卷宗，怔了一会儿，忍不住打断聊兴正浓的两个男人，说道："罪犯连续六次纵火，致使多名群众被烧死，已经不是单纯的纵火案了，相当于一系列严重的谋杀案。吴老师，这案子交给我吧？"

"噢，对，我刚刚也正要找你。"注意到顾菲菲的问话，吴国庆一脸严肃地应道，"案情确实相当恶劣，从去年5月份一直持续到现在，当地警方一筹莫展，至今对犯罪分子一无所知。"

"从作案时间上看，冷却期越来越短，今天是7月14日，距离最后一起案件已经过去十来天，我担心很快会有新的案子出现。"顾菲菲忧心忡忡地说。

"时间确实很紧迫，你们尽快出发吧。"吴国庆换上遗憾的表情，冲韩印说，"今天时机不对，等案子办完了，你过来，咱爷俩好好喝两杯，聊个痛快。"

"一定，一定！"韩印一脸谦卑，微笑说道。

江华市是著名的旅游城市，眼下正值旅游旺季，连着几班飞机都订不到票，支援小组只好改乘高铁。

从北京到江华的高铁全程运行时间近6小时，自打上车韩印便开启研读模式，将近一半车程的时间过去了，他整个人的注意力始终都倾注在案子卷宗上，连坐姿都没有变过。

顾菲菲拧开一瓶矿泉水冲他递过去，想让他喝口水歇会儿再看。没承想韩印连头也没抬，只是稍微扬了一下手，拒绝了她的好意。热脸贴上冷屁股，顾菲菲的倔脾气又上来了，当然她并不是真生气，只是带点撒娇地执拗地把矿泉水瓶直接伸到韩印眼前。

这回韩印才反应过来，抬眼看到故作一脸严肃的顾菲菲，赶紧接过矿泉水，抿嘴笑笑道："不好意思，我太投入了。"

"歇会儿再看。"顾菲菲也笑了，柔声说。

"差不多看完了。"韩印喝口水，合上卷宗说。

"有想法没？从类型上说，咱们这次遇到的纵火犯属于哪种？"顾菲菲也是急性子，三句话不离案子。

韩印点点头，稍微整理下思路，说："由心理畸变导致的系列纵火案，主要有两大类型：第一种，称为纵火癖，犯罪分子目标主要为荒芜的空地、垃圾场、废建筑物等等，相对来说危害性不大；第二种，是以寻求控制感和成就感为目的的纵火，这一类型的犯罪人具有相当大的杀伤力，他们不在乎纵火是否会对他人产生危害，多以人群居住和活动的场所为目标，危险性极大。而这两种类型还存在递进关系，某些纵火癖者会因生活受到重挫，而升级为寻求控制感的犯罪人。

"至于眼下的案子，更接近后一种类型，但比较特殊的是，罪犯纵火目标非常明确——就是旅店、宾馆之类的低档住宿场所，表明这种场所具有某种象征意义，咱们首先要做的就是解开这种象征的寓意，从而找出犯罪分子的初始刺激源。

"另外，还有一点要重点关注。以寻求控制感为核心需求的变态犯罪分子，是非常注重和享受作案过程的。尤其相关心理学家研究表明，纵火与性刺激有着相当紧密的联系，也是令犯罪分子欲罢不能的关键因素，所以这种犯罪分子喜欢直观地目睹火灾场面，从而获得最大的兴奋和满足感。也就是说，犯罪分子作案后很可能先逃跑，然后再乔装打扮返回现场，混迹于围观群众中，'观赏'自己的'杰作'！"

…………

下了高铁，赶到江华市公安局已经是傍晚了，江华市公安局局长亲自出面接待支援小组。简单吃了晚饭，连夜召开碰头会。会上，江华市刑警支队队长，也是本次系列纵火案专案组组长——陈海峰，针对案情和调查进展，做了深入详尽的介绍……会议一直持续到午夜才结束。

回到宾馆，顾菲菲又参考韩印的意见，对次日工作做了相应部署：艾小美留守支队负责筛查视频资料和联络工作，顾菲菲去法医科确认火灾中丧生的被害人的法医鉴定信息，韩印和杜英雄要在专案组的协助下分头走访案发现场。

◎第二章　现场走访

前面已经说过，低档旅店对于犯罪分子具有某种象征意义，且不论到底象征着什么，总之是令犯罪分子内心产生无法抑制的怨恨和愤怒的场所。而此种情绪肯定跟他过往在低档旅店发生过某种不愉快的经历有关系，意味着他最初纵火的动机是诸如报复、泄愤、谋害、牟利等比较常见的利益型动机。由此推断：犯罪分子初次作案的目标，也许是有很强针对性的。事实上，从案情上看，犯罪分子事先已经准备好汽油作为助燃剂，显然是有备而来。所以在韩印看来，对于第一个被纵火的兴发旅店，除了前期的调查之外，还需要继续深入挖掘线索。

兴发旅店是整个案件中损失最小的，只是门脸部位的墙体被熏黑了，稍微粉刷过后，便又继续营业。这家旅店开在一个比较老旧的居民区中，老板是夫妻俩，租用了一栋临街居民楼下的一个两层公建。门脸不大，外观装修也特别简单，看起来旅店整体档次就比较低。周围有网吧、饭店、小超市和菜市场，位置相对来说属于该居民区中比较热闹的地段。

稍微观察一下周边环境，韩印在支队队长陈海峰以及一名专案组警员的陪同下，走进兴发旅店。老板和老板娘都在，介绍过身份，韩印开始发问："纵火案发生前有住客和你们发生争执吗？"

"没有。"男老板不假思索地说。

123

"再仔细想想，时间不必太局限，可以往前再延伸一段时间。"韩印提醒道。

"好像……也没有。"老板和老板娘面面相觑，然后齐声说道。

"投诉呢？有任何针对旅店或者其他客人的投诉吗？"韩印继续问。

"应该有吧，不过具体记不太清了。"老板娘迟疑了一下，接过话，"其实投诉每天都有，一会儿嫌没热水，一会儿嫌被子有霉味，一会儿又这那的，反正这些人总能找出毛病，我们也习惯了，能解决就解决，不能解决就敷衍过去，总之我们就这条件，价钱也在这儿摆着，倒也没有因为这些小事闹得不可开交的。"

"客人之间呢？有吵架或者闹不愉快的吗？或者哪个客人让你觉得脾气比较冲？"韩印连续问道。

"没怎么注意，反正我们俩没听说过。"老板和老板娘又互相看了看，齐齐摇头说。

"据我们警方资料记载，案发当天你们这里总共有12位住客，其中有两位在录口供时声称着火前听到你们俩在吵架，有这回事吗？为什么？"显然韩印昨夜做了功课，对相关信息已经了解得相当透彻。

"咳，我们俩经常的，两天一小吵，三天一大吵，不算个事。"男老板大大咧咧地说，随即扭头问老板娘，"那天咱吵架了吗？我怎么没印象？"

"吵了，我记得，不就是因为你偷偷从账上拿走100块钱去买彩票吗？"老板娘没好气地说。

"对、对、对，我也想起来了。"男老板尴尬地笑笑。

"刚才提到投诉，当晚有没有住客针对你们俩吵架提出投诉的？"韩印问。

"这个真没有。"男老板一脸无辜地说，"你们不会认为是我们俩吵架吵恼了，要烧自己的店吧？"

"你别急，我们的工作性质就是这样，任何疑点我们都得考虑。"韩印笑着安抚道，随即陷入短暂的思索。

几个小问题，是韩印在逐步寻找有可能对犯罪分子产生刺激的缘由，找出刺激性因素才能解开低档旅店的象征意义。而老板的答案并没有给他带来任何启发，当然了，也许凶手与兴发旅店压根儿就没有任何关系。不过韩印还不死心，他决定换一个思路：兴许跟大多数连环杀手一样，本案犯罪分子初次纵火，是在一种无意识的状态下促成的，只不过一次无心的纵火，令他产生了某种释放和快感，从而成为连续犯罪的惯用手法。

韩印抬手推推鼻梁上的镜框，打破沉默，问："除了这一次被纵火，以前你们这儿发生过火情吗？"

"噢，倒是有过一次，不过那都是前年夏天的事了，而且是意外。"男老板干脆地说。

"是吗？说说看，是怎么回事？"韩印使劲点点头，对老板的回答显示出浓厚的兴趣。

"那次我印象也挺深的，"老板娘抢着说，"大概是下半夜1点多，我在吧台玩电脑，玩着玩着便闻到一股焦味从楼上传来，我赶紧把老公喊醒，一人拿着一个灭火器就跑到楼上去了，然后便看到从203房间的门缝中直往外冒烟……"

"其实火也没着多大，主要是床单和住客的衣服着了，我用灭火器喷几下，火就灭了，不过那两个住客吓得够呛。"男老板接下话说。

"把那客人的登记记录调出来。"半天没说话的陈海峰，指着接待台上的电脑说道。

听了他的话，老板和老板娘两人嘀咕了一阵，大概是在回忆当时的日期，然后老板娘噼里啪啦敲了一通电脑键盘，接着把显示器扭向韩印他们这边，说："喏，这是那两个客人登记的身份证信息，是前年8月22日晚间9点入住的，几小时后就着火了。"

"这一个叫孙鹏，一个叫罗哲的，是哪个人点的火？"陈海峰眼睛凑过去，一边在记事本上写着，一边随口问道。

"叫孙鹏的那个，他态度挺好的，主动承认是自己不小心造成的，还赔了店里的损失，我们也就没再追究。"男老板答道，又一脸不解地问，"他跟我们旅店后来被纵火有关系吗？"

"这得我们调查了才知道，你等消息吧。"陈海峰沉着脸说了一句，然后把记事本上刚刚记着身份证信息的一页撕下来，递给身边一名警员吩咐道，"你先回队里，把这个叫孙鹏的找出来，我和韩老师再走几个现场，有结果给我打电话……"

诚铭旅馆临近江华市最大的蔬菜水果批发市场，由一栋独立的旧居民楼改造而成，棕黄色的外墙大部分都被熏黑了，临街的窗户玻璃也全没了，只剩下黑乎乎的窗框，被从里面用破木板遮着，正门口两扇玻璃大门，同样只剩下两个扭曲变形的塑钢框架而已，入眼之处，可谓一片狼藉。

此时，大门口的卷帘门拉到一半，杜英雄和一名专案组警员哈腰走进去，一眼看到在门厅中央，一个大爷正躺在藤椅上看报纸。

听见响动，大爷坐起身来，满眼疑惑地打量着两人，试探着问："二位是……？"

"我们是警察。"杜英雄亮出警官证说。

"放火那坏蛋被抓住了？"听说是警察，大爷赶紧把手中的报纸放到一边，噌的一下站起身，满心欢喜地问。

"大爷您先别激动，罪犯还没抓到，所以我们特地请了总局的专家来指导办案。"一旁的随行警员指指杜英雄，冲大爷解释道。

"大爷，您和这旅店是什么关系？"杜英雄看过资料，知道老板是个年轻小伙子，叫李诚铭。

"店是我侄子诚铭开的，这阵子他和他对象俩一直忙着保险理赔的事，这边就我照看着，虽说店被烧了，但还是有不少值钱的东西在。"大爷脸上略带些失望地说。

"那您跟您侄子关系还不错吧？"既然都来了，总不能白跑一趟，杜英雄只好先跟大爷聊聊，"这店里的情况您熟悉吗？"

"噢，咱这店里基本都是自己家人，诚铭是老板，他对象帮着管账，还有两个外雇的服务员，平时我也来店里帮着打扫卫生、看看店啥的，所以起火那天晚上我也在。"大爷叹着气说，随即又主动解释道，"我弟弟两口子去世早，诚铭一直跟我过，跟我亲儿子似的。他大学毕业一直没找到称心的工作，待业差不多有一年，整天闷在家里，我看着也跟着上火。去年秋天，我有个朋友——就是这家店原来的老板，着急用钱想把店转租出去，我就用我弟弟去世后留下的一笔钱把这店接下来给诚铭做，谁承想，才干了小半年就摊上这种事。"

"噢，是这样啊！"见大爷一脸难受，杜英雄没忍心接着问，稍微打量下四周，扭身走向一边的楼梯。

"你们想上楼看看？电路烧坏了，上面黑，我带你们去。"大爷明事理地拎起放在接待台上的应急灯，抢着走到前面，边上楼边介绍说，"我们这店总共有4层，16间客房，当晚大多数住客都跑出去了，就顶层501和503的客人动作慢些，结果一个被烧伤，一个被熏死。"

"不是一共4层楼吗？怎么出了个501和503？"杜英雄纳闷地问。

"诚铭说做生意'4'不吉利，我们接手旅店后，索性把4楼全说成5楼。"大爷解释说。

诚铭旅馆纵火案，系至今为止系列纵火案中最末的一起案件，相对来说现场保持得比较完整，可以令杜英雄更直观、更真切地感受案发当时的情景和氛围，对于分析犯罪分子的行为特征所指向的背景信息也更有利，这也是杜英雄首选诚铭旅馆来考察的原因。

另外，虽然韩印倾向于认为罪犯初次纵火的目标最值得重视，但也特别提示不能忽略其他几个被纵火的旅店与犯罪分子发生交集的可能。所以接下来，杜英雄也向大爷抛出与韩印在兴发旅店提到的大同小异的问题，结果同样是未

得到有价值的反馈。

不过在问话中，杜英雄注意到大爷的表现不像刚才那么干脆，显得要慎重许多，尤其涉及住客的问题，他回应时眼神总闪闪烁烁的，似乎有所保留。杜英雄暗自斟酌了一下，决定直接把这个问题点破，便用诚恳的语气说："大爷，我觉得我们之间应该更坦诚一些，这样才有助于我们警方更快抓捕罪犯。"

"该说的……我……我都说了呀！"大爷迟疑了一下，支支吾吾地说。

"大爷您要是这种表现的话，不但会影响抓捕罪犯的效率，而且我们会认为您和这起纵火案是有牵连的。"看大爷的反应，杜英雄更觉得有问题，便故意把话说得重些。

"不、不、不，怎么可能，我干吗烧自己家的店？"大爷使劲摇着头否认道，犹豫了一下，才说道，"好吧，我说，不过我求你们放过诚铭，他已经够惨了，别处理他行吗？"

"说说看，到底什么事？"杜英雄耐着性子说。

"旅馆着火的前一天，有一个外地口音的人来住店，他说他身份证丢了，正在想办法补办，央求我们让他先住下来。诚铭当时也没多想，就依了他。可谁知发生火灾之后，他却不辞而别了，连剩余的押金都没取，我们才觉得这个人应该不是什么好人。"大爷吞吞吐吐地说完事情经过，赶忙又恳求道，"我知道你们公安局现在对住客登记这个事抓得比较严，违反规定是要被拘留的，所以才和诚铭一直瞒着这事，我们知道错了，别拘留诚铭了，要拘留就拘留我吧。"

"这事先放一边，您能描述出那个人的长相吗？"杜英雄问。

"火灾后你们不是拿走了我们的监控录像吗，那里面应该录到了那个人，那人留着小胡子，头发特别短，这儿有颗显眼的流泪痣。"大爷用手指点了点自己的眼睛下面说道。

◎第三章　汇总分析

晚餐后，支队会议室，案情梳理。

依照惯例，顾菲菲第一个介绍尸检和物证鉴定情况："本次系列纵火案造成间接被害人六死一伤，死者尸体和尸检报告我都看过了，可以确认除其中一人属于大面积烧伤导致创伤性休克死亡外，其余五人均死于呼吸道吸入大量火灾烟尘引发的热作用呼吸道综合征。简而言之，被害者均因火灾丧生，未发现杀人焚尸迹象。至于纵火爆炸物，为犯罪人自制，系采用饮料瓶，加入汽油，塞入引信，最终合制成威力巨大的汽油燃烧弹。"

接着是艾小美，她摆弄几下放在身前的笔记本电脑，随之会议室墙上的投影幕布上显示出一段视频影像。伴着画面，艾小美介绍说："目前我们掌握整个系列案件中四个案发现场的监控录像，室内和室外的视角都有——第一个被纵火的兴发旅店，没有安装监控；第三个被纵火的金利招待所，监控摄像头以及电脑则在火灾中被烧毁。不过现有录像中，已经清晰记录下犯罪分子的纵火过程。喏，就是大家现在看到的——犯罪分子手里拎着一个布袋子走进监控镜头中，然后在旅店门前停下，不慌不忙从布袋子中掏出自制汽油弹，用打火机点燃，投向旅店大门和临街的窗户。整个过程大概只有一分钟，之后其非常沉着地走出镜头。至于犯罪分子，大家也看到了——头戴灰色长舌帽，脸上戴着口罩，容貌无法辨认，身高大致在1.70米至1.72米，身材中等，不胖不瘦，辨识度较低，但应该可以确定是男性。"

艾小美停下话头，又摆弄几下电脑，投影幕布上显示出一段经过技术处理的影像，即一个画面中出现两个不同的场景。随即，艾小美按下暂停键，将两个不同场景中的某个点相继放大，然后说："按照韩老师指示，我反复看过很多遍录像，尤其关注录像中围观者的画面，最终在案件四和案件六的录像中发现了同一个围观者。我特意选了这两段画面，可以看清楚这个男人的脸。"

"虽然装束不同，但感觉身形跟前面录像中出现的犯罪分子很像，相继在两个案发现场围观，不可能是巧合吧？"杜英雄紧跟着说。

"把照片再放大些……好……可以了，接着播录像……"韩印未接话，指着投影幕布冲艾小美吩咐着，又指向投影幕布说道，"刚才放大的照片中，大家注意没？这个男人的右边脸隐约有一道黑线，再看现在两个同时播放的画面中，他的手都在戳他的右耳……"

"他在利用改装对讲机监听消防频道传出的信息？"顾菲菲说。

"那更没跑了，肯定是纵火者，不然谁会这么关注这两场火灾啊？"艾小美说。

"对，虽然这个人只在两个案发现场现身，但也足够让人怀疑了，把照片打出来向分局和派出所发协查通报吧？"支队队长陈海峰以征询的口气，望向韩印和顾菲菲说道。

"可以。"顾菲菲微微点下头，抬手指指杜英雄说，"对了，你那边不是说也有情况吗？"

"上午走访最末一个案发现场诚铭旅馆，据店老板的叔叔说，案发前一天有住客未带身份证登记入住，而火灾后该住客消失了。我让小美根据他描述的外形特征，在该旅馆先前提供的监控录像中搜寻，现已找到不明身份者。比对照片发现是一名网上通缉犯，可喜的是他于一周前在外市落网了。我们与该市警方取得联系，其到案后的口供已得到证实，不具备相关作案时间，所以情报无用了。"杜英雄顿了顿，思索一下，接着说，"不过这条信息给了我一点启发，咱们先前遇到过许多变态连环杀手，几乎每个人都会随着欲望的升级不断完善作案手法，而本次系列纵火案，也显示出了同样的行为特征：犯罪分子似乎一开始对于纵火想要达到的目标比较模糊，纵火手法也非常简单，但随着第二起作案出现了被害者——尤其被害者身上冒着火，从旅馆楼上跳下的那一幕，我相信一定深深触动了罪犯的内心，让他感受到前所未有的刺激。于是，他开始寻求更具威力的作案手法，利用自制汽油燃烧弹制造出更大的伤害，从而获取更高阶的满足感。我们都知道，这种欲望升级到最后，犯罪分子便可能有意寻求向警方挑战；再一个，韩老师也说过，这会是一个特别着重于作案过程的连环犯罪，那么有没有可能，在某次纵火中，犯罪分子事先扮作住客隐身于案发的旅馆里呢？由此，罪犯既最大限度地参与到案件过程中，又对警方形成愚弄和挑衅！"

"思路不错，值得对牵涉案子的住客资料仔细筛查一遍，任务交给你了，小美。"韩印紧跟着又叮嘱道，"一定要有耐心，不要有疏漏！"

开完会又是将近午夜。

回到宾馆房间，韩印为自己沏了杯茶，然后坐到写字桌前，打开笔记本电脑，一边在大脑中如过电影般梳理着案件相关信息，一边试着侧写出凶手的相关背景。

伟人说过：世上没有无缘无故的爱，也没有无缘无故的恨。当然，也没有人会无缘无故成为一名变态连环纵火犯。而纵火已间接害死六名无辜群众，所以韩印现在更愿意称之为连环杀手。

孩童时期的尿床、虐待动物、纵火，被称为麦克唐纳症状，即所谓的连环杀手三要素。尿床多与神经系统发育不良、情绪控制力差，以及心智发展滞后有关；虐待动物代表着反社会人格倾向。那么纵火为什么会成为一个孩童的原罪呢？其实解决伤害问题的方式有很多种，比如可以随地捡起一块石头，可以挥舞棍棒和铁锹，可以从厨房拿出一把菜刀，可是为什么孩子会把火作为攻击的武器呢？因为他口舌笨拙、不善言辞，建立社交关系或者辨别是非能力不足；更因为他性格极度内向而又懦弱，缺乏胆量与目标对象直接对峙。韩印相信，他们要找的犯罪分子就是这样的人，并且在孩童时期便有过纵火的行径。

当然，并不是每个有性格缺陷的孩子日后都会成为连环杀手，事实上，由人成魔只是极个别现象，那为什么本案凶手会成为这样的个例呢？韩印认为：那是因为他没有真正可以倾诉衷肠的朋友，更缺乏异性伴侣。他有可能是独自在这座城市打拼的外地人，当然也不排除系本地人作案，总之他独自居住，被周边所有人忽视，内心深处怀有强烈的孤独感以及无处释放的性压抑。而所谓的孤独感并不是一种单纯的心理感受，它其实是一种封闭心理的反映；性压抑则是对自身生理欲望的一种无奈之下的制约。随着时间的流逝，这两者都是极易让人产生病态心理和人格障碍的因素，尤其当他遭受到生存挫折和情感创伤之后，便很有可能通过极端的行径寻求心理上的平衡感。

那么，为什么第一次纵火要选在2015年5月13日？为什么第一个目标会是兴发旅店？这后一个疑问，韩印先前已经表述过，但目前确实没有任何证据表明兴发旅店与犯罪分子是有交集的，所以还有待继续挖掘。但前一条时间线不能忽视，请记住2015年5月13日，那一定是个对犯罪分子有着特别意义的日子。

江华市辖有5个辖区，共设30个街道，从犯罪的地理层面说，犯罪分子的足迹可谓遍布全市各区街道。这样一个行为特征，加之其在作案细节上的表现，按照美国FBI二分法的类型定义，很明显，他属于有组织能力的杀手类型。但上面已经提到过，本案犯罪分子具有极度内向和懦弱的性格，还有现实处境滋生的孤独感，都会大大降低其对自我价值的认同，所以他更愿意在他熟悉的、掌控性强的区域作案，尤其是早期的作案。那么，案件一和案件二的案发区域就值得注意了，韩印觉得它们其中的一个也许就是凶手栖身或者日常活动的区域。

　　纵观整个连环纵火案件的时间线，周期并不固定，但都集中在深夜或者后半夜，所以韩印更倾向于认为犯罪分子是自由职业者，朝九晚五的固定工作不会让他有如此的精力。另外，纵火所用的助燃剂汽油，国家有规定不能随意买卖，韩印推测犯罪分子应该有一辆机动车，作为他购买汽油的掩护，但车况应该不会太好，也许只是一辆摩托车而已。

◎ 第四章　消防英雄

那个早年在兴发旅店不慎将床单点着的孙鹏找到了。

孙鹏是本地人，专案组警员通过查询户籍资料先找到他的父母，又从其父母口中得知他现在供职于本地一家网络科技服务公司。而联系上孙鹏是隔天的事，听闻他出差从外地刚回来，韩印和陈海峰立即赶到网络公司与其会面。

孙鹏目前任这家公司的技术副总监，有自己的独立办公室，人长得斯斯文文的，个子中等，体形细瘦，身上散发着一股香水味，从男人的角度说，似乎脂粉气略浓了些。他将韩印和随同警员让到会客沙发上，自己反身坐回到大班椅上。

一番相互介绍、简单寒暄之后，韩印便引入正题，问道："2014年夏天，准确点说，应该是2014年8月22日深夜，你在本市兴发旅店放了把火，这事还记得吧？能详细描述下整个事情的经过吗？"

"哪儿有那么严重，根本谈不上放火！"孙鹏摇摇头，发出一声短促的苦笑，然后跟着解释道，"那天我和同事去给一家小公司做网络工程，完事后已经到晚饭点了，我和同事便在附近找了家小馆子吃饭。那天是周末，也没啥事，我俩多喝了两杯，等从饭馆出来，差不多都喝醉了。尤其我那同事醉得只能拖着走，又赶上外面下大雨，出租车也打不到，我看到马路对面有家小旅店，便把他拖到那儿住了一晚。后来下半夜，我让尿憋醒了，去了趟厕所。

回来后脑子有些清醒，发现衣服和裤子上被吐了很多脏东西，屋子里也满是那种酸臭的味道，我把衣服啥的都脱了扔到床边，又从裤兜里摸出一根烟点上，想冲冲屋子里难闻的味道。没承想这么叼着烟就睡过去了，结果稀里糊涂地把衣服和床铺烧了。事情就这么简单，而且我已经和旅店老板妥善地把这个事情解决了，不知道你们警察为什么突然对这个事感兴趣？"说到最后，孙鹏反问一句。

"小时候经常玩火吗？"韩印所答非所问，眼睛直直地盯着孙鹏说。

"没啊！"孙鹏干脆地答道。

"7月2日晚11点左右你在哪儿？"韩印问。

"你这是查案子？什么案子会牵扯我呢？"孙鹏一脸纳闷，但情绪上并无太多抵触，他拿出手机翻了翻，接着说，"我的日程记录显示，那天我没有应酬，那应该待在家里。"

"有人证吗？"韩印顺着思路继续问。

"我单身，不跟父母住，找谁证明啊？"孙鹏稍有些不耐烦地说。

"好，这个先放下。"韩印翘了翘嘴角安抚道，接着取出随身携带的小记事本看了几眼，说，"既然你手机上有日程记录，那么你也顺便查一下去年的5月13日、9月8日、12月14日，以及今年的3月9日、6月5日，这几天的晚上你在哪儿。"

"不知道你们在搞什么鬼，都几号来着……"

"去年的5月13日、9月8日……"

尽管并不十分情愿，孙鹏还是在韩印的提示下翻起手机日程记录，片刻之后说道："去年9月8日我出差去了香港，今年的3月9日我在日本，公司在这两个地方都有业务，公司可以给我证明。至于你提到的其余几天，手机上没有记录，估计我也是在家里，这回你们满意了吧？"

"嗯。"韩印抿嘴笑笑，若有所思地点了下头，突然话锋一转，说，"罗哲，是那天跟你一起入住兴发旅店的同事吧？"

"啊……对啊！"孙鹏低头看了眼手机，拖着长音说。

"他现在还在这儿工作吗？"韩印问。

"早离职了，据说去深圳闯世界去了。"孙鹏又看眼手机，似乎在等什么电话。

"你们还有联系吗？"韩印问。

"离开公司就没联系过。"孙鹏说。

"那不打扰了，感谢你的配合。"韩印突然结束谈话，站起身，冲孙鹏伸出手道别。

"噢，没关系。"孙鹏随即欠身，握了握韩印的手，鼓了下腮帮，又赶紧憋回去，似乎偷偷松了口气。

"怎么样，韩老师，这人可疑吗？"一上车，刚刚一言未发的陈海峰便急不可耐地问道。

"你也听到了，至少两起案子人家都有不在现场的证据，而且你注意到没有，总体来说他对咱们问题的反馈，都是非常简洁和干脆的，这往往就意味着他说的是真话。不过呢……" 韩印稍微顿了顿，思索了一下，说，"他一开始在叙述不慎纵火的过程中，一直以'同事'来代替罗哲的称谓，似乎有意识在回避罗哲的存在……"

"所以您又把问题折回去，打探起罗哲来，孙鹏便似乎有些不自在了。"陈海峰抢着说。

"你也看出来了，提到罗哲的瞬间，他有个下意识的视觉阻断的微反应，说明咱们的问题让他感受到了压力。"韩印说。

"可是没有任何证据显示犯罪分子是有帮凶的，那他和那个罗哲之间的瓜葛，对咱们的案子也没什么帮助吧？"陈海峰失望地摇了摇头说。

"从目前的线索来看是这样，只是过去这么久了，提起兴发旅店的经历，孙鹏不假思索地说了那么一大套说辞，是不是有点太顺了？似乎是早已编排好的话。所以还得麻烦你这边把那个罗哲也找出来审审。"韩印客气地说道。

与此同时，支队审讯室，一个面色黝黑的年轻男子，正在接受顾菲菲和杜英雄的讯问。

协查通报和罪犯侧写报告发布出去没多久，专案组便接到一个来自消防队的反馈，有消防员指认出警方要找的"围观者"，也就是上面提到的受审男子。

该嫌疑人叫苏家盛，本地人，曾经是一名合同制消防员，服务于正阳消防大队君里中队。两年前在一次火灾救援任务中身负重伤，无法继续从事消防一线工作，遂离职，现如今和朋友合伙开了家网吧。

…………

"我承认经常监听消防电台，也因此在第一时间赶去过很多个火灾现场，但我绝对没有恶意，至于你们要查的连环纵火案，我可能在几个案发现场出现过，但纵火跟我没有一丁点关系。"未待顾菲菲和杜英雄多问，苏家盛主动交代道。

"这么说你对我们要查的案子很关注？"杜英雄接下话问。

"当然，报纸整天报道，不光我，咱这城市的老百姓谁不关注？"苏家盛坦然应道。

"你已经不是消防员了，干吗还这么在乎消防队的出警救援情况？"顾菲菲接着问。

"我说我无比热爱这份职业，你信吗？"苏家盛轻哼了下鼻子，感叹道，"我18岁被招进消防队，整整8年，每天要么累倒在训练场上，要么被各种救援任务搞得精疲力竭，可是我内心中的充实和自豪感是满满的。也许消防员这份职业在你们眼里意味着极大的风险，但对我来说它承载着我的青春、自尊、荣誉和梦想。我曾经认为永远也不会与消防员这份职业分割开，所以即使离开了还是会偷偷跑去火灾现场，我知道自己做不了什么，但我就是想和战友们待在一起，看着他们把一场场大火扑灭，打心眼里为他们感到高兴和自豪。"

"真的是这样吗？"杜英雄扫了眼苏家盛手上几条显眼的疤痕，又抬眼用审视的目光盯着他的眼睛逼问道，"传唤你之前，我们在外围对你做过一些调查，知道你消防生涯最后执行的那次任务，实质上对你造成了很大伤害，不仅仅让你遭受躯干以及四肢大面积烧伤，而且你的两个最亲密的战友也不幸牺牲了。据你周围的很多人反映，你在医院住了大半年，一直不肯接受这个事实，对吗？我在想，那些个夜晚，当身体上的伤痛后遗症折磨着你，使你无法入眠，当战友牺牲时的惨烈景象在脑海中重演，你会不会后悔当时参与了那次任务？你会不会痛恨自己成为消防员这件事？"

"所以你认为我是那个连环纵火犯？我想报复消防队，想看那些消防员笑话？"苏家盛讥笑一声，反过来一连串地诘问道，"你们是警察，面对穷凶极恶的罪犯你们会害怕吗？即使他们手中拿着刀、拿着枪，又怎样？你们会选择退缩吗？不会，对不对？和你们一样，如果时光回到从前，我和我的战友们依然会毫不畏惧地冲进火场，因为那是我们消防员的职责！"

话说到最后，苏家盛眼中闪过一丝泪花，室内气氛因此有些伤感，但只沉默了一小会儿，顾菲菲便拿出审慎的态度问道："我说几个日期，你回忆一下当时你在哪儿、在做什么。分别是……"

晚上9点多，支队会议室还亮着灯。

各路人马忙活了一天，收获不算大：艾小美在住客资料中暂时还未发现具有作案嫌疑的人；杜英雄带队搜查了苏家盛的住处，未发现任何可疑物品，同时有多名人证表明案发时他不在现场；专案组这边，在孙鹏公司确认了他的口供，不过有同事透露孙鹏性取向异于常人，专案组怀疑他有可能是因为和罗哲投宿在兴发旅店那晚发生过性行为，所以才会在罗哲的问题上表现出不自然。至于罗哲，今年29岁，本地人，大学也在本地念的，户籍资料显示，他目前仍和家人生活在一起，不过因为旧楼拆迁改造的缘故，一家人在外租房子住，目前还未找到具体住址。

"要全力找到这个罗哲。"韩印凝了下神，语气坚决地冲陈海峰说，"明天把那个孙鹏带队里来。"

"抓孙鹏？为什么？"陈海峰诧异地问。

"我怀疑当年在兴发旅店点着床铺的不是孙鹏，而是……罗哲！"韩印拖着长音强调道。

"怎么会这么想？"顾菲菲也不解地问。

"咳，我明白韩老师的逻辑了。"艾小美轻拍了下额头，提高音量抢着说，"孙鹏是同性恋，而罗哲不一定是，孙鹏有可能那晚趁着罗哲喝醉酒把他强奸了，罗哲清醒过来一时赌气才点着了孙鹏的衣服和床铺。孙鹏怕恶行暴露，便谎称点火的是自己，罗哲虽有口难言，但却从纵火中感受到报复的快感，也无形中成为他在日后应对挫折的一种方式。"

"可是这种观点与案情特征是相矛盾的呀。"杜英雄提出质疑说，"从犯罪心理层面说，火几乎是最难掌控的凶器，长期以此作为攻击手段的犯罪分子，不会在乎被害者是什么样的人，所以大多数连环纵火案，犯罪目标都是模糊的，尤其咱们现在的案子也是这样显示的。而照刚刚的逻辑，孙鹏对罗哲来说是一个明确的报复目标，就算盲目的纵火可以用移情杀人来解释，也没有以群体来替代个体的案例吧？"

"说得没错，理论上确实如此，不过你有没有想过，如果罗哲是凶手，他心理的成瘾性，也许并非来自报复孙鹏的心理需求呢？"韩印顿了顿，进一步解释道，"我先前说过，旅店对凶手来说是有象征意义的，那么旅店对罗哲的意义又是什么呢？是屈辱与快感的交融体。也就是说，罗哲在兴发旅店被孙鹏强奸的经历，既让他万分屈辱，但隐隐地，他心底还是感觉到一种性快感。性对人类来说是本能需求，罗哲当然也不例外，可是当性与屈辱感交织在一起时，对性的渴望就会让他从心底滋生出罪恶感，进而会拼命地压抑自己的性欲望。久而久之，焦灼反复，病态心理的形成似乎对个性内向的罗哲来说，恐怕

是难以逃避的。"

　　…………

　　会议室中你一言我一语正说得热闹，窗外隐约传来一阵消防车警报的声响，原本都还算轻松的几个人面色立即凝重起来，似乎都有不祥的预感。果然，没过多久，陈海峰的手机便响了……

◎ 第五章　焚尸惨案

火情并不严重，韩印和顾菲菲等人赶到时，已经全然没了火的影子，甚至连消防车都撤离了。

现场位于江华市液力机械总厂的老厂区内，因整体搬迁，该厂区已荒废多年，现如今杂草丛生、荒芜冷落，一条灰白的水泥小路隐没于野草间，在月光的映照下时隐时现。小路的东边有几排破败不堪的厂房，火其实只集中烧在这其中的一间厂房里而已，并未蔓延出来。

临时架起的照明灯，将现场照得一片明亮。该厂房有近千平方米的面积，屋顶高度相当于正常房屋的两倍，里面空空荡荡的，中间没有任何隔断，只有几根水泥柱子支撑着房屋框架。空气中有很明显的肉被烧焦的味道，地上遗留着早年工厂生产沾染的黑色油迹，没有想象中高压水枪灭火造成的积水。大致在厂房中心位置，一根方形水泥柱上，靠着一具如黑炭般的躯体。

准确点说，死者是被一条粗铁链绑在水泥柱上的，韩印数了数——铁链总共绕了五圈。从身材和器官上不难判断是一名男性，头发被烧光了，容貌已无法辨认，身上的皮肤基本呈炭化状态，没有衣物纤维附着迹象，说明死者被烧着时是赤身裸体的，而尸体脚边的一堆黑色灰烬，应该就是其被扒下来的衣物残骸。更慑人的是，死者右上腹被剖开，在火的作用下，形成一个黑洞，里面的肝脏被整个摘除，在离尸体七八米远的地方，顾菲菲找到了这块肝脏并装到证物袋中。在尸体脚边，除了有几摊斑驳的血迹，还有一个被烧焦变形的大塑料瓶，单用鼻子闻就能闻到里面有一股汽油味，初步证明凶手使用的助燃剂与先前的案子一样——是汽油。

　　陈海峰针对一系列相关情况做过了解后，冲围在尸体前观察的韩印和顾菲菲介绍道："报案人是对面高层住宅楼的住户，大概在21点40分，他在家里上洗手间时，从窗户上看到厂房里有火光蹿起，便拨打了火警电话。至于犯罪分子，报案人表示并未看到。消防队方面说，他们赶到这里时是21点58分，当时火基本已经灭了，只剩下冒着烟的尸体，由于房屋结构和建筑材料不利于燃烧，故火势没有蔓延。随后，他们对现场仔细做了勘查，确认没有任何起火点后撤走了消防车。先期赶到的巡警询问了围观群众，没有得到任何有效线索。另外，工厂大门上的铁链锁是被专用工具剪断的，想必犯罪分子是有备而来。"

　　"肝脏是用锐器切除的，切口有比较明显的生活反应，应系死前切除。"顾菲菲扬了下手中的证物袋，另一只手又指向死者的嘴巴说，"嘴角边有熔化的胶带附着物，表明死者被烧着时嘴巴是被胶带封着的。还有地上遗留的血迹，从形态上看属于飞溅型的。所以我刚刚说的这个问题很明显，至少在剖开腹部的瞬间，死者还活着，至于更进一步的信息，还需要解剖尸体之后才能确定。"

　　"凶手够狠的，多大仇啊，要这样报复？"陈海峰撇了下嘴，叹道，"用火这么一烧，死者身份难查，估计是熟人作案。"

　　"铁链捆绑，扒光衣服，活体摘除肝脏，全身浇满汽油焚烧……"韩印沉吟了一下，说，"如果只是追求报复和毁尸灭迹，不会这么复杂和高调，我感觉凶手杀人有很强烈的仪式感，应该有相当严重的病态心理。"

　　"同样是用汽油纵火杀人，跟咱们查的案子会是同一个凶手吗？"杜英雄在现场周边转了几圈，回来正好听到众人的对话，便问道。

"现在还很难判断。来之前的会上我说过，先前的一系列纵火案，与孤独感和性压抑有关，而眼前这种带有杀人仪式的作案方式，通常凶手都是受使命型心理驱使的，认为除掉某种特定对象是自己的使命，所以从犯罪心理动机层面来说，可以肯定不是同一个凶手。"韩印抬眼扫了一圈在场的人，话锋一转说，"不过我自己有种直觉，案子之间也许是有关联的，不然怎么会那么巧，在江华的地界，犯罪人都喜欢用汽油纵火伤人呢？"

"我觉得还是谨慎点，尽量把各种可能性都考虑周全，眼下罗哲是最大嫌疑人，也别等明天了，赶紧现在就去找找那个孙鹏，谁敢保证这个被烧焦的人不是他呢？如果罗哲和孙鹏之间的恩怨咱们判断准确的话，那先前他纵火烧旅馆的动作不能排除属于移情作案，也许都是为最后烧死孙鹏做预热的！"顾菲菲拿出组长的架势说。

"好，我亲自去。"陈海峰话音落下，便招呼了几个手下一同离开。

陈海峰带队火急火燎地赶到孙鹏住处，发现这小子安然无恙，只是被重重的敲门声从睡梦中惊醒的他，一时之间有些发蒙，晕晕乎乎地便被带到刑警队。

对孙鹏来说，警方在深夜传唤他的架势，跟韩印白天与他接触的姿态是截然不同的，这已经给了他极大的心理压力；加之深夜时分，处于习惯性的睡眠生物周期，无论是大脑中的防范意识，还是意志品质的坚韧性，都相对比较薄弱，所以问话只进行了几个回合，他便老老实实交代了罪行。他承认：投宿在兴发旅店那晚，他强奸了醉酒无力反抗的罗哲。他的衣服和床铺也不是他无意间点着的，是罗哲因遭到羞辱，气愤不过，有意点的火。

孙鹏的招供，可以说印证了韩印先前的一部分思路——兴发旅店强奸事件，作为一个刺激性因素，导致了罗哲首次针对旅馆的纵火行径。当然，这并不足以印证，罗哲就是警方要抓捕的连环纵火犯，所以韩印才要见见他的母亲，对于他的成长经历和背景做一个更深入的了解，从而比照犯罪侧写进一步确认他的犯罪嫌疑。

次日上午，罗哲终于有消息了，准确点说，只找到了他的母亲。

办案组警员从他母亲那儿了解到：罗哲父亲早年病逝，母亲带着他与一位公务员再次组建家庭，罗哲与继父相处得不好，所以时常不在家里住。罗哲实质上很早就从深圳回到江华了，不过他在外面租房子住，只偶尔回家看看，具体住在哪儿，他母亲也不清楚。他母亲还提供了一个手机号码，但拨过去，对方语音提示已经关机。

接到前方专案组警员反馈的消息，韩印和陈海峰立即登门拜见罗哲的母亲，先是轻描淡写地说找罗哲帮忙查个小案子，对她做些安抚，随后才转入正题："冒昧地问您，罗哲父亲是在他多大的时候去世的？"

"他爸走的那年，小哲才3岁，还啥也不懂。"回忆起旧日伤心事，罗哲母亲眼圈微红，"当时我哄他说爸爸出远门了，要是他能天天听妈妈的话，不哭不捣蛋，爸爸就会带着礼物回来看他。"

"那时候您应该还上班吧？罗哲谁来照顾？"韩印连续发问道。

"两边老人都有病，孩子基本就是我一个人带，白天放在厂托儿所里，下班我再接回家，再大点，读书了，他就自己上下学，我实在太忙，没工夫管他。"罗哲母亲说。

"那他个性是不是挺内向的？"韩印问。

"对啊，当时我们住在厂家属大院，院里的孩子知道他没有爸爸，总欺负他，逐渐地，他就窝在家里不愿和那些孩子接触了。尤其，当他从我口中印证了那些孩子说他爸爸已经死了的事实，整个人就更不爱说话了。"罗哲母亲说。

"罗哲小时候应该有过玩火酿成灾祸的经历吧？"韩印问。

"你怎么会知道？"罗哲母亲诧异地眨眨眼睛，使劲点着头说，"那年小哲上小学四年级，家属院里有邻居养了一只下蛋母鸡，有一天邻居取蛋时发现蛋碎了，凑巧小哲刚刚经过鸡舍，邻居就偏说是小哲把蛋弄碎的，吵吵嚷嚷地把孩子一顿骂。这孩子也不会反驳，只一个劲地哭，后来那邻居自己的孩子承认鸡蛋是他弄碎的，事情才算完。可没承想，当天半夜小哲竟然放了把火，把鸡烧死了。"

家庭不健全；被母亲忽视；被周遭同龄孩子欺辱和孤立；个性内向；少言寡语；年少时有纵火经历。问话到现在，罗哲童年的经历和个性特征，与韩印在侧写中对未知犯罪分子的剖绘，简直是一模一样。韩印心中不免一阵鼓舞，加快语速问道："罗哲现在租的房子，您真的不知道在哪儿吗？"

"真的不知道。"罗哲母亲摇了几下头，有些尴尬又带些伤感地解释说，"这孩子和他继父一向不对付，两个人对彼此说的话都特别敏感。小哲从深圳回来那天，他继父随口问了几句他在深圳的情况，他当时可能觉得话里有嘲讽和揶揄的意思，就和他继父吵了起来，之后摔门走了。从那天起，除了过年回来一趟，还有我生日回来一趟，就再也没回过这个家。咳，其实也怪我老伴，孩子能回来就说明在外面生活得不如意，他偏要多嘴问。"

"他当时情绪反应特别激烈？"韩印追问。

"对，我咋拦也没拦住。"罗哲母亲说。

"您能记起那天的具体日期吗？"韩印再追问。

"小哲从深圳回来之前跟我说了回来的日子，当妈的总是特别在意孩子的事，你等一下，我在日历上记着。"罗哲母亲说话间起身，走到卧室里，不多时出来，手里拿着一本日历本，翻了翻递给韩印，说道，"喏，这是去年的日历本，我在上面记着，小哲是5月13日回来的。"

"去年5月13日？"韩印和陪同走访的陈海峰几乎同时重复道，后者追问道，"罗哲个子有多高？"

"不算高，就一米七多点吧。"罗哲母亲说。

　　系列纵火案首起案发的时间，正是去年5月13日；首个案发现场兴发旅店，恰恰也是罗哲遭到强奸的场所；而罗哲当日从深圳落魄返回江华，又遭到了继父的羞辱，以致怒火中烧、无处宣泄；再串起刚刚听罗哲母亲讲述的，罗哲幼年的成长经历和个性特征，应该可以比较有把握地认定：罗哲就是系列纵火案的作案人。

　　短暂的兴奋过后，韩印又恢复沉稳的面孔，问道："看得出您还是非常记挂罗哲的，可是你们住在同一个城市，平时也没个联系，不太像话吧？"

　　"我对小哲是又爱又怕，他在这个家住的时候，整天要么阴阳怪气的，要么和他继父两人死命地抬杠，我夹在中间特别难受，反正他也老大不小了，搬出去住我倒是不反对。"罗哲母亲长叹一口气说，"其实也不像你想象的那样，他隔三岔五也会打电话来关心关心我的生活，刚刚也说了，我生日他还特地回来了。我呢，知道他手头不宽裕，每个月也会往他卡里打点钱。"

　　"那他没和您透露过他找没找到工作，大概住在什么地方吗？"韩印不甘心地问。

　　"他自己开了个店。"罗哲母亲抬头看了看韩印和陈海峰，随后解释说，"那次和我老伴吵架之后，过了两三个月，小哲打电话问我要两万块钱。他大学是学计算机专业的，说想开个修电脑的小店。噢，这么说我想起来了，他好像说过是在哪个大学附近开店。"

　　"大学附近？"韩印念叨一句，转头压低声音问陈海峰，"咱案子中有现场离大学院校近的吗？"

　　"有啊！"陈海峰身子向前凑了凑，在韩印耳边低语道，"第二起案子案发在财大路，财经大学就在那儿，你侧写中不也指出过这个地点值得注意吗？"

　　"嗯，这就完全对上了。"韩印重重点头，转回头问罗哲母亲，"罗哲有车吗？"

"他有个踏板摩托，很多年了，从深圳回来和我老伴拌嘴那晚他就骑走了。"罗哲母亲说。

如果说韩印和陈海峰只是从犯罪心理层面上确认了罗哲的作案嫌疑，那么此时艾小美和杜英雄是实实在在找到了证据，用现在网络上流行的话说就是找到了"实锤"。

其实对于监控录像，艾小美一直不死心，既然推定犯罪分子一定会返回现场观摩火情，那怎么会连一点影子都没被拍到呢？尤其大部分案发现场都有监控摄像头，甚至都是针对户外监控的，凶手究竟是怎么隐藏的呢？所以忙完了液力机械总厂的现场，艾小美拉上杜英雄，决定把所有录像再筛一遍。

就这么不知不觉地又熬了一个通宵，直到韩印和陈海峰外出走访，两人还在看。也不知道什么时候，杜英雄实在顶不住稍微打了个盹儿，再睁眼时就见艾小美操作着电脑键盘，反复在屏幕上播放着同一个画面。杜英雄定睛看了会儿，也没发现啥稀奇之处，使劲揉了揉眼睛，说："哎呀，不能再看了，头晕眼花了，看这画面都是晃着的。"

"不，不是你眼花，刚刚确实是监控摄像头在移动。"艾小美沉声说。

"摄像头在移动，什么意思？"杜英雄还没反应过来，一脸纳闷地问。

"其实只是个轻微的移动，所以先前没注意到，我想咱们找到犯罪分子'观赏'火灾的方式了。"果然装稳不过三分钟，艾小美便双臂高举，从椅子上蹦起来，疯了好一会儿，才坐回来解释说："犯罪分子一定是通过网络黑进了各家旅馆的电脑终端，从而实现远程观看或者录像，甚至操作可移动摄像头。"

"噢，这靠谱，起码电源和网线切断之前，火灾现场状况犯罪分子都可以录到……哎？"杜英雄听明白了艾小美的意思，狠夸了她一番，随即不知为何突然愣住了，沉吟了一会儿，说，"说到这个远程操作摄像头，我突然想到一个问题，你有没有发现，案发地点，除了首家旅馆，其余几个都有室外监

控，这本身是不是就太过蹊跷了？"

"你是说不可能这么巧对吗？难道给这几家旅馆安装室外监控的会是同一个人？也就是咱们要找的犯罪分子？那更简单了，都不必反向追踪IP地址了。"艾小美兴高采烈地说。

"可能性很大，赶紧的，咱找那几家老板落实去。"杜英雄催促说。

◎第六章　赠予火者

自打兴发旅店纵火事件传开后，很多经营小旅店的老板都开始担心自己的店也会遭殃，于是纷纷在店内和店外安装了监控摄像头，以防范坏人偷袭。

出事那几家旅店，均系通过某专门发布同城广告服务信息的网站找到的安装公司。而他们也非常巧合地找到了同一家公司——响哲网络服务公司。这家公司，宣称经营项目包括：计算机系统、软硬件、配件的维护和销售，以及专业网络布线和监控摄像头安装……

其实不难想象，响哲公司的称谓，显然是为了在网上充门面，里外其实就一个人，那就是罗哲。他为那几家旅馆安装的是同一款可360度移动的无线网络监控摄像头，这种摄像头本身集成无线接收模块，通过Wi-Fi与无线路由器连接，同时还配有一款专用软件安装至电脑以及手机终端，当路由器连接互联网之后，通过该专用软件，便可以在任何有网络的地方远程观看、录像乃至调试监控画面。罗哲一手包办了安装工程，远程调用监控画面自然不在话下。而当那几个小旅店老板现在回过头来细想，便会发现差不多都是在安装监控摄像头一周之后，自己的旅店就遭到人为纵火。

一家受害旅馆的老板向杜英雄和艾小美提供了罗哲留下的名片，上面有他的手机号码和公司地址，手机号码和罗哲母亲说的一样，拨打之后仍然处于关机状态，于是几路人马会合，奔向罗哲公司所在地。

高校周边历来是商家活跃之地，各种店面的租金都贵得惊人，罗哲显然租不起门头房，所以只是在财经学院附近一个老居民区中租了个一楼的民居。

警方按照名片上的地址赶到时，一眼便看到楼道口墙上挂着"响哲电脑维修"的招牌，而且楼道中还停着一辆踏板摩托，根据罗哲母亲先前提供的信息，应该就是罗哲的。如此，算是确认了罗哲的落脚点，至于罗哲在不在民居内还不好判断，所以陈海峰先指挥警员在周边布控，以防意外情况发生。

外围安排妥当，陈海峰、韩印、杜英雄以及艾小美才一同走进楼道，上了两层台阶，来到写着101室的房门前。防盗门是关着的，众人闪到两边，陈海峰试着敲门。好一阵，并没有人应门，陈海峰将耳朵贴到门上，也未听到里面有任何响动，他冲两边的人摇摇头，示意房中应该无人。

眼下情况是：手机关机，摩托车停在楼外，住房无人应门……不由得让众人起疑，罗哲会不会出了意外？又或者闻风潜逃了？陈海峰和韩印商量了一下，不能再耽搁时间，决定撬开房门。

防盗门是老式的，开锁没啥难度，杜英雄上手没几下，轻松搞定。打开房门，里面是一室一厅的格局，正对着房门的是一个小客厅，横向放着一个玻璃货柜，里面摆着各种电子产品和配件。靠近门口左首边有一个卫生间，与卫生间挨着的便是卧室。卧室里有一张工作台，上面摆着台式电脑、笔记本电脑、焊锡工具等等，工作台侧面靠近窗边位置的是罗哲睡觉用的单人床。

杜英雄和艾小美第一时间扑到工作台前，戴上手套，一个打开台式电脑，一个按下笔记本电脑的电源，陈海峰和韩印则屋里屋外四处查看。应该说整个屋子收拾得还算干净，看不出任何异样，更没有打斗的痕迹，旅行包、衣物也都在，手机充电器插头还插在电源上，给人感觉罗哲要么走得实在太匆忙，要么只是出去遛个弯……

"快来看，找到火灾录像了……"杜英雄挥着手招呼道，艾小美也紧随着嚷道，"笔记本电脑中也有，这小子把每次火灾录像时间都标记得清清楚楚，太变态了！"

　　听到两人大呼小叫，韩印正待上前查看，兜里的手机却响了。他拿出手机，看了眼来电显示，是顾菲菲，便赶紧接起："喂，尸检结果都出来了？"

　　"找到罗哲了吗？"顾菲菲在电话那头反问道。

　　"没找到人，不过找到纵火录像了，可以完全确定他的作案嫌疑。"韩印说。

　　"你来法医科吧，有你感兴趣的东西。"顾菲菲说。

　　法医科，解剖台前。

　　熬了一个通宵外加一上午的顾菲菲，脸色苍白、双眼微肿，指着黑炭般的尸体，哑着嗓子向韩印介绍道：

　　"烟灰、炭末仅滞留在口鼻部，呼吸道无高温作用表现，心血毒化检验未发现一氧化碳，但检验出远远超过中毒量的安眠药成分，死亡原因系腹主动脉被切断导致的失血性休克，与火烧无关。死者胃肠中食物基本呈食糜状，应系末次进餐后4小时左右死亡，常规推算——通常晚餐时间在17点到19点之间，而报案人声称目击到起火时间为21点40分左右，综合胃肠食物消化状态，基本可以认定死亡时间与尸体被烧时间相差不多，也就是说，被害人完全停止呼吸不久便被焚尸。死者上半身烧伤程度明显要重于下半身，表明其上半身燃料较多，符合从头部往下浇洒助燃剂的动作模式，对现场采集到的塑料瓶以及灰烬残留进行的理化检验显示，助燃剂确为汽油。"

　　顾菲菲说着突然停下，转身走向墙边的工作台，再回来时手中多了一个证物盒，里面有一枚沾有血迹的黑色钢钉。她把证物盒举到韩印眼前，继续说道："这枚规格为2.5寸的水泥钢钉，是从死者左胸部位取出来的，被钉在第三与第四真肋之间，有明显的生活反应，系死前钉入。"

　　"果然是个很具体的杀人仪式。"韩印皱了皱眉说道，"铁链捆绑、赤身裸体、活体胸腔钉入钢钉、活体摘除肝脏、焚烧尸体，这一系列动作会不会是某种宗教仪式？"

"不，是与一则神话故事有关，你猜猜？"顾菲菲抿嘴笑笑，看似胸有成竹，卖着关子说。

"噢？这么说，你已经找到仪式的根源了？"韩印问。

"当然，你以为我特意让你过来，就是为汇报尸检结果啊？"顾菲菲说。

"那顾老师，给讲讲这个神话故事吧？"韩印打趣道。

"普罗米修斯你应该听说过吧？我要说的就是这个希腊神话故事中的人物。"顾菲菲使劲咳了一下，清清嗓子说道，"希腊神话中，普罗米修斯创造了人类，凡是对人类有用的、能够使人类美好和幸福的，他都授予人类。同样地，人类也用爱和忠诚来报答他，因此他遭到希腊神话中最高天神宙斯的嫉妒。作为惩罚，宙斯拒绝给人类实现他们的文明所需的最后一物——火。但普罗米修斯却通过取巧的办法，使火种降临人间，宙斯勃然大怒，下令给予他最严厉的惩罚。

"普罗米修斯被带到高加索山，赤身被一条永远挣不断的铁链缚在悬崖峭壁上，他双膝永远无法弯曲，也永远不能入睡，除了让他忍受饥饿、风吹日晒，宙斯还往他胸脯上钉了一枚钉子。此外，宙斯又派一只可恶的鹰每天去啄食他的肝脏……直至被大力士赫拉克勒斯搭救……"

"你这故事是说，人类的火是普罗米修斯带来的。"韩印抬手推推鼻梁上的眼镜框，思索一会儿接着说，"那么凶手通过仪式化的杀人手法，去还原宙斯惩罚普罗米修斯的情景，表现出的是他内心深处极度痛恨普罗米修斯将火带给人类这回事，更进一步说，其核心的精神诉求是对火的憎恨。"

"也就是说，凶手受过火的伤害，那么被害人与他是什么关系？"顾菲菲问。

"通常仪式化的杀人案中，凶手更注重仪式的表达，对于被害人的选择主要视符合阐述仪式的条件而定，并不需要密切的交集。"韩印迟疑了一下，说，"但就你刚刚讲的故事来说，事实上普罗米修斯最终还是被解救了，而咱们的案子恰恰相反。试想一下，凶手痛恨火给他带来的伤害，却又用火去焚烧他人，这是不是有点以其人之道还治其人之身的意味？"

"这样说来，被害人本身并不是好人，有可能曾经纵火做过坏事？"顾菲菲问。

"尸检对被害人年龄有什么判断？"韩印凝了下神，若有所思地问。

"从尸体耻骨联合面上看，平行沟嵴已经消失，腹侧缘下端界线明显，上端界线开始形成，由此推断，年龄在27岁到30岁之间。"顾菲菲指着尸体骨盆部位解释说。

"身高呢？测量了吗？"韩印追问道。

"炭化尸体可能会缩短数厘米乃至数十厘米，体重也会减少百分之五六十，所以尸体的测量对于身份识别意义不大，科学的方法是测量长骨。先前我已经推算过，被害人生前身高应该在1.70米左右。"顾菲菲说。

"嗯……有没有觉得身高和年龄与罗哲相仿？"韩印使劲"嗯"了一声，指指解剖台上的尸体说，"罗哲的纵火嫌疑已经被确认，而且从其住所状况看，似乎是没有任何预兆地消失了，我觉得这具尸体有可能就是罗哲。"

"那赶紧让英雄把他出租屋里的牙刷和梳子什么的带过来，做个DNA比对！"顾菲菲催促道。

◎第七章　由人成魔

又是一个不眠之夜。

次日上午，DNA检测结果出炉，证实在液力机械总厂被焚烧的尸体正是罗哲，那么问题来了，这是针对罗哲连环纵火的一个惩罚吗？凶手怎么会知道罗哲的犯罪行径？到底是谁对罗哲如此恨之入骨？

当然，最后的问题，应该逃不出一个范围——罗哲作案六起，致六家旅店出现火灾，烧死住客五人、烧伤一人，同时还有一名消防员在救援中牺牲，所以从作案动机角度讲，受害旅店的经营者乃至纵火累及的死伤者的直系亲属和主要社会关系，都有可能成为犯罪嫌疑人。

案情论证会上，支援小组和专案组的思路基本达成统一，杀死罗哲的凶手一定与系列纵火案有交集。但总体来说，范围还是比较大，陈海峰希望韩印通过分析凶手在作案中的行为证据，尽可能将范围再集中一些，或者能给出个特别提示也可以。

其实，陈海峰不提议，韩印自己也会说。因为仪式化的杀人手法从来就不是突发奇想，它是一种与凶手的生活经历或者挫折以及信仰密切相关的、日积月累形成的妄想，所以韩印认为：罗哲被杀一案，仪式化的杀人过程与最终的焚烧尸体，是两个层面的行为体现。就像他前面对顾菲菲讲过的，后者乃以其人之道还治其人之身，就是一个直接的报复行为；而前者则是对长久以来压抑心理的一个宣泄。也就是说，韩印所要特别指出的是，凶手对于火的憎恨由来已久，甚至可以追溯到青少年乃至幼年时期。还有一点，韩印认为凶手患有强迫性的疑惧心理，体现在凶手用铁链将罗哲绑在水泥柱上的动作——铁链足足绕身绑了5圈。正常人不会这么烦琐，因为当时罗哲已经在安眠药的作用下陷入深度昏迷了，就算谨慎，两三圈也足以把人牢牢绑住了。而凶手在疑惧心理的作用下，思维方式是这样的——首先他觉得绑3圈并不完全保险，绑4圈呢，更不行，因为4谐音为死，代表着不吉利，对具有强迫性疑惧心理的人来说，4是他们做任何事都忌讳的数字，必须得越过去才安心，所以就有了最后的5圈，也就是所谓的数字强迫症。

"数字强迫症？"韩印话音刚落，杜英雄便急不可耐地嚷嚷着说，"我知道是谁杀的罗哲了，是李诚铭！"

"你说的是那个诚铭旅馆的老板？"顾菲菲愣愣地问。

"对，就是他，这小子还蛮神秘的，包括第一次去现场走访，还有这次去落实安装监控摄像头的事，都没见到他本人，只与他叔叔有过接触。"杜英雄使劲点点头，紧跟着解释说，"重点是第一次走访，我印象很深，他那个楼总共4层，据他叔叔说，是李诚铭觉得4不吉利，所以把整个4层都改为5层来标记，这应该就是韩老师说的数字强迫症吧？"

"也不一定吧，其实这种做法在旅馆业中也不鲜见。"陈海峰接话说。

"没关系，起码是一个方向，咱们可以先围绕这个李诚铭做一个全面深入的调查。"韩印明显倾向于杜英雄的说法。

"户籍资料显示，李诚铭不是本地人，他是在13岁时从石山市迁入本市李德松户口中的。"艾小美很有眼力见儿，及时从电脑中搜出相应资料。

"对，李德松是他叔叔，说是李诚铭的父母早年因意外双双身亡，他后来把李诚铭收养了。"杜英雄补充道。

"不会是他父母的死与火灾有关吧？"顾菲菲适时问。

"这好办，我现在联系石山市兄弟单位，证实一下有没有这种案例记载。"陈海峰说。

…………

大概过了一小时，陈海峰回到会议室，将一个文件夹放到顾菲菲面前，说："还真让你说对了，确实有那么个案子，喏，这是刚刚传真过来的案件资料。"

顾菲菲赶紧打开文件，韩印等人也凑了过来，看到：

案件发生在14年前，当年李诚铭和爸妈一家三口住在石山市大湖区一个非常老的居民区中。案件起因是这个老社区被重新开发，由于对拆迁补偿条件不满意，李家始终拒绝搬离，中间经历了颇多周折，直到整个单元楼中只剩下他一家人在住。

之后，就如人们经常在新闻上看到的那样，整个楼被断水、断电，有人在楼道里拉屎、撒尿，半夜制造各种刺耳的噪声，变着法打电话辱骂嘲讽，等等。总之，各式各样的威胁骚扰手段接踵而至，对李家一家人造成极大的心理负担。尤其是李诚铭的父亲李德民，他是一名公交车司机，晚上睡不好觉，心里又总压着烦心事，白天出车就容易走神，以致隔三岔五地出事故。后来公司实在忍不下去，只能将他停职。

没日没夜地遭到骚扰，工作也快没了，加之同一时期妻子又得了场重病，种种折磨和摧残，令李德民的精神负荷日益加重，直至患上重度抑郁症，产生自杀的念头。在一个午夜时分，李父放火烧了自己的房子，企图与家人同归于尽，最终酿下与妻子双双被烧死的惨剧。算是不幸中的万幸，消防员拼尽全力，救出两人的独子李诚铭。

火灾发生后，石山市警方对现场进行了缜密的勘查和分析，对李家的社会关系和与拆迁公司发生的矛盾冲突都进行了深入的走访和了解，最终还原出上述所载案件真相。同时，尽管拆迁公司并未直接参与李家的自焚事件，但石山警方认定其使用违法手段起到了推波助澜的作用，对相关责任人做了刑事追责……

分析罗哲一案的行为证据，综合早年间李家自杀性火灾事件，李诚铭作案嫌疑巨大。其借助杀人仪式表达精神诉求的方式，实质上也是一种犯罪标记行为，而仪式化标记行为的核心意义，是凶手潜意识中需要将个体的杀人行为合理化、崇高化，这是一种大脑的认知反馈机制，也是由人到魔的蜕变。所以，尽管眼下没有任何直接证据，韩印还是提议立即传唤李诚铭，不然这种人放到社会上分分钟都是一个危险因子。然而，李诚铭消失了！

最后见到李诚铭的是他的叔叔李德松，时间是前天深夜，也就是罗哲被焚尸那晚。据李德松回忆：

前天晚上10点多，李诚铭回到旅馆，情绪异常亢奋，一扫近来诸事不顺的阴郁。这段时间他也确实太倒霉了。先是经营得好好的旅馆无端被烧了；接着又是保险公司拒绝理赔（之前他曾为旅馆买过一份财产损失险，但保险公司以购买险种条款中不包括人为纵火为由拒绝赔付，来来回回谈判了很多次，最终对方还是坚持不予理赔）；然后在保险金赔付彻底无望那天，其实也就是杜英雄初次走访诚铭旅馆那天，原本在旅馆帮助李诚铭管理账目的女友，竟带着账上剩下的一笔钱不辞而别。当然，她其实早已开始计划跑路的事，只是她要完全确认李诚铭真的山穷水尽才最后实施。

当时，李诚铭看似心情舒畅了很多，李德松也跟着高兴，但不知为何，李诚铭突然提起父母被烧死的事，还一个劲地追问李德松当年放火烧他家的有几个人，那几个人最后怎么判的，他们是不是石山本地人，当年那家拆迁公司叫什么名字。

李德松顿时就慌了。原来，关于当年那次事件，李德松并未告知李诚铭实情，一直声称是拆迁公司雇了几个地痞将他家房子点着的。他那时的想法很单纯，担心李诚铭记恨他爸爸，也担心孩子觉得有那样一个疯子爸爸而抬不起头。

面对追问，李德松支支吾吾地说不出个所以然来，李诚铭越问口气越急，情绪也越来越激动。见他一副急红了眼的架势，李德松生怕他回老家石山市惹

157

事，一时无措，便说出事件真相。没承想，李诚铭更加恼火，不分青红皂白痛骂了李德松一顿，随后跳上自己的车加大油门开走了，至今家也没回，手机也关机，差不多两天，音信全无。

李诚铭的失踪，也让韩印有种危机四伏的感觉。

韩印告诉众人：当一个人靠着复仇信念而生时，绝对无法接受所谓的事件真相的反转，反而会更加坚定长久以来他认定的事实。尤其当他经历了保险公司的拒绝赔付，经历了女朋友的背叛，经历了叔叔前后不一的说辞，他不会再相信任何人，只会偏执地认为所有人都在欺骗和背叛他。如果说先前他的报复目标是某个个体或者某类群体，那么现在他会报复全社会。也许李诚铭就此将会由一名使命型杀手，转变为屠杀型杀手！

◎第八章 打破囚笼

全城紧急搜捕李诚铭！

机场、车站、码头、商场、酒店、大型广场等人群密集的场所，为搜捕区域的重中之重。便衣进场，安保安检升级，特警驻守外围随时待命。同时，对李诚铭的社会关系和社会交往展开深入细致的排查。尤其，警方希望先于李诚铭找到他女友的下落，否则以他的精神状态，女孩必然凶多吉少。

很快，首先传来了李诚铭所驾驶车辆的消息。车是在东郊一处深水湖桥上找到的，车里未留下李诚铭去向线索。一度有人认为其有可能畏罪跳湖自尽，但附近有村民称半夜就已经看到车在桥上，而警方通过银行调阅其随身携带的信用卡信息时，发现隔天早上8点40分许，该信用卡在市内一处ATM机上有过两次取钱记录，共计一万元整，监控摄像头拍到了戴着鸭舌帽和口罩的取钱人，其体貌特征与李诚铭很像。

从时间点上看，李诚铭郊外弃车，随后返回市内蒙面取现时，警方还未将他列为犯罪嫌疑人，所以不太可能是畏罪潜逃，更像是孤注一掷。汽车目标太大了，一旦有个风吹草动的，警方追查起来很容易上手，所以他必须抛弃，最起码要保障他在实施屠杀袭击计划之前不被盯上。

一转眼，全城搜捕在紧张密集的状态下已持续了近72小时，李诚铭仍是无影无踪，各路警员逐渐陷入茫然和困倦期。而就在这天的傍晚，负责监听追踪手机的艾小美，突然在定位系统上发现了李诚铭手机的GPS信息，也就是说，李诚铭开机了。随即艾小美监听的另一对象李德松的手机响了，并由监听器中传出李诚铭的声音，只说了两个字"保重"，便留下挂机的嘟嘟声。不过手机并未关机，足以让艾小美捕捉到精准的GPS方位信息。

手机定位显示，此时李诚铭正置身于靠近城市西郊的一个小旅馆内，杜英雄和陈海峰立马召集人手迅速奔去。一路狂飙，不到半小时便杀到目标方位。陈海峰亮出李诚铭照片，旅馆老板承认他几天前入住，当时声称自己身份证丢了，愿意多出房费，平时也不需要打扫，老板便睁一只眼闭一只眼让他住下，房间现在还未退，但人好像一早就出去了。

听过老板的说辞，陈海峰抬手指指自己，又冲楼梯指了指，示意自己带着几名警员在附近警戒，让杜英雄带着另几名人手跟着老板上楼查看李诚铭住的房间。

老板用房卡打开房门，里面乱糟糟的。被子枕头都扔在脏兮兮的地上，床上堆满黄色的方形纸盒子，旁边的桌上放着一部手机和一个简易的焊锡工具，还有几撮黑色粉状物非常惹眼。杜英雄走过去，用大拇指和食指捻了捻粉末，又放到鼻子下闻了闻……

几乎与此同时，刑警支队大门口，一辆灰色面包车缓缓停下，车门打开，从车上下来一个身材瘦小的男子……

犹如一出反转剧，案件的走向超乎所有人想象。

杜英雄凭经验辨别出床头桌上的黑色粉末为火药残留，而堆在床上的黄色盒子从外观上看是用来装闹钟的，有警员提示一共是9个盒子，里面都是空的，杜英雄的心顿时提到嗓子眼了——李诚铭这是在自制定时炸弹，而且竟然做了9枚！

留守支队的韩印接到杜英雄的电话，也充分感觉到事态的严重性，如果9枚炸弹在闹市中引爆，后果简直无法估量，可以说不亚于一次大规模的恐怖袭击。韩印立刻让顾菲菲联系市局领导，必须不惜一切代价，动用所有资源，尽快找到李诚铭，才能从根源上制止炸弹引爆。没承想，就在顾菲菲刚拿起电话还未拨出号码时，一名专案组警员带着一股疾风闯进办公室，此时他应该尚不清楚有定时炸弹这码子事，所以一进门便如释重负地嚷嚷道："李诚铭来自首了……"

审讯室中，李诚铭被铐住手脚锁在审讯椅上，目光从容、神色淡定，偶尔会扭头望望侧面墙上的电子显示屏。

审讯室外间，韩印、顾菲菲、艾小美以及江华市市局领导等，正隔着专用单向玻璃窗注视着他。大家都不明白，事态如此紧急，韩印为什么不立即着手讯问，而是把李诚铭单独晾在那儿。

韩印心里何尝不急，只是他太清楚了，此时此刻的李诚铭，人格已经偏执到誓与整个世界为敌的状态，不是你坐到他前面说出一套大道理或者诸如心理医生引导病人的说辞，他就能幡然醒悟、迷途知返，供出放置炸弹的方位。他成为现在这样的人，不是一朝一夕的，可以说所有的人格障碍都是"顽疾"，需要找出根源才有可能在瞬间激发人的本性。

尤其眼前这场对峙，事态严峻、时间紧迫，是不容有失的。不能盲目上阵，不能让李诚铭占得上风，也绝不能给予他错误的刺激，否则连他自己也会迷失，会更加封闭自己，也就意味着从他嘴里很难得到真实的信息了。

韩印心里正焦灼着，杜英雄和陈海峰从城外小旅馆紧赶慢赶终于回到队里。陈海峰当然不明白韩印的心思，要求立即展开审讯，韩印倒也没拦着，只是提议杜英雄和他一起。实际上，他也在等陈海峰，他相信陈海峰能坐到支队队长的位置，经验能力自然不在话下，只不过在面对心理畸形的犯罪人方面经历比较少，韩印有意让陈海峰和杜英雄在中间做个缓冲，如果两人打不开突破口，自己再亲自上阵。

"您觉得我们有多长时间？"杜英雄走到审讯室外间门口，转头冲韩印问。

"李诚铭刚刚在里面时不时地会看下时间，先前的资料显示：14年前他父亲放的那把火，在晚间11点半到12点之间，也许他在等待相同的时间。"在众人的注视下，韩印抬腕看看表，"现在7点一刻，我估计最多还有5小时，炸弹就会引爆。"

审讯室中，杜英雄和陈海峰在审讯桌背后相继坐下，李诚铭抬眼扫了两人几眼，表情并没有特别的变化，仍旧很淡然的样子。

其实这场审讯，对峙双方彼此心里都像明镜似的，关键就一个——9枚定时炸弹的安放地点。所以一开场，陈海峰的问题便围绕炸弹展开："我们在你住过的旅馆中，找到一些火药残留和闹钟的外包装，你是在自制定时炸弹吗？"

"对。"李诚铭回答得简洁又干脆。

"做了9枚？"陈海峰又问。

"对，是9枚。"李诚铭重复着炸弹的数量，表示很肯定。

"你想用它们做什么？"陈海峰逐渐引入问题核心。

"对不起，我不想说，到时间你们就知道了。"李诚铭耸耸肩膀道。

只几个来回，问话就僵住了，陈海峰并不在意，他也只是想试探李诚铭在这个核心问题上会做何反应，而李诚铭丝毫不做遮掩，就这么直来直去地表示"我确实做炸弹了，但我就不告诉你用途"！这说明他所秉持的信念是非常坚定的，完全是一副视死如归的架势。

"那就说点你愿意说的。"杜英雄适时跳出来接力问道，"罗哲是你杀的吗？"

"是我杀的。"李诚铭继续坦然地说。

"因为他烧了你的店？"

"对。"

"你怎么知道是他干的？"

"哼，说起这事，挺丢脸的。"李诚铭讪笑一声，用带点自嘲的语气说，"事情很简单，我女朋友卷了我账上的一笔钱跑了，我满城转悠到大半夜也没有找到她，后来我想到她经常用我的笔记本电脑上微博和QQ，觉得那上面也许能找到她的蛛丝马迹。可是不巧，电脑之前被我摔了一下，无法开机了，我心里又急，就想起给我安装监控探头的罗哲。他曾经跟我说过，电脑有任何问题都可以找他。正好我手里有他的名片，就直接照着上面的地址找到他店里去了。

"那天晚上他好像吃了什么不卫生的东西，一直闹肚子，给我修着电脑，不时还要去蹲个厕所。有一趟他蹲的时间挺长的，我有点无聊，顺手打开他放在桌上的笔记本电脑，看到屏幕上是一个静止的画面，我点了播放键，结果就看到一段着火的录像。我越看越不对劲，录像里被烧的分明就是我的店，然后我看到那播放器里还有好几段播放记录，名头都标着时间和旅馆的名字，我顿时明白过来，敢情这小子就是烧了我们那么多家旅馆的罪犯，想必我来之前，他正在回味他烧我们店的场景呢！"

"当时怎么没下手？"杜英雄问。

"主要是没什么准备，再一个，我不想他死得那么简单，所以隔天晚上做好一切准备才弄死了他。"李诚铭说。

"你从哪儿弄到的炸药？"杜英雄又把问题迂回到炸弹上。

"从我一个朋友的舅舅那儿买的。他在西郊矿场是专门放炮的，一起吃过几次饭，他喝多了，提过私下倒卖炸药的事。"李诚铭说，"那天我找他，说有一个承包修路工程的朋友暂时没申请到炸药，想从他那儿买点，他痛快地答应了。后来天黑去交易的时候，我又顺便借了他的面包车，他也大方地同意了。"

"就是你停在我们大门口的那辆？"杜英雄问。

"对。"李诚铭说。

"你用它把炸弹运到各个地点？"杜英雄问。

"是。"李诚铭说。

"你有没有想过，那些炸弹如果引爆了，伤害的都是跟你没有任何干系的人？"

"那又怎么样，我和罗哲，那些旅馆跟罗哲，有关系吗？你告诉我，他为什么要毁灭我们的人生呢？"

…………

时间一分一秒地流逝，不知不觉已过去一个多小时，而审讯室中还在反复拉锯和迂回，只要一触及问题的核心，李诚铭便旗帜鲜明地拒绝作答，如此下去没有任何意义。就在韩印觉得进退两难之时，有警员进来报告，称刚刚110报警中心接到报案，有市民在其居住的居民楼楼道里整理杂物时，发现一枚疑似爆炸物，当地派出所民警已经到场疏散群众，特警排爆手也已经上路。

办案组警员话音刚落，市局领导便都待不住了，留下主管刑侦的副局长姜青山配合审讯工作，其余的紧急赶往案发现场。不多时，进一步的消息反馈回来，确认发现的是一枚定时炸弹，定时器系闹钟制成，引爆时间定在夜里12点整，基本可以确认为李诚铭所制作的9枚定时炸弹中的一枚。

"韩老师，会不会所有炸弹都是以平民住宅楼为目标的？"艾小美望向韩印问。

"对李诚铭内心冲击最大的伤痛，无疑是他父亲烧了他们自己的家，而此刻他将那些和他家同样的平民住宅楼作为目标，是他某种心理诉求的映射吗？"顾菲菲也望向韩印说道。

"就算确认了目标类型，也不能从根本上解决问题，排除1个，还有8个，全市这么多开放式住宅楼怎么定位？难不成要我把全市老百姓都轰到楼外？"见支援小组仍旧拿不出切实的行动，副局长姜青山有点沉不住气，说话的语气有些急。

"您别急，我们会想办法的，我们一定会找出一种模式去缩小范围。"顾菲菲能够理解副局长的心情，即便确认了炸弹安放地点，也还要留出排爆时间，时间真的不多了，所以她口中安慰着，再一次将期盼的目光投向韩印。

而韩印的目光一直注视着审讯室中的李诚铭，仿佛在用眼睛透视他的内心诉求，其实打从警员进来报告在平民楼里发现炸弹的那一刻起，韩印大脑便开启了高速运转模式……

虽然韩印经常说，所谓的犯罪心理侧写是建立在对犯罪统计和归纳的基础上，根据大数据，加以严谨合理的分析演绎，才会做出最后的侧写报告。但他也不得不承认，有些时候需要一定的创造力，用艺术创作的灵感，去开启一种思维模式，进而读懂侧写对象的内心——正如顾菲菲所说的，李诚铭父亲放火企图与家人同归于尽，才是对其幼小心灵冲击最大的事件，对此，他最直接的应激反应是什么？是愤怒吗？是仇恨吗？为什么这一次的目标要选择和他家一样的民宅？是重演？他想让全世界都经历他曾经的遭遇，体会他当时痛苦的内心？可是为什么要自首呢？是挑衅、嘲讽，还是更想让警方去体验他那时的心理反应？可是为什么要给警方留下5小时呢？……不，都不对，是内疚！他潜意识里是希望警方帮他完成拯救！

沉默了好一会儿，韩印终于收回视线，长出一口气，转头望向顾菲菲说："你在国外接触过那种通过情感宣泄治愈心理创伤的戏剧吗？"

顾菲菲闻言，眼睛一亮，问道："你是说心理剧？"

…………

"你们俩跟我来一趟，快点！"审讯室的门猛地被推开，副局长姜青山以不容置疑的口气，冲杜英雄和陈海峰急促地丢下一句话，随即急匆匆走掉。冷不丁地来这么一出，杜、陈二人都有些摸不着头脑，面面相觑过后，只能懵懂地起身追出审讯室。

李诚铭被莫名其妙地独自丢下，除此似乎也没有其他异样的状况发生，但仅仅过去5分钟，先是墙上的电子显示器突然自动关掉，紧跟着灯也灭了，室内顿时漆黑一片。旋即，门外走廊里响起嘈杂的脚步声和惊叫声，隐约还能听到消防车警报的声响，而同时，似乎有一种烟熏的味道正从门缝中涌入。又过了几分钟，审讯室里烟熏味越来越浓，门外吵闹的声音却渐渐远去，黑暗中响起"嘎吱嘎吱"的声音，显然李诚铭无法再镇定下去，只是被专业审讯椅牢牢锁住，任凭如何挣扎，他也动弹不得。

李诚铭不由得开始慌了，正在此时，就听门外有人高喊："还有没有人？还有没有人？"

"有人，有人……审讯室里有人……"李诚铭顾不上矜持，赶紧回应道。

砰的一声，审讯室的门被应声踹开，韩印一手捂着口鼻，另一只手举着手电筒，跌跌撞撞地走进来。"咦，真的有人被落下，还被锁住了，听我说，外面着火了，你别慌，我给你取钥匙去！"韩印用手电照照李诚铭的脸，用最短的语言把事态解释清楚，又迅速地跑出门外。

几分钟后，韩印喘着粗气跑回来，先是塞给李诚铭一条泼了水的毛巾，接着从兜里掏出一把钥匙，把审讯椅上所有锁扣打开。当然，为谨慎起见，他又掏出一副手铐，将李诚铭双手铐住。韩印拽着他走出审讯室，大口喘着气，叮嘱道："咱们现在的位置是8楼，电梯已经关了，我带你走消防通道，用毛巾捂住口鼻，注意跟着我。"

走廊里浓烟滚滚，视线模糊，辨不清方向。李诚铭此时已完全清楚了现实处境，他紧跟着韩印的脚步寻找消防通道，但明显地感觉到韩印的脚步逐渐开始蹒跚，也许是暴露在浓烟下时间太长了，他大脑开始缺氧了。

终于走到消防通道口，可谁知韩印一个趔趄重重摔倒在地，手电筒也从楼梯间的缝隙中摔到下面。韩印第一反应是想要迅速站起，却又重重摔了回去，一只脚崴了，他只能试着用另一只脚勉强站起，扶着楼梯把手，拖着伤腿慢慢地往下挪动身子。

身旁的李诚铭看不下去了，示意韩印把胳膊搭到他肩膀上，搀扶着他下楼梯。如此下到6楼，韩印的意识似乎愈加模糊，身体已渐渐使不上力，基本靠身材瘦小的李诚铭拖行。韩印轻轻拍了一下李诚铭的肩膀，似乎用尽最后一股力量将他推开，随之瘫倒在楼梯台阶上。李诚铭俯身再欲搀扶，韩印却一把拽住他的手铐，另一只手掏出钥匙颤颤巍巍地插进锁扣，帮他解开了手铐。

"你……快走吧……别管我了，我不行了……一起走，咱们谁也出不去，快……快走吧……"韩印气若游丝地说道。

李诚铭整个人却僵住了，眼睛惊恐地瞪着费力喘息的韩印，似乎突然陷入一个熟悉的情景。"着火了，爸爸、妈妈，快跑啊……""起来啊妈妈……""爸爸你说话啊……""我不走，我要救你们……""快啊……""快啊……""我真的拽不动你，爸爸……""爸爸对不起……""妈妈对不起……"

突然，李诚铭双手抱住头，仿佛头痛欲裂。挣扎了好一会儿，才放下双手，使劲摇了摇头，又使劲眨了眨眼睛，喃喃地说："我……我一定能把你带出去，一定可以……"

说话间，他猛地将韩印背起，在黑暗中跌跌撞撞向楼下冲去，嘴里不住嘟嚷着："我一定可以……我一定可以……我一定可以……"

终于下到一楼，出了消防通道，来到支队办公楼的大堂。李诚铭身背韩印，不自觉地加快了脚步，不知何时，眼睛里已噙满泪水。"我一定可以……我一定可以……"他神经质般地叫嚷着，奔向门口亮光处……

刑警支队大院里，警车和消防车上的警报灯无声闪烁着，庄严而又紧迫。

李诚铭瘫倒在地上，整个人被汗水浸透，哆嗦着身子，泪水大滴大滴地涌出。韩印握住他的双手，脸上带着诚恳的微笑，说道："你做到了，你把我从大火中救出来了。知道吗？你从来不缺乏勇气和胆魄，只是那时你太小了，爸爸妈妈知道你尽力了，他们真的从来没怪过你，你不必因此再内疚下去了……"

李诚铭跪下身子，使劲握着韩印的双手，哭出了声……

◎尾声

心理剧由心理学家雅各布·莫雷诺首创，是治疗心理创伤的重要手段之一，运用戏剧的手法将人的内在创伤事件重现，让人在戏剧发展中寻找和发现心灵桎梏，从而探索、释放、觉察和分享内在自我，在情感宣泄中达到治愈效果。

14年前的一场大火，令李诚铭成为家中唯一的幸存者，眼睁睁看着双亲被烧死，自己却无力搭救，一个才十几岁的人生观尚不成熟的孩子，往往会不可抑止地将这种惨痛的结果归咎于自己，活着便成为一种负罪，而仇恨成为支撑他活下去的信念，内心中畸形的种子也就此种下。

如果能得到老天爷的眷顾，生命中总是顺风顺水，李诚铭的人生也许会是另外一番光景。但这毕竟不现实，人的一生中怎么可能不经历挫折，而当挫折一而再再而三地出现，内心中的那颗邪恶的种子便逐渐萌芽、开花，终将仇恨幻想化为现实行动，完成由人到魔的蜕变。尤其，当他猛然发现唯一支撑他活下来的竟然是一个谎言，他的精神世界便彻底地崩塌了，以致企图效仿他父亲与整个世界同归于尽。

凭着在应用犯罪心理学领域多年实践累积的经验，凭着那一瞬间闪现的难以用语言形容的灵感，韩印剖绘出李诚铭心理蜕变的整个过程，从而确立其心理创伤的根源。当然，心理侧写和疗伤完全是两回事，所以他想到了法医学和心理学双博士毕业的顾菲菲。

随后，在消防队训练演习部门的大力配合下，由顾菲菲主导的一场心理剧疗伤大戏正式展开。通过暖身、演出（创伤场景重现）、分享这样一个完整的心理剧过程，瞬间激发李诚铭找到被仇恨蒙蔽了的内在自我，从而让长久以来深埋心底的内疚感得以彻底地宣泄，他最终幡然醒悟，供出所有安放炸弹的地点。

回过头再来说说李诚铭犯罪的本质，这实质上是一个罪恶滋生罪恶的典型案例，是非常可悲的，但并不值得过多同情。就像韩印经常说的那样，任何犯罪都是一种人生选择，没有情非得已，更没有理所当然。

韩印希望这样的案例能给社会带来警示作用，因为现实生活中的确不乏被害者成为施暴者的案例。韩印想说的是，以悲剧开始并不意味着会以悲剧结束，把犯罪的种子消灭于萌芽状态，积极关注心灵的成长和疏导，尤其给儿童、青少年创造一个健康成长的环境，是父母乃至全社会都应负起的责任。

第三卷
卑怜人生

我们一边怒斥罪行，一边却又对犯罪的人表示惋惜。

——马利特

◎楔子

傍晚，赶上下班时间，楼道里进出的住户陆续多了起来，不太宽敞的楼梯间便显得有些局促。此时，一个满脸汗水、手里提着大包小包的男人，踏着阶梯左闪右避，一溜小跑奔向楼上。

"哎，回来晚了，车胎爆了，我一路推着走回来的。妈、小惠，菜都买好了，我这就做饭去。"男人刚进家门，便心虚地嚷嚷了一句。

"还有脸说你那破自行车，现在跟你一般大的谁不自己开车？"一个老年妇女淡淡的声音从客厅中传来，语气中带着几分嗔怪，"小惠带楠楠上美术班了，晚上不在家吃饭。我若等你做饭早饿死了，一会儿我还要出去和老姐妹跳舞，也不在家吃了。"

"那就不做了，我随便对付一口……"男人在玄关换了拖鞋，走到客厅里，看到岳母和一个身着职业套装、手里摆弄着一盒保健品的年轻女子，坐在沙发上正热络地攀谈。男人顿时明白了七八分，脸上闪过一丝不快，打住原先的话头，转而轻声试探着说道："妈，不是不让您买这些乱七八糟的保健品吗？都是骗人的，咱还是别吃了，万一再吃出个好歹来！"

"拉倒吧，你懂什么？人家这可是正宗的纳米海参肽粉，提取了海参的所有精华，喝一包能顶吃十个海参。"男人的岳母斜了他一眼，语气很是不屑地说。

"大哥，我们这可真是正规产品，原料选用的是纯天然野生海参，通过最先进的生物酶解技术，将海参超微粉碎，细微程度能达到纳米级别，不仅牢牢锁住营养，更是大大提高了人体的吸收能力，对老年人心脑血管病症有特殊的保健和治疗作用，长期服用，连癌细胞都能杀死。"年轻女子像煞有介事地解释着，接着又故作贴心道，"我看阿姨是有缘人，所以卖得也特别便宜，一盒八袋，才两千块钱。"

"哼，二百五一袋，你们这些搞推销的也真够缺德的，不仅骗财，还侮辱我们智商，拿着你的东西赶紧走。"男人冷哼一声，提高音量道。

"不……不是，您误会了，我这是给您打了对折的价钱。"年轻女子大概也看出老岳母对这个女婿有些嫌弃，便也没了惧意，反而激将道，"大哥，我跟您说，咱做儿女的真应该好好孝敬孝敬老人，老人家有个好身体比啥都强，是不？大哥您真别心疼这点钱。"

"甭理他，这个家我说了算，我说买就买。"岳母拍拍年轻女子的手安抚道，紧接着转过头，狠狠瞪了男人一眼，提高声音呵斥说，"我有你这个女婿真是倒了血霉，你看看周围跟你一般大的，哪个混得不比你好？我不图你给我买大房子、小汽车，我吃个补品你也管我？再说，我花我自己的钱，花我闺女的钱，花你的了？就你挣那俩碎银子，都不够孩子上兴趣班的，还有脸跟这儿说三道四，赶紧该干啥干啥去吧，看见你就烦！"

"那好、那好，没说非不让买啊，您想买就买吧。" 被岳母当着外人的面训斥一番，男人并未显出有多生气，似乎已经习惯这样的场景，忙不迭地赔笑道，接着又和气地冲年轻女子说，"我去把菜择了，留着明儿做，你们接着聊，要不要给你倒杯水？"

"不用了大哥，您忙您的吧，我陪阿姨聊会儿天……阿姨，我们这产品四盒一个疗程，服用方法我跟您介绍一下……"年轻女子一边跟老岳母说话，一边用余光扫着灰溜溜走向厨房的男人，嘴角浮起一丝讥笑——含着狡黠和鄙夷。

男人走到厨房门口，突然回过头，视线正撞上女子的笑容……

晚上8点多，天突然开始下起大雨，一直持续到午夜。

一辆公交车缓缓停到街边，不多时，从车上下来一个小伙子，他双手将报纸举过头顶挡着雨，向街对面的一条巷子奔去。

小伙子一路小跑，刚入巷口，突然身子猛地一沉，整个人便从平地上消失了。随之，一声声凄厉的惊叫在黑漆漆的雨夜中接连响起，声嘶力竭、毛骨悚然，仿佛来自地狱……

◎第一章　伙伴重逢

时间进入10月，又迎来一年一度的国庆长假。

赶上这个节点，部里未接到支援申请，支援小组幸运地有了一周的假期。这一年大部分时间都在外面东奔西跑，难得有个长假，最好的选择当然是回家。不过对支援小组来说，休假也得保持待命状态，手机必须24小时开机，随时都得做好接到指令奔赴犯罪现场的准备。

杜英雄老家在东北地区的一座小城——凤山市。

这时候那里天空很蓝，阳光温暖，花草树木依旧嫣然；街道两旁红旗招展、彩旗飘扬，洋溢着国庆节的喜庆气氛；来往的行人，脸上大多挂着朴实淡定的笑容，令人倍感亲切……与华丽浮躁的大城市相比，这座秋日里的小城，处处弥漫着宁静祥和的气息，也愈加让杜英雄有一种归属感。

这次回来休假，杜英雄行事异常低调，他特意嘱咐爸妈不要告诉别人他回来的消息，不想参与任何应酬。即使外出活动，范围也相当有限，要么陪爸妈逛逛菜市场和超市，要么随便在住宅小区附近走走，偶尔也会到小区背靠的一座山脚下的水库边钓钓鱼。

他想把自己彻彻底底地放空，因为这段时间他心里隐约有种负载过重的感觉——宋队牺牲时的画面、那凹陷进去只剩下一只眼睛的面庞，不时会在他的脑海中闪现，每当这个时候，胸前那道被子弹穿过留下的疤痕，似乎就会隐隐作痛。他怀疑自己开始出现PTSD（创伤后应激障碍）的症状，所以这几天的休假对他来说是一个绝好的精神缓冲的机会。但世事又总是难以尽如人愿，往往越是刻意追求的东西，似乎越是无法得到。就像现在，假期已经过去大半，杜英雄以为这个假期差不多可以波澜不惊地度过了，却不承想一个巨大的麻烦正找上门来。

午后，杜英雄又在后山的水库边钓鱼。刚坐下没多久，便听身后传来一阵脚步声，接着又是两声带有提醒意味的咳嗽，他扭头望去，看到了一个熟悉的面孔。

"二肥，怎么是你啊？你怎么知道我回来了？"杜英雄惊喜万分地从地上弹起，给了来人一个大大的拥抱。

"给你家打电话，阿姨说你回来了。"叫二肥的来人，亲昵地捶了杜英雄一拳，接着又拽拽身上紧巴巴的警服，用揶揄的口气玩笑道，"我一想，总局的领导回来了，咱这县城的小刑警还不得赶紧来拜拜码头！"

"净说没用的，你看你这身材，一点没变。"杜英雄笑了笑，坐回钓竿前问道，"特意给我家打电话，找我有事？"

"咳，时间过得真快，一晃咱有六七年没见面了吧？"二肥并不理会杜英雄的问题，兀自感叹了一句，接着走到他身边席地坐下，眼睛盯了会儿鱼线上的鱼漂，嘴角带着笑说，"你记不记得有年冬天，差不多快过年的时候，咱俩在常老大家玩得挺晚，常爷留咱吃饭，给咱包了顿饺子？"

"呵呵，怎么不记得！回家我还傻乎乎地跟我妈说常爷包的饺子特好吃，料放得可足了，汤汁特别鲜美，不知怎么弄的，把肉都给煮化了。"杜英雄顿了一下，脸上现出一丝酸楚，"我妈先是笑了笑，然后就红着眼睛说，傻孩子，常爷那是穷困年代的吃法。"

"是啊，我回家跟我妈说，我妈也挺心疼的，说常爷那是过年没钱买肉，只能买点便宜的肉皮熬成皮冻，给常老大解解馋。"二肥也收起嘴角的微笑，打住了话头，须臾，神情异常凝重，声音颤抖地说，"常老大出事了，他杀人了，被抓了！"

"杀人？！"杜英雄身子猛然一震，紧跟着一连串地问道，"对方是谁？为什么啊？啥时候的事？"

"有一段时间了，两三个月前，被害人是一个女的，做保健品推销的，也在红星巷住。那女的跟常老大处过一阵对象，忽悠他买了一堆没用的保健品，然后就把他踹了。我们中队那边认为：很可能是常老大与被害人分手之后仍对其不死心，于是案发当晚当他遇到孤身一人回家的被害人时，对其进行了纠缠，在遭到严词拒绝后，恼羞成怒，激情作案。"二肥一口气回话道。

"他和那女的真谈过恋爱？"杜英雄问。

"确实谈过，他和我说过。"二肥使劲点着头说，"被忽悠买了保健品和被踹了也是真的。"

"这么说，动机是有的……"杜英雄沉吟了一下，又问，"证据方面呢？"

"证据方面对常老大也不利，现场就在红星巷，在那里发现了常老大的皮带，已经被确认为凶器，那女的指甲里还有常老大的皮肤组织。"二肥应道，接着补充说，"不过现在案子还没移交到检察院。"

"问题出在哪里？"杜英雄问。

"主要是常老大拒不认罪，提审了若干次，始终称自己是冤枉的；其次，他说案发当晚在巷口曾与一个男人擦肩而过，他认为那个男人才是真凶。不过除了一个男性背影，他也说不出更具体的信息。"二肥使劲叹了口气，脸上掠过一丝焦躁，"队里出于谨慎办案原则，也是本着对常老大负责任的态度，对红星巷周边区域的住户进行过大范围走访，一方面，希望能找到潜在的目击者；另一方面，对该地区的男性住户也彻底进行了一次排查。遗憾的是，因为当夜下雨，很少有人外出，而与排查相关的男性住户，也都有案发时不在现场的证明。也因此，现在队里基本倾向于这个所谓的嫌疑人是常老大捏造的，可能近期会将案件移送检察院。"

"哦。"杜英雄轻点下头，随即陷入沉默。

话到此处，杜英雄心里已然明白了二肥找他的用意，二肥应该是想让他帮常老大翻案。当然了，如果论兄弟情义，杜英雄是义不容辞。可问题是这忙怎么帮？他帮得起吗？别的先不说，单说支援部明令规定"任何成员不得私自干涉地方基层单位办案"这一条，就够杜英雄吃一壶的！好吧，就算能瞒住部里，杜英雄常年在外地工作，本地公安圈内的资源连二肥都不如。虽然从警衔级别上说，他比凤山这小城的刑警队一把手也差不了多少，但"县官不如现管"，人家要是不想给你这个面子，你过问了也是白搭。更何况你是想要把人家坐实了的案子翻转，人家能愿意搭理你？反正眼前的情况，于公于私都让杜英雄太为难了……

见杜英雄愣着不说话，二肥有些沉不住气，干脆把自己的意图点破："三儿，这么多年你一直在外面闯荡，哥知道你不容易，所以跟我们疏远了，我们也不怨你，但这回常老大的案子你一定得过问。实话实说，我就是一个基层的小刑警而已，真的是心有余力不足。可你不同，你的阅历、经验、能力，都比我高太多了，只要你肯帮忙……"

"你相信常老大是无辜的？"杜英雄突然扭过头，打断二肥的话问。

"我当然信，百分之百地相信。"二肥使劲点点头，随即红着眼圈说，"三儿，你这几年在外面不了解，常老大和常爷过得真是太不易了。常爷一身病，又是糖尿病，又是心脏病，还有老风湿，这一年到头光吃药就是一笔很大的开销。老人家没办法，都70多岁了，还天天推着小车在街边卖棉花糖补贴家用。"

"常老大这几年运气也是特别背。当了几年的美发学徒，好容易自己开个店，可没干几个月，也不知道什么原因，突然就患上烫发水过敏的毛病，严重到都能当场昏倒的地步，理发店也就没法再干了，只能另谋生路。后来又应聘到一家房屋中介公司卖二手房，没承想公司不靠谱，干了不到一年，老板跑

路了，不仅卷跑了客户的钱，还差着常老大他们好几个月工资没给。再后来，又辗转做了两份工作，也都不顺利，就跟一个朋友跑到南面城市，上了远洋捕鱼船，去外海打鱼了。辛辛苦苦在海上漂了一年，结果又是被骗，说好一年工资十万，东扣西扣的，拿到手的也就剩下个两三万块钱。关键是不仅没挣到什么钱，年初回来整个人都累得脱相了。我实在看不下去，拉下面子托了好多关系，才帮他找了份送快递的工作。也赶上现在网购盛行，他又肯卖力气，一个月下来还真不少挣。"二肥一口气说了一大堆，末了又使劲叹口气说，"咳，以为这下日子好过了，常爷终于不用出去奔波了，却又摊上这档子破事。三儿，算二哥求你，找找上面的人，帮老大说说话行吗？"

"好，让我想想吧！"杜英雄淡淡地应道，迟疑了一下，斟酌着字眼说，"案子上还得用证据说话，咱还是别想着托关系那码事。"

"当然，当然，我也是这个意思，若真是老大做的，老天爷来了也没用。"二肥意识到自己刚刚的口误，忙不迭地解释道，然后站起身，边拍掉屁股上的尘土，边干脆地说，"走了，你尽快给我个话。"

"三儿，你成熟了，今儿见到你，哥真高兴！"二肥没走出几步，突然转过身来，意味深长地说。

"我也是。"杜英雄也扭过头，含蓄笑笑应道。

二肥走后，杜英雄在水库边呆坐了好一阵子，心里想着与常老大和二肥的往事，可谓历历在目，不禁感慨万千……

那还是在幼儿园的时候，小哥仁学着小人书里"桃园三结义"的典故，在幼儿园的院子里，用泥土堆出个小土包，插上三根树枝，一人朝上面撒了泡尿，便结为异姓兄弟。常老大，姓常名安，稍长二肥和杜英雄一岁，故排名老大；二肥，大名王昆，小时候又白又胖，兄弟中排行老二，故绰号二肥；杜英雄与王昆同年生，但生日略小，便排名老三。

这哥仁既是拜把兄弟，也是发小，都出生于红星巷。当年，红星巷周边属于凤山市红星机械厂的家属住宅区，杜英雄的父母、王昆的父母以及常安的爷爷，都是厂里的工人，也都在厂区家属楼分得了一个小房子。

常安的爷爷，便是刚刚王昆口中提到的"常爷"，其实他并不是常安的亲爷爷，而是一个打了一辈子光棍的孤老头子。那年他45岁，在厂区门口的老槐树下垃圾堆旁捡到一个刚出生不久的弃婴，想着自己父母早逝，又始终说不上媳妇，为免孤独终老，便收养了那个弃婴，也就是现在的常安。

常安的出身，杜英雄和王昆很早便从父母口中听说过，当然他们从未在常安面前提过，常安也没讲过，至于他到底知不知道自己真实的身世，杜英雄和王昆也不清楚。不过常安自小就很懂事，也特别孝顺常爷，爷孙俩相依为命，生活也算有滋有味。

到了20世纪90年代末期，杜英雄的父母、王昆的父母以及常爷，在产业工人下岗的大潮中陆续失业了。由于常爷生性过于老实，为人呆板、不善言辞，下岗后始终找不到工作，后来还是在好心工友的帮助下，买了一台做棉花糖的机器，开始做棉花糖沿街叫卖。虽说算是有了个营生，但小本小利的，爷孙俩只能勉强糊口。

当然，贫富贵贱对小哥仨来说不算什么，彼此友谊也并未受到家庭境遇变迁的影响，仍旧是成天形影不离玩在一起。直到初中三年级毕业之后，杜英雄和王昆顺利升入高中，而常安却选择进入社会打工，以减轻常爷负担，他们的关系才开始有了些距离。后来，杜英雄和王昆家都购置了新楼房，相继搬走，三人见面的机会更少了。再后来，高三毕业后，王昆考上省警官学校，杜英雄考到首都警察学院，哥仨彼此的联系基本就断了。尤其杜英雄，在校期间便被刑侦总局选中，参与了清剿毒贩的卧底行动，紧接着又进入重案支援部，长年累月奔波在全国各地工作办案，这几年回家探望父母的次数都少得可怜，更别说联络朋友感情了……

杜英雄最后一次见到常安，还是在他离家到北京上学的前一晚。哥俩干空了两瓶榆树大曲，唠了大半宿……具体说了什么，杜英雄现在很难记清

了，只记得常安一遍遍念叨着："老三，出去一定要好好混，一定要混出个人样来……"

　　不知何时，夕阳已近西山，秋风中开始透出一股微寒的凉气，也将沉溺在往事回忆中的杜英雄唤醒。他拿出手机，拨通顾菲菲的号码："顾姐，我有点私事，想请几天假。另外，我想请你帮个忙……"

◎ 第二章　相见时难

凤山市刑警中队，会议室。

中队长姚建，国字脸，浓眉大眼，身材高壮，从相貌上看年纪不会超过40岁，正是年富力强之时，整个人给人感觉很有冲劲，又不失稳重。

对于杜英雄的到来，姚建显然并不意外，甚至把案件相关资料早早地准备好了，供杜英雄研究。至于个中经过，两人是心照不宣。好吧，其实是顾菲菲找了吴国庆，后者又向凤山市公安局相关领导打了招呼，杜英雄才得以在此刻接触到案件资料。

案发时间是本年7月9日晚11点30分左右，一位乘末班车回家的男青年，走到红星巷北街巷口处，不慎跌入一敞口马葫芦井中，随后在井下发现一具女尸，立即拨打了报警电话。

被害人：赵小兰，女，24岁，外省人，自2015年2月起独自租住于临河街道红星巷北街。死亡时间：大致为案发前两小时，也就是本年7月9日晚9点30分左右。死因：系外力勒颈致机械性窒息死亡。

现场勘查显示：在马葫芦井下，发现半截牛皮革材质的男性腰带，经法医确认为作案的绞索，同时在井上距马葫芦井十几米远处，发现该腰带的另一截，因被井下污水和雨水洗刷，两截皮带上均未采集到可用指纹，但在腰带锁扣处采集到人体皮屑；另外，在被害人右手中指的指甲缝中，也采集到了皮肤组织。至于赵小兰的手机，应该是在凶手抛尸过程中被摔烂了，加之同样被污水和雨水浸泡过，这一关键性证物无法提供任何线索。不过，经对案发周边地区男性居民的DNA筛检，发现皮带和被害人指甲缝中的皮肤组织，均属于住在案发现场附近的一名叫常安的年轻男子。

犯罪嫌疑人：常安，男，28岁，本市人，与被害人同样住临河街道红星巷北街，职业是物流快递员，年初曾与被害人谈过一段时间的恋爱，5月中旬女方提出分手……

看守所，审讯室。

看过案件资料，杜英雄"得寸进尺"，提出想见见常安。这就让姚建很为难了，因为法律上明文规定：在侦查审讯阶段，作为嫌疑人一方，除了律师任何人都不得与之见面。姚建是既不想不给杜英雄面子，当然更不想违反原则，所以斟酌了好一会儿，给出一个折中的办法——杜英雄以办案方协查人员的身份与常安对话，并且姚建也要在场。

现在，瘦高个的常安被看守所民警带进来，他身子软塌塌地走到椅子前坐下，眼睛冲着地板，并不瞅对面的人，看起来对提审有很大的抵触情绪。

沉默片刻，常安把屁股朝前挪了挪，身子靠向椅背，刻意显示出一副慵懒且满不在乎的模样，接着才缓缓抬起头，讥笑一声道："该说的我已经说了八百遍，你们总这么折腾我有意思吗？还是那句话，人绝对不是我杀的，你们甭想诬陷好人……"

常安猛然打住话头，愣了一下，迅速坐直身子，收起先前的散漫。因为他看清楚了，坐在对面的除了提审他若干次的姚建，还有一张他更为熟悉的面孔——他的好兄弟，杜英雄。他一下子红了眼圈，嘴唇哆嗦两下，似乎有话要说，却又说不出口。转瞬，他又低下头，来回揉搓着被手铐铐住的双手，似乎有些不安，又有些羞愧。

杜英雄也一样，他怎么也想不到，时隔多年会以这样的方式与好兄弟见面。四目相对的那一刻，他内心无比难过，又想起先前曾对此行有过一丝犹豫，更是感到惭愧不已。他从摆在桌上的香烟盒中抽出一支香烟，夹到嘴边点燃，然后起身走到常安身前，将香烟塞到他手上。看着常安抬起头，把香烟放到嘴边使劲吸了一口，才反身回到审讯桌背后坐下。

这看起来是一个轻描淡写的动作，其实用意颇深。一方面，可以理解为审讯中一种惯用的对待犯罪嫌疑人的怀柔手法，当然这是做给姚建看的；另一方面，也是杜英雄真实的用意，他想隐晦地向常安传达自己的善意，也是希望常安能放下各种消极情绪，把注意力集中到这次问话中。

"7月9日晚，当时已经很晚了，你还出门做什么？"杜英雄操着公事公办的口吻，开口问道。

常安不傻，他当然明白杜英雄此时出现必然是来帮他的，所以尽管此类问题已答过数遍，他还是赶紧抖擞精神，认真回应道："那天是周末，半夜有场球赛，和几个朋友约好一起找个地方喝酒看球。"

"出门时几点？"杜英雄问。

"将近9点半，"常安紧跟着强调说，"我出门时特意看了下表。"

"你的腰带为什么会出现在案发现场？还有被害人赵小兰的指甲里，怎么会有你的皮肉？"杜英雄接连抛出两个对定案有直接影响的问题。

"阴错阳差，倒霉呗！"常安长叹一声，进而详细解释开来，"那天晚上，和朋友约好外出看球。我从家走时，朋友那边已经开喝了，我心里着急，走路猛了点。赵小兰那会儿应该是刚从外面回来，天下雨，她没带伞，就一溜小跑想快点到家。也真是巧了，她穿着高跟鞋，地又滑，偏偏跑到我身前时，崴了下脚，整个人朝我扑过来。刚刚说了，我也走得急，所以她撞到我身上后反弹了一下，我当时没看清楚是谁，出于好心本能地想要拽住她，她也是本能反应朝我手上乱抓，可能就是这么一个过程，她指甲抠到我手了，又把我的腰带扯断了。后来我们看清彼此，都挺尴尬，也说不出什么话，我就扭头走了。走了几步，发现腰带断了，正好穿着紧腰的牛仔裤，系不系腰带都无所谓，便干脆把腰带抽出来随手扔了。"

"然后呢？"杜英雄问。

"后来我走到巷口时，觉得有个男人跟我错身走过……"常安说。

"'觉得'是什么意思？"杜英雄皱起眉头，声音也略微扬起，打断常安的话，疑惑地问道。因为在他先前读到的口供中，并未出现这么模棱两可的字眼。

"不是，那个……"似乎被戳中要害，常安一时语塞，迅速避开杜英雄冷峻的目光，支支吾吾地说，"那晚……那晚在巷口我真的遇见了那个人，但……当时我撑着雨伞，视线被遮住了。尤其，先前与赵小兰的相撞，让我有些心猿意马，整个人处在发蒙的状态，所以……所以只是感觉到有人带着一股风从我身边走过，至于别的……那人是男是女，我其实并不清楚。我……我也不是故意要说谎，我就是觉得杀人犯肯定是个男的。"

"果然不出所料，我就知道你小子不老实！"一直默不作声的姚建，用手指冲常安使劲点了几下，接着冷哼一声，用嘲讽的语气说，"哼，编瞎话的速度还挺快，要不是杜警官敏锐地捕捉到你说话的漏洞，恐怕你还是会坚持原来那套说辞吧？老实交代，根本就没有什么别的嫌疑人，对吧？"

"有、有、真有……三儿，哦不，杜警官，我这次说的全是真的，你要相信我！"常安忙不迭地强调道。

"好，你先别嚷。"杜英雄冲常安仰了下头，示意他冷静，瞪着眼睛琢磨了一会儿，缓和口气说，"我可以相信你是在急于辩解的情形下，对事实进行了一定的夸大，所以现在再给你一次机会。你放松点，静静心，仔细回忆回忆当时的情景，关于你说的那个人，能想起任何线索，都说来听听。"

"没有了。"常安痛苦地摇摇头，不假思索地应道，"咳，说实话，关在看守所这段时间，我每天都在寻思那个人，可实在是没什么可说的。"

"没事，你也别着急，保持放松状态。"杜英雄一边安抚，一边引导道，"那咱们再回到你与赵小兰相撞的那个场景，你来描述下赵小兰当时整个人的状况，比如说穿着、情绪、气味，或者手里有没有拿着什么东西，等等。"

　　"没啥特别的，衣服就是她平时穿着的短袖白衬衫，深蓝色长裤，黑色高跟鞋。肩上挎着个半大不小的皮包，也是她平时常背着的……"常安皱了皱眉头，尽力回忆道，"情绪似乎不怎么好，气味……对了，她靠近我时，我闻到她嘴里明显有一股酒气，可我印象里她基本不怎么喝酒。"

　　…………

◎第三章　案情重构

凤山红星机械厂建于新中国成立初期，与此同时，距厂区北部不远的一块闲置土地，被规划为职工福利住房区。一排排红砖墙的二层、三层小楼陆续建起，形成纵横交错的街巷，"红星巷"也因此得名。

转眼半个多世纪过去了，凤山县城撤县设市，红星机械厂兼并搬迁，整个社会都发生了翻天覆地的变化，红星巷却因种种历史遗留问题，始终未能得以拆迁改造，在咫尺之遥的高楼大厦的包围和映衬下，越发显得像个贫民窟。

走在巷陌中，杜英雄既熟悉又陌生。

四处都是污秽不堪的感觉，空气中飘散着下水道的馊味，当年红红火火的小楼也早已看不出本来面目，墙体上遍布各式各样的野广告，显得尤为斑驳。各种违章搭建，占据着街道两侧，街巷更加狭窄、杂乱。大多数原来的住户都已搬走，剩下的要么上了岁数，要么便是实在买不起房子的，有那么几个人杜英雄虽然叫不出名字，但还是会觉得眼熟，而更多的是一张张外来谋生租住的陌生面孔。

杜英雄本打算先去探望常爷，不过王昆说这会儿常爷应该还在外面做买卖，二人就即刻进入此行正题——通过实地犯罪模拟，尝试找出先前被遗漏的线索。

案发地点是红星巷北街一条南北走向的巷子，犯罪嫌疑人常安住在这条巷子东侧接近巷口的一栋三层筒子楼中，被害人赵小兰租住的房子，则还要往巷子深处走六七十米。

卷宗资料显示：第一作案现场位于常安家南侧十来米远的地方，凶手在这个方位从背后对被害人进行了绞杀，随即将被害人拖行20多米，至北巷口一处马葫芦井边上，挪开井盖，将被害人抛入井下，之后仓皇逃离现场。大体上，凶手的作案情形就是这样，过程并不复杂，持续时间也相对较短，但其中还是有值得深究的地方——凶手"弃尸于井下"的举动，所映射的是怎样一个心理状态？

此时，杜英雄和王昆蹲在巷口的马葫芦井边，再度将井盖挪开，冲井里打量。这是一个取暖井，深度在3米左右，越往下越宽，井下部位是四四方方的，长宽都在两米左右，里面有一些垃圾和污水，墙体上砌着扶手，可以上下攀爬。

"你觉得凶手干吗要把尸体扔到井下？"杜英雄抬头看向远处，目视拖行轨迹问道。

"这有什么可纠结的？"王昆满不在乎地说，"当然是想掩藏尸体呗！"

"也就是说，凶手最终目的是为了尽可能拖延时间，增大警方办案难度，从而降低自身被抓捕的风险，对吗？"杜英雄话锋一转，"这只是正常思维的一个判断，如果从风险评估的角度来看，凶手拖行被害人的过程显然更具风险性，而且巷口处视野开阔，也加大了被目击的风险，更何况，凶手弃尸后并未将井盖挪回原处，根本达不到所谓的掩藏效果。"

"这个嘛……"王昆哑巴了下嘴说，"队里认为，可能当时有人经过把他吓跑了，没来得及盖回井盖。"

"可是你们走访了两个多月，差不多与整个红星巷所有潜在目击者都谈过话了，却并未发现有这样的目击者，不是吗？"杜英雄反驳道。

"那倒是，"王昆使劲点着头说，"本来这块人流其实挺多，当天晚上雨下得太大，街上没什么人，不然凶手绝不会这么轻易得手。那你的意思是？"

"也许他就是要暴露尸体，他想向世人展示被害人狼狈不堪的死状。"杜英雄眉峰轻蹙，怔了一会儿，若有所思道，"如果这真是一个犯罪标记式的动作，常安就有希望了。"

"什么？什么叫标记式的动作？靠它能推翻队里的结论？"王昆显然对这一名词很陌生，连忙追问道。

"算了，先不说这个，咱们找常爷去吧。"杜英雄迟疑一下，转移了话题。只是初步的一个倾向，还有待综合整个案情去考量，他不想现在就给王昆无谓的希望。

阳光幼儿园是临河街道最大的一家私立幼儿园。每到放学时间，大门口的人行道上便聚集一些摆地摊的大爷大妈，城管来治理多次，也没起到多大作用。而其中年龄最大的就数常爷了，他头发已经全白了，身子比以前更单薄，背也佝偻了，整个人似乎比杜英雄印象里的缩小了一圈。

此时，常爷忙得不可开交，身边围一群叽叽喳喳的小家伙，常爷用那双布满老茧的手，颤颤巍巍地卷着一串串棉花糖，虽满脸笑意，但眉眼间还是掩饰不住地透出一股萎靡和疲态。杜英雄坐在街对面的车里看着，心里不禁一阵酸楚，正欲下车过去打招呼，却突然听到人群中传出一阵吵嚷……

"吃、吃、吃死你得了！有什么好吃的！脏死了，你没看那老头儿穿得脏兮兮的，手也黑黢黢的，那糖你也敢吃？吃了保准你拉肚子，听见没……喏，老头儿，赶紧把你那破玩意儿拿回去……"

"哎，你这人怎么这样啊？是你家孩子非嚷着要吃棉花糖，你不给买，人家大爷好心送孩子一串，你不领情倒也罢了，凭啥冲大爷大呼小叫，还把棉花糖扔地上？"

"对啊，你这小年轻穿得挺时髦的，咋一点素质都没有。"

"当妈的都这么没教养，能教育好孩子？"

"我管我家孩子，你们瞎吵吵什么……"

随着一声压住众声的叫喊，人群中冲出一个打扮贵气的少妇，手里拖着一个小男孩，气势汹汹地钻进街边一辆高级小轿车，发动起车子。而常爷怔怔地盯着扔在地上的棉花糖，脸色一阵红一阵白。须臾，他使劲眨了下眼睛，咧了咧嘴角，掩饰地挤出一丝窘迫的笑容，低头继续卷起棉花糖来……

没想到会突然发生这一幕，王昆的火腾的一下就冒出来了，他飙了一句国骂，紧跟着就要推门下车，却被杜英雄一把拽住。他知道，这个时候见面，只会让常爷心里更难受，他也更加会觉得难堪。

王昆涨红了脸，不甘心地发动起车子，驶出不远，猛地踩了一脚刹车，言语中带着愠怒说："三儿，卷宗你看了，老大你也见了，现场也去过了，你就甭跟我玩深沉了，跟我说实话，这案子你到底能不能办？到底有没有希望把老大弄出来？"

"你先别急，"王昆口气很冲，显然常爷的遭遇让他心疼了，所以杜英雄也不挑他理，略微思索了一下说，"总体来说，你们这案子办得还算是有证有据，但对于被害人的背景调查，实在是太过笼统。当然了，可能也是因为犯罪嫌疑人太早归案，作案动机和证据又相对明了，所以才没能引起你们队里足够的重视。而事实上在被害人身上还是有疑点可挖，尸检报告显示，赵小兰血液中含有一定的酒精成分，并且在看守所里常老大也说，他当晚遇见赵小兰时觉得她情绪不太好，还闻到她嘴里有酒气，尤其还提到赵小兰平时不怎么喝酒……"

"你说得对，案发没几天队里基本就锁定常老大是凶手，没放太多精力在赵小兰身上。不过她死前喝酒这个事跟案子有关系吗？"王昆打断他，抢过话说。

"当然有关系。"杜英雄说，"赵小兰死前喝过酒，意味着多了一种被害的可能性，她在哪里喝的酒？为什么从不喝酒的她那晚要喝酒呢？还有，跟谁喝的酒？他们之间什么关系？有没有利益交集？有没有情感纠葛？跟她喝酒的人具不具备杀人的动机？"

"我明白了，你想以这个为切入点帮常老大翻案，对吗？"王昆使劲拍了下方向盘，情绪大振，追着问，"对了，你是不是对凶手弃尸方式也有疑问，你说的那个犯罪标记，是啥意思？"

"这个我还没想好，你给我点时间，我还要综合多方证据和细节才能有相对明确的答案。"杜英雄诚恳地说。

杜英雄嘴上说没谱，心里其实已经打定主意，也是因为常爷惨遭羞辱给他很大的触动，他决定赌一把——选择完全相信常安是无辜的，并将穷尽一切力量帮他翻案。问题是自己势单力薄，而且没有公开调查权，如果只是私下里和王昆去找线索，恐怕短时间内很难有成效，所以还是想借助顾菲菲的人脉关系，将他安插到案件调查组中，当然，最理想的是能把整个支援小组都搬过来。

顾菲菲现如今虽然整个人温和了许多，但个性中的冷静和正直丝毫没有改变，她是一个极度遵循原则的人，也就是说，在这个事情上她的态度很明确：既然凤山市公安局对案件已经有所认定，并且相对来说案子的恶性程度也不足以动用总局的人力，更何况凤山方面并未提出协助办案申请，所以对于杜英雄提出的两点期望，顾菲菲非常理智地否决了。

当然，作为一个团队，一个可以彼此托付性命的团队，当中任何人需要帮助，即使困难再大，大家也不会完全袖手旁观。顾菲菲和艾小美虽然人不能到凤山，但她们可以远程给杜英雄提供一些帮助。不仅如此，顾菲菲还想让韩印去凤山走一趟，韩印不在总局支援部的编制内，身份上比较不会惹人口舌，只是不知道韩印能否排出时间，所以事先她并未向杜英雄透露。

◎第四章 师傅出马

次日，杜英雄将各项法证鉴定报告扫描复印，做成电子文档发到顾菲菲邮箱中，同时将先前凤山警方获取到的被害人赵小兰的身份证、信用卡、手机、微信、QQ等号码信息，也一并发给艾小美。至于赵小兰的手机，杜英雄也试着向姚建建议将之快递到总局实验室进行修复，不过姚建表示这个他做不了主，必须得跟局里请示才行。考虑到目前还不宜张扬，再说就手机损毁程度来看，修复的可能性很小，杜英雄也就不再勉强。

忙完上面这些事，杜英雄紧接着和王昆去了赵小兰生前供职的保健品专卖公司，从她的一些同事口中了解到：赵小兰是去年6月份进的公司，人挺精明的，心眼比较活泛，业绩也不错，但工作之外与同事不怎么来往，所以同事对她的私生活了解不多，也没人承认案发当晚与赵小兰在一起喝过酒。

从保健品公司出来，一上午也就过去了，正想找地儿吃饭，杜英雄的手机响了。接听之后，他又是惊喜又是感动，原来韩印坐最早的一班飞机飞来了凤山，并且此时人已经到了市局。

杜英雄和王昆赶紧赶过去与韩印会合，见了面自然是亲切得不行。一番寒暄之后，介绍了韩印和王昆相互认识，三人便找了个吃饭的地方，边吃边交流案情。吃过饭，杜英雄又将韩印引见给姚建，接着便陪他深入熟悉案件卷宗的情况。

　　真的是行家一出手，便知有没有。到了傍晚，顾菲菲打来电话，让韩印和杜英雄即刻上线开网络视频会议，想必是有所发现。

　　打开电脑，联上网，点开视频软件，很快顾菲菲和艾小美便出现在电脑屏幕上。顾菲菲直奔主题道："尸检方面没问题，但显示出的一些线索，可能被先前的办案人员忽视了。从报告上看，被害人尸体上除了留有致命伤，同时枕部头皮还有挫伤症状，并且颈椎出现了压缩性骨折，这都是明显的高坠伤，应该是凶手抛尸所致。不过从高坠伤部位来看，尸体当时掉入井下应该是后脑部位先着地，那么随之落地的体位应该呈仰卧或侧卧姿态，而从现场照片来看，被害人是面部紧贴地面，呈俯卧姿态……"

　　"尸体在井下被移动过？"杜英雄插话说，语气中带着一丝兴奋。

　　"对。"顾菲菲重重点头。

　　"这么说，凶手抛尸的一系列动作，确属不寻常动作？"杜英雄扭头冲韩印问道。

　　"不仅如此，凶手井上井下攀爬，冒着极大危险，只是为了改变一个体位，表明将被害人尸体面部朝下摆成俯卧姿态，已经成为一个强迫性动作，也意味着这应该不是他第一次作案。"韩印点了下头，沉着说道。

　　"太好了，这下常安真的有救了，他绝不可能是一个连环杀手！"杜英雄使劲拍了下大腿，情绪高昂地说。

　　"为什么不可能？为什么这么轻易地下结论？"韩印皱着眉，盯着杜英雄诘问道，"背景资料记载，常安是一名弃婴，虽然被好心人收养，但一直生活在比较窘困的环境。尤其当他成人后得知自己身世的真相，难保他心理不会出现裂变；并且当年他被抛弃的地点就是在一个垃圾堆旁，而污浊脏乱的马葫芦井下是不是可以看成与垃圾堆是同一属性的呢？"

　　"您是说，这样一来，常安的嫌疑反而更大了？"杜英雄脸上的笑容僵住了，用试探的语气问道。

"倒也不是那个意思，我是想告诉你，你先是一名警察，其次才是常安的好哥们儿，不管你主观意志是什么，都必须遵从客观事实，从证据上出发，不要被非理性情绪左右，懂了吗？"韩印显然看出杜英雄在案子上的情绪化，主观倾向太过严重，这绝不是一名优秀刑警所应该表现出的品质，所以必须难为他一下，及时遏制住这种不理智的苗头。

"哦，对，对……"经韩印这么一敲打，杜英雄脸腾的一下红了，支支吾吾地低下头，像个犯错的小学生似的说不出话来。

场面略显尴尬，连隔着屏幕的艾小美也感觉到了，便赶紧打岔，以轻快的口吻活跃气氛道："该我啦！该我啦！该我说说我的丰功伟绩了！我查了与赵小兰手机号码有关的通信记录，她每天进出的电话特别多，我大概梳理了她遇害前3个月的通信记录，大多数通话号码都只出现一两次，比较固定的通话号码有8个，相应的登记信息我都整理好了，稍后给你们发过去。至于遇害当天，她有过11个通信记录，具体信息稍后也一并发给你们。当然，现在人们用微信比较多，越是关系亲密的越喜欢用微信联系，我复制了赵小兰的手机号码，登录上她的微信，但聊天历史记录留在原手机上，我看不到，再加上她微信朋友圈里的好友实在太多了，一时之间还找不出什么来。不过我发现这个手机号码还绑定了一个云账户，密码和微信密码一样，都是她农历的生日。更妙的是，这个云账户同步了她手机的图片库，也就是说，赵小兰通过手机摄像头拍的照片不仅会储存在手机中，同时也会传到云端保存。我仔细看了她在云储存中的照片，其中有她和嫌疑人常安的合照，也有另外一个男人，喏，就是他……"

说话间，艾小美将赵小兰和一个中年男子的合照放到了电脑屏幕上，然后接着说道："这个男人的照片第一次出现在云端的时间是4月底，而赵小兰是在5月中旬与常安分的手，从时间点上看，她很可能是因为这个男人才甩了常安。赵小兰和这个男人有很多亲昵的自拍照片，不过大多集中在酒店房间里或者餐厅等较私密的场所，加之男人的年龄看起来要大赵小兰不少，我估计她是做了别人的小三。案发当天，大概在18点左右，赵小兰上传过一张自拍照，地点是在一家餐厅中，似乎是在等人的空隙拍的。也许她就是在等照片上的男人，相信也就是你们要找的与赵小兰一起喝酒的人。"

…………

下线之后，韩印和杜英雄立马去找中队长姚建，提出要调阅凤山市近几年被列为积案的卷宗。如果凶手不是第一次作案，那是不是意味着凤山市此时此刻正潜伏着一名连环杀手？

熬了一整夜，在反复翻阅和缜密分析下，韩印和杜英雄从卷宗中筛选出两起疑似案件。

案件一。被害人：男性，姓名、籍贯、身份不详，由器官机能状况推测，年龄在50至55岁之间，属外来流浪人口。死亡时间：2014年12月19日23时许。案发地点：凤山市长平街道玉春路前进桥下。尸检及现场勘查显示：死者系被白酒瓶大力砸中头穹隆部位，导致颅脑损伤并发多器官功能衰竭死亡，死后被扔进距作案现场不远的一个大铁皮垃圾箱中；死者血液中酒精含量超高，现场遗留的酒瓶玻璃碎片上发现不属于死者的血迹，怀疑是凶手作案时不慎割伤手部所留，但在前科罪犯DNA数据库中并未找到与之相匹配的。调阅现场周边交通监控录像，由于当晚雾气太重，视频清晰度较差，无法获取有效线索。此案至今未查出真相，已被列为积案，暂时停止侦办。

案件二。被害人：王彩华，女，41岁，外省人，性工作者。死亡时间：2015年7月3日17时30分许。案发地点：凤山市春阳街道宁山公园公用厕所内。尸检及现场勘查显示：死者系被砖头连续击中后脑致死，尸体随后被抛掷在大便蹲位上，衣物整齐，脑袋被塞进大便盆中；被当作凶器的砖头扔在大便池中，故与凶手相关的证据遭到破坏。案发现场周边没有监控设施，凶手至今逍遥法外。

这两起案件之所以引起韩印和杜英雄关注，是因为案件所显示出的一些要素与红星巷杀人案特别相似。

先前也提到过多次，通常对于连环案件的判定主要涉及三个要素：被害人类型、犯罪惯技、犯罪标记。那么整合上面两起案件与赵小兰被杀一案，韩印和杜英雄发现：案件被害人都是外地人，在本地无亲无故，社会地位低下，均属于受伤害风险系数较高的人群。

杀人手法，乍看上去似乎关联不大，但从宏观角度审视，便会发现一种相似的随机性。无论是作案地点，还是致死方式，尤其在凶器的选择上，完全是就地取材——案件一利用的是被害人的酒瓶，案件二用的是厕所地上的砖头，而杀赵小兰的凶手更是随手捡起常安丢在地上的皮带。

至于犯罪标记这一环节，相似度则更高，主要体现在抛尸方面：首先，凶手并不在乎尸体被发现；其次，是地点的属性问题——一个被扔在垃圾箱中，一个是在公厕大便蹲位上，一个是马葫芦井中，应该说提到这几个场所，人们脑海里同一个反应就是肮脏、恶臭、污秽满地；再次，从现场照片看，三个被害人被抛置的体位均为面部朝下，呈俯卧姿态。

当然，目前这些只是一个初步的推断，也可以说是纸上谈兵，后续还要围绕这两起案件做大量的剖析和佐证工作。可是如果判断正确的话，情势就从原本只需要关注红星巷杀人案，演变成可能需要解决一个系列案件，才能洗清常安的犯罪嫌疑。

按照这个思路，得先把两起旧案的来龙去脉彻底搞清楚，然后再综合红星巷杀人案的案情特征和行为证据，去揣摩凶手犯罪标记式动作的寓意、选择犯罪目标的模式乃至作案的心理动机，最终得出相应的犯罪心理侧写报告。

　　所以，当韩印和杜英雄在次日清晨目视太阳从东方冉冉升起时，心里都清醒地认识到：想短时间内达到目标恐怕是不可能了。鉴于时间紧、人手少，韩印和杜英雄选择兵分两路，前者负责将三起案件串联起来，后者和王昆负责排查与案发时间最近的红星巷杀人案有交集的社会关系。

◎ 第五章　现场走访

早饭后，韩印出现在中队长办公室，将两份卷宗摆到姚建桌上。

"怎么又关注起这两个案子了？"冷不丁被问起两件旧案，中队长姚建一时有些摸不着头脑，诧异地盯着韩印看了一会儿，才谨慎地说，"你们感兴趣的不是红星巷的案子吗？噢，难道你们昨晚调阅卷宗就是为了找这两个案子？"

"那倒不是，准确点说，事前我们并不知道有这样两起案子。"韩印笑笑，斟酌了一下，含糊地说，"不知道您方不方便带我去现场看看，顺便跟我仔细说说这两起案子？"

"干吗这么客气，那有啥不行的，两个案子我都有印象，是我带着下面的兄弟办的。"姚建估计是特意打探过韩印的来头，遂显示出格外的尊重，爽快地说道，"咱这就走，去前进桥。"

撂下话没多久，二人便驱车离开刑警队，开了十多分钟，汽车在一处桥墩下停住。

"喏，就是这儿，当年被害人用破纸箱子搭了个住的地儿，也是第一作案现场，尸体随后被扔进那个垃圾箱里。"二人下车，姚建指着桥壁前的一块空地，又指了指路边的一个铁皮垃圾箱说。

稍顿一下，姚建接着说："材料你应该看过了，被害人从哪儿来、什么时

197

候寄居在此，没人知道。尸体上和随身物品中都没找到身份证明，尸源协查公告也未得到反馈，只是据周边的一些群众反映，他说话不是本地口音，靠捡破烂换点钱糊口。"

韩印"嗯"了一声，没再接话，兀自转头四下打量起来。前进桥连接南北两条城市主干路，跨越一条东西走向的次干路，是周边住宅小区与城市主干路的交通枢纽。桥的左右两侧，沿着路边开了一些小店，距离现场最近的，是斜对面五六十米远的一个拉面馆。韩印的视线绕了一圈，最终也定格在那小拉面馆的招牌上……

"我记得有一个目击者吧？"韩印凝神问道。

"对、对，其实也算不上什么目击者，"姚建顺着韩印的视线望了望，便明白了他的心思，答道，"就是那拉面馆的老板，走吧，过去看看，不知道现在的老板换没换。"

姚建话音未落，韩印已经抬步走去，姚建紧走几步赶上，很快便一同走进拉面馆。甫一进门，便有一中年模样的男人上来招呼，姚建定睛打量一眼，便拽住那人说："太好了，还是你，咱们以前见过，记得我吗？"说话间，他从手包里掏出警官证。

老板瞅了眼证件，又仔细看了看姚建，点着头说："噢，想起来了，是不是那年桥下那收破烂的被人杀了，您找过我了解情况？我还记得您是个领导，快请坐，快请坐，坐下说话。"

"对，是我。"姚建和韩印在老板的热情招呼下坐到一旁的空座上，姚建指了指对面的椅子，对老板说，"你也坐吧，想再跟你聊聊那案子的事。"

"还没抓到人啊？"老板有些吃惊，然后说，"其实，我当年真没看到啥，就是半夜起来上厕所听到外面有吵架声，等我出门看时就没声了。加上那晚雾挺大的，我也没仔细看，寻思肯定又是那捡破烂的喝醉了，自己瞎咋呼，便回屋继续睡觉去了。"

"死者生前跟你有接触吗？他经常跟人吵架？"韩印终于插上话问。

"有那么一点点交往吧。"老板点头说，"他大概很早就住在桥下了，五冬六夏都是一身单薄的破衣服和铺盖，尤其冬天特别冷时也那样。有一年我实在可怜他，就送他一件旧棉袄，从那之后他每次见到我都特别客气地和我打招呼。怎么说呢，这人平时挺和善的，但嗜酒如命，卖破烂攒俩钱，宁肯不吃饭也得买酒喝，而且每喝必醉，一醉就窝在他那小窝里疯言疯语乱骂一通，要是有路人经过，更是逮谁骂谁，就跟换了个人似的。"

"他都骂些啥？"韩印问。

"你还别说，有一次我还真凑过去认真听了一会儿。"老板"呵呵"笑了两声，有些不好意思地说，"其实也没啥，来来回回就嚷嚷那几句。什么谁谁是骚货、破鞋，谁和谁乱搞男女关系，还抽自己嘴巴子，说什么自己是孬种、窝囊废，活该被戴绿帽子啥的……反正感觉好像是自己没能耐，媳妇跟人跑了，精神受点刺激。"

由于职业关系，赵小兰平日的社会交往比较复杂，像那些在她手机通信记录中只出现过一两次的号码，尤其是她主动拨出的号码，很可能只是在向潜在客户推销保健品，这一部分人要是逐一排查起来那工作量可太大了。杜英雄和王昆讨论了一下，决定还是先从日常固定通话的几个号码查起，当然重点还是要找出与赵小兰有亲密合影的那个男人。

鉴于此，杜英雄和王昆再次走访赵小兰生前工作的单位，得知她经常拨打的几个号码均来自她的同事，被害当天除去几个推销电话外，剩余的电话也是与同事的通话。相关同事都给出人证，以表明当天她们并没有与赵小兰在一起。不过当杜英雄拿出艾小美从云端下载的照片，她们几乎同时认出了照片中站在赵小兰身边的男人。

这名男子叫蒋涛，是一个从事个体营运的中巴车司机，保健品公司曾经在几次大型营销活动中雇佣他的车拉载过客户，他与赵小兰很可能就是在活动中认识并勾搭在一起的。由于蒋涛有老婆孩子，两人关系见不得光，只能在私下里秘密进行交往，故这段关系外人并不知晓。蒋涛目前被本市一家旅行社长期包车，赵小兰的同事向杜英雄提供了他的手机号码。

宁山公园依山而建，园中花草繁茂、绿树成荫，是一座天然的绿色公园。

公园24小时免费对外开放，里面设有多个凉亭、绿荫长廊、休闲长椅、健身器材等等，对于住在周边社区的居民，是个非常好的健身休闲场所。所以公园里总是一早一晚人比较多，其余时间停留的大多是打发时间的老年人。

也不知道从什么时候开始，一些浓妆艳抹、衣着暴露的女子，开始在公园内出现。她们几乎都操着外地口音，从外貌上看大都是四五十岁人到中年的样子，她们以在园内休息或者遛弯的老年人为目标，提供廉价的淫秽色情服务，王彩华就是她们中的一个。

王彩华曾在本市一家食品厂打工多年，后因工厂经营不善倒闭，王彩华便被一些姐妹怂恿开始从事卖淫勾当。除去接触嫖客，王彩华平日社会交往简单，只限于几个同样在公园里卖淫的同乡，她们也一起在公园附近合租了一个小平房。据她几个同乡反映：王彩华脾气比较拗，做事有点一根筋，讲好了多少钱就多少钱，从不向客人多要，当然客人少给一分也绝对不行。曾经有几次，因嫖资问题，她还跟客人起过冲突。

王彩华遇害是在宁山公园西区一座小山坡上的男公厕内。公厕又小又简陋，两堵矮墙隔出三个蹲位，卫生环境也特别差。卫生纸扔得到处都是，地上湿漉漉的，不知道是水还是尿，可能为了不让鞋子沾到地上，有人扔了些砖头在地上好踩着。公厕外，顺着山坡下个十几级石阶，是一条半圆形的岔路，往东或者往西走个四五十米才是园区主路，所以这个区域算是个隐蔽的地界，倒是挺适合干些见不得人的勾当。

因为死了人，再加上卖淫女越来越有恃无恐，大庭广众之下四处拉客、强拉强卖，性交易时也不避讳遮挡，社会影响极为恶劣，所以市局相关部门联合派出所、街道，对宁山公园进行了集中整顿，严厉打击卖淫嫖娼等违法行径。

至今效果明显，公园里的卖淫嫖娼情况基本杜绝了。

姚建带着韩印，在案发现场以及周边来回走了几圈，同时将案件相关背景信息做了详尽的介绍。韩印一路上只是看和听，并不多言语，姚建就更有些摸不着头脑了。

终于出了公园，坐进车里，姚建手握住车钥匙，却并没有发动车子，迟疑了一下，忍不住以试探的口吻说："好啦，两个现场都看完了，该跟我说说你的用意了，你不会认为这两个案子因为被害人身份低下，没人在意，所以我们没尽力查吧？"

"不，你误会了，绝对没那个意思！"韩印连连摆手，解释道，"我知道这两个案子不好破，流浪汉难以和他人产生利益交集，而卖淫女又可能与任何人发生纠葛，作案动机是个很大的疑问。如果科技手段再起不到作用，侦查方向和排查范围的选择便难上加难。"

"你这话说得句句都在点上，就那流浪汉，谁杀他干吗？能有什么意义？"韩印一席话，说得既内行，又让人听着舒服，姚建像憋了一肚子委屈，终于找到个明白人倾诉似的，一口气说道，"还有公园这案子，能想到的作案动机，什么嫉妒、抢生意、抢地盘、金钱纠纷等，各个方向都调查了，嫖客也抓了十多个，偏偏都是死胡同。"

"你有没有想过，线索其实已经摆在那儿，只是你们没发现而已？"韩印整理下思路，接话道，"前进桥的案子，从被害人背景信息来看，他不仅是个无家可归的流浪汉，还是一个酒鬼，并且喝醉了之后还喜欢骂街。从行为证据上看，凶手作案的凶器是取自被害人，而且过程中自己还受了伤，同时也留下了DNA证据，明显对伤人的动作和结果准备不足，说明这是一次应激性的犯罪。那么将这两方面结合起来，也许可以总结出一种作案动机……"

"你是说，被害人当晚喝醉酒骂街，把路人骂恼了，结果路人拿他的酒瓶把他砸死了？"韩印话未说完，姚建便抢着插话说，"假使这动机成立，桥下有走路的，有骑自行车的，有骑电动车和摩托车的，范围一样也不小啊。"

"再说公园这案子，案发在下午5点到6点之间，夏季这个时候仍是大白天，显然一次有预谋的犯罪不会选择这样的时间点，所以我同样也倾向于认为，这是一次应激性犯罪。"韩印并不接姚建的问题，顺着自己的思路继续说道。

"我有点听明白了，"姚建愣了一会儿，满眼疑惑地盯着韩印说，"你之所以把这两个积案挑出来，是觉得它们有可能是同一个凶手所为，不仅如此，你还觉得它们和红星巷杀人案也有关联，是这样吗？"

韩印微微一笑，算是默认。当然，他也知道，仅凭上面几句话，很难说服姚建，便将昨夜结合连环案件三要素总结出的三起案件的相似特征，原原本本、详详细细地跟姚建讲了一遍……

而姚建默默听完，仍然好一会儿没言语，像是在消化韩印的话。末了，却还是一脸茫然地说："恕我直言，我想来想去，你这天马行空的一套理论，让我感觉有点太想当然了，说来说去也没个正儿八经的证据，我是不能苟同。讲句实在话，其实红星巷的案子局里已经认可了我们的办案结论，要不是王昆这小子整天上蹿下跳弄得我心里也有点没底的话，案子早移交了。我给你们时间研究这一个案子都顶着很大压力，你这回又给我整出两个案子，我是真……"姚建话没说完，低下头思索了一会儿，须臾，抬头，叹着气说，"咳，再说句实在的，打从杜同志一出现，我就知道他是奔着给常安翻案来的，原本我想他可能是了解一下案子情况和办案过程，尽尽哥们儿义务，找不出啥说道也就撤了，我也正好顺水推舟堵住王昆的嘴，没承想他又把你搬来了。我上网搜了你的信息，来头不小，我琢磨着你们这回肯定得弄出点动静才能罢手。我也知道得罪不起你们，这样吧，你们要真想把三个案子并起来查，我不反对，甚至还可以适当提供一些协助。但我有两个条件：一、常安2015年一整年都在外海跑船，如果以你们连环杀手作案的逻辑，那么常安便不符合作案条件，但我想说的是，在你们找到确凿证据之前，常安我不能放；二、调查暂时不走官方程序，并且越低调越好，真要弄得沸沸扬扬、满城风雨，到最后再破不了案，那老百姓和社会舆论还不骂死我们，别说我，连局长都得受牵连。"

"够意思，成交。"见姚建越说越悲壮，韩印故意用带点痞气的口吻，调节气氛说道。

"再说，连环杀手不都是有预谋地杀人吗，跟你强调这应激性不矛盾吗？"姚建又皱着眉头说。

"不矛盾，连环杀手也有个从开始到发展的过程。"韩印拍拍姚建的肩膀，顿了一下，像是突然想起什么，说道，"对了，我想找一些当年的旧报纸……"

在韩印与姚建达成一致意见的同时，蒋涛被带进刑警队的审讯室。

起初接到电话传唤，蒋涛并不情愿，口口声声称跟赵小兰不熟，又找理由说自己正在出团，游客都在车上，脱不开身。杜英雄倒也没强求，不温不火地让他先忙，说完事到家里聊。一听这话，蒋涛立马怂了，乖乖地把自己送到了刑警队。

"警察大哥，求你们了，想问啥我都说，但这事就别牵扯我家里了，成吗？"屁股刚挨到椅子上，蒋涛忙不迭地哀求道。

"哼，你这是承认跟赵小兰是情人关系了？"杜英雄讥笑一声道。

"我确实出轨了，但她的死跟我可没关系，"蒋涛使劲摇着头说，"我整晚都待在市中心医院，不信你们可以去调监控。"

"行啊，我们这套业务你还挺熟练，那赶紧的吧，把该说的都说说，你最后跟赵小兰接触是什么时候？"王昆语气严厉地说。

"就她被人杀的那天。"蒋涛一边整理记忆，一边慢吞吞地说，"那天下午3点来钟，我到机场送团，然后给小兰发微信问她在哪儿，她回信说从单位刚要出来，我提议到金百合洗桑拿，晚上再一起到金百合旁边那家烤肉店吃饭。可开车往那儿去的半道，接到旅行社电话，让我再回机场等着，说临时有

个团要接。我又给小兰发微信，说得晚一点到，小兰说没事，她先在金百合附近转悠转悠。后来飞机误点，我接到团送到酒店已经7点多了。之前大概6点半的时候，小兰给我发微信说她饿了，说咱还是先把饭吃了再洗桑拿，还说她先去烤肉店把酒菜点好等我。可谁知我从酒店往那里赶时又出了岔子，我媳妇打来电话，说丈母娘突然晕倒了，让我赶紧到医院去。我只能跟小兰发微信解释说去不了了，小兰白等一下午，很生气，说了一堆风凉话，我当时心里着急，没搭理她。到了医院，得知丈母娘得了脑出血，正在做手术，之后我就在医院一直照顾丈母娘。隔了差不多一个礼拜，有一天碰巧在医院遇到小兰她们公司一小姑娘，才知道小兰被杀了。我怕受牵连，就把她的微信删除了。"

"你说的金百合，是在促进路道边那个金百合休闲洗浴中心吗？"王昆问。

"对、对，是那个，我有那儿的打折卡……"蒋涛答。

◎第六章 精神诉求

深夜，会议室仍然灯火通明。

韩印、杜英雄、王昆，包括被邀请的姚建，围坐在会议桌前，共同对三起案件进行汇总分析和讨论。

韩印说："从目前掌握的信息看，连环犯罪的可能性很大。其中前进桥案，应属凶手初次作案。案发当晚，凶手经过桥下时，赶上被害人正耍酒疯骂街，被其污言秽语刺激到，遂实施暴力杀人行为。我特意了解过，该案曾被本地媒体大肆报道，我在资料室找到几份当时的报纸，和我预想的一样，新闻配图均是尸体俯卧在垃圾箱中的样子。我相信正是这样的配图，给了凶手莫大的满足感，从而让他确立犯罪标记动作——将被害人抛置在肮脏污秽场所，并摆成面部着地的俯卧姿态，寓意着对被害人人格的蔑视和贬低。

"宁山公园案为凶手第二次作案。案发现场各位都知道，是在公园内一条岔路附近的男公厕里。白天的时候，我和姚队交流过，从时间点上分析，凶手作案不像是有预谋的，应该与前进桥案一样，属于突发刺激性因素导致的杀人案件。不过这一次，凶手显示出一定的成熟度和主动性，为什么这么说呢？据姚队介绍，当年卖淫女在公园里揽客，都是相当肆无忌惮和猖狂跋扈的，她们根本不在乎形象廉耻，哪里男的多就往哪儿钻，明目张胆地公然挑逗和拉扯。由此说，凶手和被害人起初相遇，应该不会是在那条半圆形、东西两头与公园大马路相交、人迹稀少的岔路上，而是凶手起了杀心之后，观察过周边环境，进而做出的一个选择。包括到男公厕里进行性交易，肯定也是凶手的提议，因为人都有趋利避害的本能，在自己熟悉的地方情绪会更加从容和安定，所以如果是卖淫女的提议，她一定会带凶手进女厕所。

"红星巷杀人案，系凶手第三次作案。综合案情分析，属于尾随作案。凶手和被害人当日在某个时间点、某个地点，发生过不愉快的接触，令凶手萌生杀意，遂跟踪被害人至红星巷，觅得机会完成作案。"

"韩老师，我听你话里的意思，是说这三个案子都是因为口角，或者说是被害人的挑衅造成的，可是真的有人会因为被别人骂了几句便连续杀人吗？"王昆一心想在最短时间内为常安翻案，实在不愿意节外生枝，便有些沉不住气地插话问。

"当然不会这么简单，挨骂的时候多了，总不能次次杀人吧？问题在于这三个人到底说过什么，让凶手心里感觉到触痛。"杜英雄理解王昆的情绪，苦笑着说。

"对了，那个拉面馆老板不是说捡破烂的经常骂一些什么骚货、婊子、破鞋啥的侮辱女性的话吗？凶手是因此被激怒了？"听杜英雄这么说，姚建也忍不住插话道。

"要是这样被惹恼的话，那凶手应该是个女的啊。"王昆好似突然开了窍，"还真有这个可能吧？公园里的案子，没准是哪个被老公抛弃的妇女在公园里溜达，碰见揽生意的王彩华，一时来气起了杀意；还有那个推销保健品的赵小兰，说不定以前忽悠过凶手，凶手回过味来，正好那天撞见她就把她勒死了。怎么样，这靠谱吧？"

"真要是个女的，也得是五大三粗、浑身是劲的，这几个案子做得多干脆利落。"杜英雄笑着打趣道，接着又正色说，"以女性的生物本能和个性来说，大多数犯罪都有充分预谋，并且作案方式多属于智慧型，不会如本案般简单粗暴。更何况，宁山公园案中，凶手若是女性，也不会多此一举进入自己并不熟悉的男厕所作案。"

　　"其实，下午我也琢磨了一下，若真如你们所说，那不妨考虑下这样一个方向，"姚建深吸一口气，表情郑重地说，"案件被害人全都是外地人，干的也都不是什么正经工作，甚至可以说给我们这座城市带来的都是负能量，你们说，凶手会不会是一个排外情绪特别严重的本地人，可能因为某些遭遇，排外情绪上升到偏执和变态，进而开始所谓的清除外来人计划？"

　　"不错，这确实是一个值得探讨的思路。"韩印终于接话道，"那还得麻烦你，跟网监部门打声招呼，让他们协助咱们清查本地IP地址的用户在各大网络社交平台和论坛上关于排斥外地人的过激言论，看看这样的群体中有没有符合作案条件的人。"

　　"没问题，网监队队长是我哥们儿，我亲自去监督，一定让他们把这个事重视起来。"姚建拍着胸脯保证道。

　　"另外，还有一个排查方向，"韩印继续说，"刚刚已经讲过，被害人赵小兰遇害当天，必定与凶手产生过某种交集，英雄和王昆接下来要把赵小兰当天的行踪轨迹彻底搞清楚。"

　　"我补充一点关于犯罪地理方面的问题。今天录完蒋涛的口供，我查了下地图，赵小兰遇害当天逗留过的促进路上的金百合以及烤肉店，其实就在前进桥东南方向直线距离大约1.5公里处。两个涉案地点的地理方位这么近，我觉得一方面可以佐证韩老师的意思，赵小兰很有可能就是在烤肉店用餐这个当口与凶手发生接触的；另一方面，我认为以促进路为中心点，涵盖前进桥周边两三公里的范围，大概就是凶手居住或者日常活动频繁的区域。同样以韩老师对案件的定性来看，宁山公园周边也有可能是凶手居住或者日常活动的区域。因此，如果某一个人的日常活动轨迹，能够将这两个区域串联起来，就意味着他有很大的作案嫌疑。"杜英雄最后说。

　　案发当天，赵小兰下午3点多接到蒋涛的信息离开公司，而后大约在3点半，蒋涛又打来电话，表示临时有事，得晚点才能见面，那个时候赵小兰已经

到了金百合，她跟蒋涛说自己先在周围转转，然后在晚上6点半左右，她走进金百合旁边的一家烤肉店。

杜英雄和王昆此时便循着赵小兰曾经的足迹来到烤肉店。老板是个女的，一眼便认出杜英雄手上的照片里是个熟客。

"这个女的来过几次。"女老板说。

"最后一次见她是什么时候？"杜英雄问。

"得有挺长时间了，具体哪天想不起来，反正是个下雨天的晚上。"女老板抿嘴笑笑，补充道，"那天我印象挺深的，不光是因为下雨，主要是她事先点了两人份的东西，后来好像朋友临时有事不能来了，她有点闷闷不乐，然后愣是自己一个人把点的东西全吃光了，还喝了两瓶啤酒。"

"她一直是一个人在吗，这期间有没有和什么人接触或者闹过不愉快？"王昆问。

"那天是周末，店里客人都坐满了，后来有一个男的是单独来的，我就让他和这女的拼桌，至于他们之间有没有交流，我也没太注意。"女老板说。

"他们俩谁先走的？"王昆接着问。

"男的，他简单吃了几根肉串和两个烤饼，也没喝酒，一会儿工夫就吃完了，临走还灌了一保温杯开水，估计是一出租车司机。"女老板说。

"他多大年纪，长相你还有印象吗？"杜英雄问。

"年纪二十七八或者三十出头，不太好说，模样倒能记起来。"女老板说。

"那麻烦你到队里做个'画像'好吗？"杜英雄说。

"没问题，不过我估计得下午去，一会儿我还有点事。"女老板说。

"那也行，你直接过来找我吧。"王昆掏出一张名片递给女老板说。

"这女的几点离开的？"杜英雄抖抖手上的照片，接着问。

"大概是8点多，雨好像刚下没一会儿，还不算太大。"女老板稍加回忆说。

…………

出了烤肉店，两人便合计开来：从烤肉店位置打车到红星巷用时差不多半小时，如果考虑雨天车速慢的因素，顶多也就四十来分钟。照此说，赵小兰8点多离开烤肉店，那应该9点左右就能到家，而案发时间是9点半，所以她应该还是坐的公交车。

烤肉店不远处的街边就有一个公交车站，杜英雄和王昆走过去，在一长串公交线路标记中，发现40路公交车是途经红星巷的，并在那儿设有站点。刚好一辆40路公交车进站，两人对了下眼色，二话不说跳上了车。

总的来说，案子的爆发是源自愤怒，而对连环杀手来说，愤怒不仅有诱因，还有根源。搞清楚诱因，深入寻找根源，也就是所谓的犯罪初始刺激源，才能更准确地做出侧写。所以次日一早，韩印再次来到前进桥下，他想从这里开始寻找灵感……

案发当晚，流浪汉再次醉酒。醉酒的人基本会有两种状态：一种是想睡觉；一种是精神极度亢奋。流浪汉显然属于后者。当然，他嗜酒想必也是痴迷于亢奋的感觉，因为只有在那一刻，他可以抛却他的懦弱和逆来顺受，他可以肆无忌惮发泄心中的愤懑，甚至攻击谩骂那些自以为高高在上的人。尽管他自己是一个人生极度失败、企图通过作践自己逃避现实的人，这一点韩印从拉面馆老板先前提供的流浪汉骂街时的只言片语，似乎可以窥探出来。但他受过伤，所以懂得怎样伤人，他可以利用自己的错误，去惩罚别人。

韩印站在桥下流浪汉曾住过的地方，双眉微蹙，眯缝着眼睛，玩味着案情中的各个细节，脑海里开始构建、演绎被害人和凶手对峙的场景：

流浪汉醉眼蒙眬，手里举着酒瓶，不时仰脖猛灌一口，接着像以往一样骂天、骂地、骂空气，声音忽高忽低。

凶手恰巧路过，冷不丁被高声叫骂惊动，不经意瞥了一眼。

流浪汉："你瞅啥？有啥好瞅的？"

凶手愣了一下，白了流浪汉一眼，不想与他一般见识，转回头继续走（正常人反应）。

流浪汉更加觉得被轻视，开始强烈攻击："看你个倒霉样，大半夜在外面瞎溜达，不是被媳妇撵出来的吧？"

凶手会有两种反应：一、忍气吞声，加快脚步，尽快离开是非之地；二、被激起火气，与凶手对骂。

流浪汉这边，无论上面哪一种情形，都会调动起他更强烈的攻击："就你这窝窝囊囊的鬼样子，早晚都得戴绿帽子，备不住你媳妇现在就在家搞破鞋，赶紧回去看看吧……"

凶手火气越来越大，双眼使劲瞪过去："臭要饭的，给你脸了是吧？"

流浪汉："小样，再瞪我试试，信不信我弄死你。"他一边威胁着，一边摇摇晃晃地站起身，手里握着酒瓶，冲凶手走过去……

凶手缩了缩身子，眼见流浪汉步步逼近，一瞬间怒从心头起，恶向胆边生，猛地夺过酒瓶，用尽全力，冲流浪汉的脑袋砸过去……

韩印脑海里的场景转换到宁山公园。

卖淫女沿街揽客，遇见凶手，搔首弄姿，极尽挑逗招数。

凶手并不搭理，埋头继续走。

卖淫女纠缠不放。

凶手有了怒气，一脸厌烦，甩掉卖淫女搭过来的胳膊："别烦我，滚开。"

卖淫女被嫌弃，下不来台，加上不要脸、毫无顾忌，便高声骂："看你那穷酸样，几十块钱都玩不起，还嫌弃我，想玩，老娘还不伺候呢！"

凶手刚欲加快脚步，又猛地定住身子，凝神片刻，转过身子，换成一脸谄笑："别喊，别喊，我玩还不行吗？那得找个人少的地方，对了，前面岔路旁有个公厕，咱去那儿吧……"

　　韩印再次转换场景，来到了红星巷。

　　这一次，脑海里的画面便不那么清晰了。昨夜在会上提到过，本案虽案发于红星巷，但凶手和被害人接触的时间和地点都很难判断，细节就更加难以揣测。那如果照前两起案子的演绎，凶手遭到言辞攻击的方向，可能还是围绕着他现实境遇方面的一些调侃……

　　总起来说，凶手会被上面的言语惹恼，表明生活中他可能的确存在那样的软肋和窘境。然而，言语刺激只是一个方面，韩印没忘记说那些话的人全都是外来务工者，并且身处社会底层，从事着捡破烂、卖淫、卖假药等不光彩的职业。如此相像的身份背景，绝不可能只是巧合而已，也许真正惹恼凶手的，是被害人身份和言辞的融合。也就是说，凶手忍受不了身处生活底层的人对他的侮辱。

　　所以他杀死他们，甚至觉得仅仅这样还不足够，他把他们像垃圾一样抛弃，他想展示他们人格的堕落，他让他们的脸冲向地面，剥夺他们正视世界的资格，他觉得他们根本不配与自己对视，他想让人们知道他对他们是多么蔑视和不屑一顾……

　　切割！！！当韩印读懂犯罪标记所表露出的情绪，脑海中便灵光乍现出"切割"两个字，难道这就是凶手作案的根本诉求？他想切割自己与被害人身份之间的联系？那么也就是说，在凶手的潜意识里，他与被害人属于同一类人？

　　韩印的思绪越展开，越觉得自己"见过"这样的凶手：他是一个内心隐含着极度自卑感的人；他也是一个极度以自我为中心的人。

　　他出身贫寒或者单亲家庭，在物质和金钱的世界，他是被嘲笑和轻视的对象，又或者他的外貌乃至身体有某方面的缺陷，因而形成严重的自卑心理。但他表面乖巧、头脑聪慧、学业出色，被家人宠爱、被邻居羡慕、被老师器重，遂又形成心理上的极度自私与自尊。于是，从孩童到青春期，再到成年乃至现在，随着现实境遇的变迁，他内心深处不断经受着自卑与自尊两个矛盾体的轮番冲击，逐渐地演化为个性上的偏执。

智商高、情商低，是他在现实生活中显著的行为特征。在人际交往中，他总是过于自尊和敏感，刻意摆出强者姿态，以掩盖内心的卑微，实质上却暴露出他个性的缺陷，让人觉得各色和神经质，反而遭到轻视和远离。

精神上的孤独、个性上的偏执、生活境遇的不堪，折磨着他的身心，时常令他感到狂躁和愤怒，但苦于道德和法律的约束，所以只能选择压抑自己，久而久之便陷入一种向强者认同的心理防御机制。直白点说，他认为身份地位在他之上的人，对他无论有如何不敬的言行举止，他都会选择隐忍和承受，而一旦他的心理世界濒临坍塌，他便会选择惩罚更弱势的群体，去寻求救赎。

就像他首次作案的那个夜晚，也许他刚刚遭受了一次猛烈的精神攻击，正如孤魂野鬼般在大街上游弋，企图默默舔舐伤口，却不料遭到桥下流浪汉的谩骂和挑衅，那也成为压倒骆驼的最后一根稻草，他终于承受不住了，所以只能去毁灭。

韩印拿出手机，拨通姚建的号码，说："姚队，网监那条线放了吧，凶手不是本地人，也就没有所谓的排外杀人！"

◎第七章　侧写报告

"卑怜"！

韩印在白板上用黑色水性笔写下两个大字，转过身，目光笃定地从一众人脸上扫过，缓缓说道："凶手是在杀死他的卑微与可怜！那些被害人是他保全尊严的最后一道防线，也可以说是他进行自我心理疏导的一块遮羞布，如果这道防线破了、这块布没了，就意味着在生命的长河里，他成了一个彻彻底底的失败者。

"凶手是男性，与被害人一样来自外市，但在本市已生活多年，有可能已迁入本地户籍。相对来说，作案频率不高，三年三起，冷却期较长，表明凶手有一定克制力，所映射的是良好的教育水平和相对成熟的人生阅历，年龄大致在25岁到40岁之间，没有犯罪前科。凶手个性孤僻，平时会让人觉得棱角比较多，爱斤斤计较，并且姿态狂躁，当然，这只是他为自己构筑的保护壳而已，实质上，他越是反弹，内心越是自卑和脆弱。总之，他难以用健康的心态与他人交往，时间长了，周围的人自然选择敬而远之。所以这个人没有朋友，除了必须要面对的，比如说同学、同事、家人，他更多是活在自己的精神世界里。

"凶手从压抑到愤怒，进而寻求救赎，其实是对人生极度绝望的一个过程，这种绝望甚至逼迫他不得不用那些挣扎在社会最底层的流浪汉、卖淫女、卖假药的人来作为参照物，才能够显示出存在感，可以想象他内心深处的挫败感有多么严重，而且一定是全方位的。但要注意的是，这种心理的形成，首先

213

是他深入骨髓的自卑感在作祟，其次在于他个性上的偏执形成的心理落差。也就是说，现实中他的身份地位，未必真的就如他自认为的那么卑微和低下，所以我认为凶手应该有一份或者是曾经有一份正常稳定的工作，并且从其在整个作案中显示出的条理性和逻辑性上看，他可能从事着偏脑力方面的工作，不过职位不会太高。

"另外，对大多数连环杀手来说，他们首个作案目标多属于机遇型的，没有周密的计划和挑选，也最能体现他们的刺激源所在。而通过挖掘首个被害人——流浪汉的背景信息得知，流浪汉很有可能是被家庭婚姻陡生变故刺激到，遂精神萎靡和分裂，以致意识混沌、浪迹四方。那么这样一个人的言行，怎么会令凶手突然间便愤懑到无法抑制了呢？我想最有可能的是，流浪汉将自己的经历转嫁到凶手身上，对其进行了言语攻击；又或者是流浪汉醉酒后自说自话，令凶手产生误会。总之，反映出的是凶手在情感方面的一些信息——他是一个有女朋友或者结了婚的男人，只不过在他们的交往和相处当中，女方始终占有绝对主导地位，令凶手倍感压抑。

"还有，凶手总是随机选择凶器，说明他对自己杀人的能力还是很有信心的，表明他的身材和力量至少中等偏上；同时也体现他个性上缺乏主见，处理事情犹犹豫豫，用咱们常说的话，就是太磨叽，不逼到最后一刻很难拿定主意。

"最后，来说说犯罪地理方面的问题：从上面的相关侧写可以总结出一点，凶手无论在单位还是家庭中，地位都相当被动，所以他不是一个有能力主动夜不归宿的人，而他第一次作案时间接近午夜，我认为很可能是因为家中发生了争执，他赌气出门或者被赶出家门。再结合英雄昨晚关于犯罪地理的分析，基本可以确定凶手应该住在前进桥或者促进路附近的小区中。"

韩印说完侧写，杜英雄接着说："赵小兰遇害当天在公司里没有异常状况发生，大概3点多离开公司赴蒋涛之约，3点半左右蒋涛又致电赵小兰推迟了见面时间，之后有两三个小时赵小兰处于消息真空状态。从金百合周边的环境看，可供她消磨时间的地方蛮多的，有网吧、咖啡店、美容店、美甲店、服装店、超市等等，我和王昆走了几家店，但因为过去太长时间了，没人记得赵小兰是否去过。

"当然，这不是重点，我和王昆觉得赵小兰最有可能和凶手产生交集的时间点，是在烤肉店就餐和回红星巷的路上。先说后者，以时间点来说，赵小兰当晚应该是选乘公交车回家，并且烤肉店不远处就有一个可达红星巷的公交车车站。我和王昆试着坐了一回，发现该路车在红星巷设立的站牌，距离赵小兰遇害的巷口也非常近，从烤肉店到红星巷这一路上，赵小兰如果遇到凶手，最有可能是在公交车上。为此我和王昆特意跑了趟公交公司，找到当晚在相应时间点路过烤肉店公交站点的公交司机，同样也是因为时间过去太久了，司机已经记不起当晚乘客的情况，更遗憾的是，随车的监控录像也被覆盖了。

"再回头说说烤肉店。据老板反映，当晚蒋涛爽约，赵小兰独自把点过的东西都吃完了。值得注意的是，这期间曾有一个疑似出租车司机的男人与她拼过桌，这也是至今为止咱们唯一能确定在案发当天与赵小兰有过特殊接触的男人，所以我和王昆都觉得这个出租车司机嫌疑很大。"

杜英雄扬手示意，让王昆把画像照片分发给韩印和姚建，接着说："这是烤肉店老板来队里做的拼图画像，其实综合考量一下，如果凶手是出租车司机，那么他串起几个案发现场就太容易了。"

韩印和杜英雄各自陈述之后，接下来就要讨论如何排查的问题。出租车司机这个方向比较明确，杜英雄和王昆可以走访全市各大出租车公司，去寻找拼图画像中的嫌疑人，而遵循侧写范围的排查，相对要复杂一些。

前进桥与促进路区域，周边新旧住宅小区加起来有十来个，近三千住户，以目前情势是不可能大动干戈深入小区进行排查的，另外也容易打草惊蛇，只能先从户籍和暂住人口入手。为了让基层办案民警能更直观地理解凶手的背景特征，韩印会将侧写报告做相应简化之后，再下发到街道派出所。同时他自己

也会下基层，会同户籍民警和管片民警一起进行筛查。

次日，韩印在派出所待了一上午，户籍方面暂时还未筛查出嫌疑对象，趁着同人吃饭的工夫，他独自走出派出所透透气。

秋日午后的阳光照得人懒懒的，韩印神情郁郁地走在街道上，没有方向，也没有目标，心里有种莫名的失落感，仿佛自己错失了什么重要的东西。也不知走了多久，猛一抬头，他竟然看到了金百合休闲洗浴中心的招牌。一瞬间，他豁然开朗——这个地方其实他早该亲自来一趟了。

在金百合门前驻足片刻，韩印扭身走进旁边那家在办案中频繁被提起的烤肉店。店面不大，只能放下五六张桌子，吧台正对着门，旁边有个小楼梯，看起来还有二楼。店里生意一般，只有两桌客人，韩印选了门边的一张桌子坐下。一个老板模样的少妇走过来，放下手中的菜单，客气地问韩印要点什么吃的，韩印迟疑了下，说那就帮我下碗鸡蛋面吧。很快，女老板亲自端着做好的面送过来，还捎带了两碟免费小菜，大概是觉得韩印气度不凡，不似寻常人物，遂显得分外周到。

面条和鸡蛋的香味扑鼻而来，韩印才发觉肚子早就饿扁了，这几天一门心思都放在案子上，吃饭没什么胃口，上一顿饭什么时候吃的，他已经记不起来了。但他也只是扒拉了几口，便停下筷子，凝神屏气望向对面的空椅子，眼神闪闪烁烁的，仿佛有人正坐在对面似的。

我是出租车司机，对面坐的是赵小兰，我和她素昧平生，我只想简单吃点东西填饱肚子，而她被情人爽了约正赌着气，我们会聊什么？韩印在心里暗自思忖着，脑袋里突然生出一连串疑问：这样的氛围，你会告诉我你是一个推销保健品的吗？我杀人不仅仅是因为受到你们言行的挑衅，更为重要的是不齿你们低贱的身份和地位。如果你没告诉我这些，我怎么会想要杀你？说啊，赵小兰……

韩印似乎得到了某种启示，他把手中的筷子轻轻放下，从裤兜里掏出20块钱放到桌上，紧跟着从椅子上站起来，兀自转身向门外走去。

女老板紧走几步，看了眼桌上的钱，轻声喊了句："先生，等会儿，我找您钱。"

韩印定住步子，转过身说："不必了，对了，这附近有没有老年人比较集中的地方？"

"有、有，您出了我这门往南走，200多米远有个海达广场，那里有很多大爷大妈跳广场舞，从早跳到晚。"女老板一边用手指着方向，一边应道。

"好，谢谢。"韩印转身步出店门。

"那您慢走，常来啊！"女老板紧随其后，客气说道。

出了烤肉店没多远，韩印掏出手机拨通杜英雄的电话，轻声说："画像中的人找到了吗？"

"找到了，我刚要给你打电话。"杜英雄在电话那头说，"确实是个出租车司机，他自己也有印象，说去烤肉店吃过饭，不过后来下雨没什么活，就跟其他司机去打牌了，有人证，那还要不要做DNA比对？"

"不必了，回来吧，咱们先前放错重点了，真正应该重视的时间段是赵小兰走进烤肉店前的那几小时。"担心杜英雄有心理负担，韩印又赶紧安抚道，"责任主要在我，是我没引导好。"

确实，韩印是真心觉得自己先前的思路太过程式化了。他习惯于站在凶手的角度去思考问题，却忽略了本案中凶手和被害人的碰撞是随机的，甚至可以说是由被害人主导的，因此他更应该以被害人赵小兰的思维模式，去揣测她和凶手的交集所在。

赵小兰是什么人？她是一个专门坑害老年人的保健品推销员，那么在突然空闲下来的两三个小时里她会去哪儿？会做什么？难道不是要到那些老年人中间寻找潜在客户吗？答案是肯定的，所以韩印现在要追寻赵小兰的脚步，去那些老年人中间。

顺着烤肉店老板的指点，走了五六分钟，韩印看到一家大型商业卖场，大门正对着一个小的休闲广场。可能还没到时间，广场上人不多，只三三两两地有几拨老人坐在石阶上聊天。韩印当然清楚，他要面对的老人家无论男女均不在侧写范围之内，但凶手很有可能与他们有某种关联。

韩印凑到几个聊天的老阿姨身边，表明警察身份，把手机举到她们中间，询问是否见过手机屏幕上显示出的人，老阿姨们本来就有一颗八卦的心，根本不用韩印多央求，就都非常积极地把目光聚焦到手机屏幕上，有些老阿姨还会主动伸手拿着手机好一顿打量。

问过几拨人，终于有个阿姨认出来了，阿姨一脸兴奋，雀跃道："我好像有点印象，这女孩子是不是卖保健品的？"

"对，您见过她？"韩印心里也是一阵高兴，扬着声音说，"您记得具体日子吗？"

"记不住了，过去挺长时间了，大概是天热的时候吧。"阿姨瘪瘪嘴，冲身边几位老伙伴解释说，"那天咱都散伙了，你们都回家做饭去了，我和老李太太多坐了一会儿，然后这小姑娘也不知从哪儿冒出来就跟我俩聊起来，反正说来说去就是想卖给我俩保健品，我没怎么搭理她，老李太太倒是被她说动心了，后来就把她领家去了。"

"那这个李阿姨现在在吗？"韩印追问道。

"有一段时间没来了，据说搬家了。"阿姨摇摇头说。

"老李太太的事，你问老黄啊，他俩住对门，老黄头对她还有点意思。"另一个阿姨表情暧昧地提示道，接着冲广场里一个谢了顶正独自练习舞步的大叔招招手，"老黄、老黄，快来、快来，有事找你！"

"干啥，有啥好事？"被称为老黄头的大叔，哼着音乐节奏扭着身子凑过来问道。

"您好，我是公安局的，找您了解点李阿姨的事。"韩印主动伸出手接话。

一听"公安局"仨字，老黄头身子立马僵住了，忙不迭握住韩印的手，透着关切的口吻，讶异地说："老李怎么了？"

"噢，那个……"韩印瞅瞅身边几个阿姨关注的目光，觉得没法再问下去，便又四下张望一番，冲老黄头说，"黄大叔，我请您喝茶吧？咱慢慢聊。"

"好、好、好，走，咱走。"老黄头可能也急于想知道所谓老李太太的消息，说着话便领头走了。

"说得好好的怎么走了？""跟咱们一块儿说说呗，老李太太到底咋了？""你这小伙子真不讲究，用完我们就不搭理我们了。"

眼见韩印和老黄头撇下她们几个走了，老阿姨们愤愤不平地嚷嚷道。

老黄头很明事理，眼见摆脱了几个老太太的视线，便提议还是到他家坐坐，说他一个人住很方便，韩印当然求之不得。

两人走了十多分钟，来到老黄头家住的小区——盛达小区，当然也是老李太太家住的小区。更让韩印感到兴奋的是，远远地，他看到了那条横跨马路的前进桥。

进了家，老黄头烧水沏茶忙活着，韩印借机打量了一下各个房间。

房子不大，除了客厅，还有一间卧房、一间书房。书房里陈设简单，书卷气很浓，一个堆满书的红木大书架，几乎占据了三分之二的空间，剩余的空间摆了一张写字桌，上面放着砚台和毛笔，还有一张似乎刚完成不久的书法作品。客厅也拾掇得很干净，墙上挂着不少名家字画，不过很明显都是临摹作品，看起来也似乎出自同一人之手，不出意料应该是老黄头的手笔。

韩印正打量着，老黄头端着茶盘走过来，坐到侧边沙发上，边斟茶，边谦虚地说："我以前在中学当美术老师，一辈子就这点爱好，退休了没事也总喜欢写写画画，见笑了。"

"哪里，您这是好雅兴啊！"韩印也客套一句，随即转入正题，拿出手机调出赵小兰照片，让他辨认，"您见过这个女的和李阿姨在一起吗？"

"她谁啊？"老黄头反问道。

"是个推销保健品的。"韩印答。

"没见过，不过老李确实喜欢买一些没用的保健品啥的，她女儿和女婿都说她多少次了，一点用也没有。"老黄头接着说。

"李阿姨和女儿女婿一起住？"韩印问。

"对，房子是老李的，招了个上门女婿。"老黄头讪笑一下，接着说道，"不过现在已经是前女婿了。"

"离婚了？什么时候的事？"韩印追问道。

"时间不长，也就一两个月吧。"老黄头说。

"那她这个女婿您熟吗？"韩印又问。

"当然熟，最初也算是我帮着给保的媒吧。"老黄头大概平日也没个人陪着说说话，这话匣子一打开便有些收不住的架势，"我家和老李家对门住了好些年，关系一直不错，她有啥话都跟我讲，别说她女婿了，她家的事我都特清楚。"

"太好了，那先跟我说说您是怎么保这媒的。"韩印笑着问道。

"说来话长。"老黄头略微停顿，整理下思绪说道，"老李太太叫李芸，她姑娘叫程小惠，老李原来开过好多年饭馆，攒下不少家底，家庭条件非常好。小惠工作也不错，在银行工作，模样也还可以，不过这孩子脾气不好，特别霸道，再一个可能是打小爹就没了，缺乏安全感，处男朋友时总是疑神疑鬼，谈了好几个，最终都因为这个事分手了。她妈为这事可着急了，四处托人给她保媒。有一次我妹到我家串门，她听说我妹在永吉（凤山市作为县级城市，由地级市永吉市代管）工业大学图书馆工作，便托我妹在学校给小惠物色个老师当对象。我妹倒是挺上心的，不过在学校老师中间寻摸了一圈也没个合适的，后来就想到了一个学生。

"这个学生叫刘玉栋，老家是偏远山区的，小学时因玩耍摔断腿停学一年，再加上他本身上学比同龄人晚一年，所以实质上在学校里，他比周围的同学都大个一两岁，也因此总觉得和同学玩不到一块儿，课余时间干脆都猫在图书馆里打发时间。时间长了，他和我妹妹就混熟了，有时候会闲扯几句。那年他26岁，即将大学毕业，他跟我妹妹说不想回老家，他老家那边经济太落后了，没什么发展机会，想留在永吉市找工作，最好找个可以落户口的单位。

"我妹妹拿着他的照片先找老李这边，听我妹说，刘玉栋是大高个，看照片，人长得也算周正，尤其人家是正儿八经的本科生，比小惠学历高，还比小惠小两岁，至于他是不是本地人，倒没什么关系，老李她娘家有个亲戚挺有本事的，给刘玉栋在凤山谋个能落户口的工作一点问题都没有，所以跟小惠商量了一下，就想先看看人再说。这边谈好了，我妹紧接着去做刘玉栋的工作，把老李家条件一摆，刘玉栋也就动心了，便答应和小惠见见面。

"后来，两人见了面，彼此感觉都还不错，这门亲事也就定下来了。转过年是2011年，刘玉栋大学毕业，立马跟小惠正式登记结婚。随后在老李娘家亲戚的帮助下，刘玉栋被我们这里一家国有化工企业录用做采购工作。另外，他买不起房，只能住在丈母娘家，其实也就等于老李招了个上门女婿。"

老家是偏远山区，家庭条件困难，求学时比同届同学年龄都大，因此形成自卑心理？韩印心中一震，紧接着问道："刘玉栋平时跟你们这些邻居接触得多吗？"

"别提了，这孩子性子冷得很，在这楼里住了这么多年，从来不跟邻居来往，在楼道里碰着了也不打招呼，跟我也顶多点点头就过去了，整天阴着个脸，像谁欠他钱似的。"老黄头使劲摆摆手，皱着眉说，"我听老李说，他家庭条件虽不怎么好，上面还有两个姐姐，但家族亲戚中也就他这么一个男丁，娇惯得很，刚结婚那会儿啥都不会干，后来还是被老李和小惠强逼着才学会做饭和干家务。"

生性孤僻、自私自爱，这刘玉栋又朝"侧写"迈进了一步。韩印在心里暗暗嘀咕着，嘴上又问："结婚后刘玉栋在家里是不是也没什么地位？他和程小惠离婚又是因为什么？黄大叔，我希望您能知无不言，这对我们很重要！"韩印见老黄头面露难色，似乎碍于与李芸的情分，不愿深谈下去，韩印赶紧慎重地强调一句。

"一个上门女婿对着这娘俩，地位能高到哪儿去？在家里经常是被呼来唤去的，伺候她们娘俩这个那个的，就跟用人似的。"老黄头使劲叹了口气，一副怒其不争的表情，接着说，"也怪他自己不争气，心眼太死，你说干采购的哪个不多多少少捞点回扣？他可好，自己没胆子拿，也不让别人拿，还到厂里检举领导和同事，搞得上下关系都特别紧张。科室领导烦他烦得透透的，后来正好有个机会，人家随便找个由头，一脚把他踢到工会宣传科了。就这样的，回家来还有脸要地位？"

"那他们到底为什么离婚了？"韩印继续追问道。

"这个，怎么说呢……现在回过头看，刘玉栋还真是挺冤的。"老黄头不自然地笑了笑，说，"最初的导火索是在前年，那年小惠不知怎么认识了个有钱的老头子，那老头子开车送小惠回来我还见过，跟我岁数差不多，小惠总说是客户。后来也不知怎么的，让刘玉栋看到她和那老头子暧昧的短信聊天记录了，两个人当时就吵起来。那次也是我见过刘玉栋结婚以来第一次发火，整个楼都能听见。当然，他当老实人当惯了，就算发火人家也不怕他，反而更激怒了那娘俩，当晚就把刘玉栋轰出家门了。"

一直以来的忍让和妥协，换来的竟是背叛和驱逐，那一夜刘玉栋心中的怒火一定燃烧到了极点，如果说吵架事件是他和程小惠离婚的导火索，那么这也是他由人成魔的一个转折点，前进桥下的流浪汉则成为他寻找自我的第一个猎物。韩印又在心里暗自嘀咕了一阵，嘴上印证道："黄大叔，您还记得那次吵架具体发生在什么时间吗？"

"不好意思，具体真记不得了，大概在前年冬天。"老黄头说。

"没事，您接着往下说。"韩印笑笑示意道。

"那次小惠家还不想把事情闹大，后来刘玉栋又回来认错，事情稀里糊涂地过去了，直到两个月前，情况才不可收拾。"老黄头面露一丝尴尬，接着说，"还是小惠和那老头子的事。半夜老头子送她回来，在车里亲热，被刘玉栋在窗口看到了，接着小惠到家他俩就吵起来了。我过去劝架，赶上老李趴在地上，小惠正扶着她大骂刘玉栋，说他不仅打自己，还打她妈。刘玉栋跟我解释说，是老李想帮着自己姑娘上去挠人家，结果闪了腰摔倒了……没过几天，老李跟我说刘玉栋和小惠离婚了，净身出户，孩子和财产归小惠所有。还说是她和小惠逼着刘玉栋离婚的，本来那小子死活不同意，后来老李说他不答应就去公安局告他家暴，结果这小子立马就认怂了。"

如果程小惠真的报案，刘玉栋恐怕必须要在派出所备案，指纹和DNA都会被存档。这样一来就暴露了他杀流浪汉的事实，所以他才忍气吞声地净身出户。不过，他真忍得了这口气吗？韩印沉吟了一会儿，问："刘玉栋离婚后的情况您知道吗？"

"这我就不清楚了，你去问一下老李她们娘俩，或者去他单位问问吧。"老黄头摇摇头，苦笑一下，继续说，"老李这娘俩，嘴上一口一个冤枉，可实际上呢，小惠和刘玉栋离婚还没到半个月，娘俩就带着孩子急不可耐地搬到那老头子给的房子里了。那老头子是做建筑的，给了她们娘俩一套精装修的大房子。"

"那您知道她们现在的住址吗？麻烦您帮我写一下，还有程小惠和刘玉栋单位的地址我也要。"韩印说。

"没问题，她们刚搬家那会儿我去串过门，刘玉栋的单位我也熟，不过小惠现在已经辞去工作，彻底被那老头儿养着了。"老黄头应承着，起身走进

书房，不大一会儿出来，交给韩印一张字条，"喏，给你写好了。对了，我有对门的钥匙，她家想把房子租出去，让我帮忙给看房子的人开门，你想不想进去看看？"

"那太好了，麻烦您了。"韩印说。

◎ 第八章　锁定嫌凶

从盛达小区出来，韩印立马给杜英雄和姚建打电话，让他们回队里会合。时间不长，几个人就聚齐了。韩印抓紧时间说了下刘玉栋的情况，众人都觉得从个性特征和心理轨迹来看，刘玉栋确实与犯罪侧写相当匹配。

随后，几个人开始分工。杜英雄和王昆去一趟凤山市鑫承化工公司，刘玉栋就在这家公司的工会工作。不过，韩印叮嘱他们注意保持低调，暂时不要跟刘玉栋直接接触，先找他身边的同事和领导了解一下他近来的举动。以刘玉栋的偏执人格来说，离婚显然对他是一个巨大的刺激性因素，他怎么可能忍住两个月没做任何"救赎"动作呢？也许有一种解释比较合理——他在潜心谋划更惊心的作案！

韩印和姚建去李芸家走访，争取把刘玉栋的嫌疑和背景全面落实清楚。但是去之前，他们先去了趟痕检科，韩印把几个分别装着毛发的小证物袋交给技术员，要求他们尽快做DNA检测。那些毛发是他在刘玉栋和程小惠离婚前住过的屋子的洗手间中采集到的，如果毛发DNA和之前的证据比对成功，起码可以证明前进桥下的流浪汉是刘玉栋杀的。

按照老黄头给的地址，韩印和姚建来到李芸和程小惠现在的居住地——锦华小区。这个小区其实离红星巷很近，实际上它就建在红星机械厂原址上。早几年厂子被兼并，整体迁至郊区工业园，厂区土地被地产商收购，发展成现今的住宅小区。

二人按下门铃，应门的是程小惠。听闻警察是来询问前夫的事，程小惠是一退六二五，声称自打离婚后，便彻底断了和刘玉栋的联系，对于他的近况根本无从知晓。闻声从卧室走出来的李芸也跟着帮腔，强调刘玉栋发生任何事都与她们家没有任何干系，总之是把她们娘俩择得干干净净，生怕受一点点连累。

韩印从手机中调出赵小兰的照片让李芸辨认，这回她倒没否认，干脆地说："对，这姑娘是卖保健品的，我把她领回家过。"

"是今年7月9日吗？"姚建问。

"那我哪儿记得住，我都多大岁数了，脑子能和你们小年轻的比啊？"李芸讥笑着说。

"那次你女婿刘玉栋在场吗？"韩印问。

"在，他刚下班，搁那儿好一顿磨叽，我训了他几句才老实。"李芸一副不屑的表情说。

"那女孩从你家走了之后，刘玉栋也跟出去了吗？"韩印继续问。

"没啊，是我送她出去的，顺道我去广场跳舞了。"李芸摇头说，稍顿，又补充说，"不过后来我和小惠回家时他不在家，第二天早上听小惠说他十一二点才回来，说是单位有个宣传稿着急要，他临时去加个班。"

"对，是这样。"程小惠附和母亲说。

娘俩说完，韩印和姚建对了下眼，刘玉栋很可能是在劝阻岳母不要买保健品的过程中，感觉到被赵小兰轻视和嘲弄，于是动了杀心，遂一路跟踪赵小兰，伺机作案。

韩印正待接着发问，手机突然响了，他冲姚建点点头，示意他先和这娘俩周旋，自己躲到玄关接起电话。片刻之后回来，韩印一脸严峻，语气郑重地问："你们真的不知道刘玉栋住在哪里？"

"当然不知道，都说了跟他早没有任何瓜葛了。"程小惠强调说。

"那他的手机号你们应该知道吧？"韩印又问。

"他原来的手机没带走，谁知道他现在有没有新手机。"李芸有些不耐烦地说，"他是净身出户，净身出户懂吗？手机也是我们家给买的，他得还给我们。"

"那孩子呢？他没回来看过孩子吗？"韩印哭笑不得地问道。

"这个……这个嘛……"提到孩子，程小惠支支吾吾一阵，跟母亲交换了一下眼神，又抬头看了眼墙上的挂钟，说，"哎呀，快放学了，我得去幼儿园接孩子了，我不知道你们为什么要找刘玉栋，我真的帮不了你们什么，你们还是想想别的办法吧。"

"对，我也得做饭了，不和你们瞎聊了。"李芸又跟着说。

"别、别，我们再谈谈……"韩印见娘俩相继起身，要强行送客的意思，赶忙客气地对程小惠说，"要不这样，我们开车载你去接孩子，咱们在路上再聊聊刘玉栋的事？"

"好……吧。"程小惠迟疑了一下，不太情愿地说道，"那你们等我一下，我换件衣服。"

"怎么，出什么问题了？"目送程小惠娘俩的背影，姚建急不可耐地问，他从韩印的表情和问话中已经感觉到一丝危机的味道。

"刚才的电话是小杜打的，他们到了刘玉栋单位，单位说刘玉栋三天前辞职了。"韩印顿了顿，神情越发严肃，"更反常的是，这小子个人用品都未带走，辞职手续也未办理，只是和领导打个招呼，人就没影了。另外，他单位就在宁山公园旁边，据他同事讲，他一般都是骑自行车上班，偶尔也乘公交车，乘公交车时，他穿过宁山公园到达车站比较近。"

"这就全对上了，看来那天他是下班之后，想穿过公园去坐公交车时遇到了拦路卖淫的王彩华……"姚建倒吸一口凉气，说，"不过现在看这小子有点生无可恋的架势，估计真像你说的在憋着什么坏呢，而且即将要行动了！"

"所以无论如何都要从这娘俩口中找到些线索。"韩印说。

磨磨蹭蹭十多分钟，程小惠才换好衣服，跟两人出了门。

上了车，韩印便问道："对了，还是刚刚那个问题，刘玉栋到底来没来看孩子？"

"他没来我家看过，"话说一半，程小惠又开始给姚建指起路来，"我女儿在阳光幼儿园，你顺着大路直走，然后上桥，下桥第二个路口右转就到了。"

"我认识，你接着说你的。"姚建没好气地说。

"我搬到这边没跟刘玉栋提过，按理说，他不应该知道孩子转到了阳光幼儿园，可大概一个礼拜之前，他去幼儿园找过孩子。幸亏我多了个心眼，提前跟园长打过招呼，决不能让孩子跟他见面，他才没得逞。据说当天因为见不着孩子，他差点跟幼儿园保安打起来。"程小惠说。

"他是孩子父亲，他有权利看孩子啊！"这娘俩实在太势利了，姚建忍不住戗了程小惠一句。

"你们不知道，他这个人平时不声不响的，其实一肚子坏水，他来看孩子其实就是想搅和我们，不让我们过好。"程小惠继续站在自己的立场上说道。

说话间，汽车拐进一条街道，行至不远，开始减速，缓缓向路边停靠。突然，程小惠向车窗外一指，大叫了一声："刘玉栋……"

下午4点整，是阳光幼儿园放学的时间，保安像往常一样打开了大铁门，各班级的小朋友在门口排好队，秩序井然地等着家长来接。

就在此时，一个手里拿着报纸的男子，突然撞开挡在身前的两位家长，随即将报纸撇向一边，手中赫然多了一把明晃晃的大砍刀。他高喊了一句"我要让你们好好认识认识我是谁"，紧接着冲向孩子的队伍，挥舞起手中的大砍刀……

一瞬间，几乎在场的所有人，都被这突如其来的一幕惊呆了，木头般愣在原地。但说时迟那时快，千钧一发之际，旁边猛然伸出一只黝黑粗糙的大手，毫不畏惧地拦向滑落的刀锋。只听唰的一声，鲜血飞溅，几根断裂的手指飞向空中。这一拦虽如螳臂当车，但也令砍刀改变了轨迹，大刀片紧贴着孩子的身体落下。随即，一个细瘦的身子猛地扑向挥刀男子，男子没防备，一个踉跄，摔倒在地。但砍刀依然握在手中，他丧心病狂地一刀又一刀砍着压在他身上的人，挣扎着，企图摆脱那人，却被死命地缠住……直到韩印和姚建出现……

◎尾声

刘玉栋在幼儿园门前行凶，被韩印和姚建当场擒获，同时以毛发作为检材的DNA比对结果显示，刘玉栋就是当年前进桥下的行凶者，对于另外两起案子，也就是宁山公园和红星巷杀人案，他也是供认不讳。当然，走到今天这一步，他不需要遮遮掩掩了，他已经隐形太久了，他想让更多人看到他的存在。

刘玉栋在口供上签字画押的次日，韩印和杜英雄便搭乘最早的一班飞机离开了凤山市。说实话，这次的案子办得只能算差强人意，两人都觉得胸口堵得慌，有种说不出来的沮丧。尤其是杜英雄，心里难过极了，他没有去看守所接无罪释放的常安，他不知道该怎样面对常安，更不知道该如何告诉常安常爷没了！

对，就是常爷！在阳光幼儿园门前，用他那单薄的身躯，奋不顾身扑向手持凶器的刘玉栋，保护了孩子的安全，他自己却被活活砍死！

几日之后，随着凤山市公安局正式向外界通报案情，刘玉栋连环杀人事件引起了社会和媒体的广泛关注，网络平台上话题也持续发酵。

很多人为英勇无畏的常爷流泪和点赞，也有一部分人竟然在某些媒体的引导下对凶手刘玉栋表示同情。这并不出乎韩印所料，每每发生此类事件，总是会有些媒体借着挖掘凶手犯罪根源的由头，刻意编写一些带有极强倾向性和争议性乃至煽动性的文章。他们为人贩子开脱，为诈骗犯寻找同情，甚至还会挖掘连环杀手的人性光辉，其实万变不离其宗，不过是哗众取宠，骗取关注度和点击率而已。

韩印还记得前阵子，某些媒体曾像煞有介事地讨论"强奸案中如果被害人穿着性感，那是不是也应该为犯罪负上一定责任"这样一个荒谬的话题。韩印当时真想骂人，这已经不是侮辱，这是恶毒，是毫无人性的一种假设。当被害人惨遭凌辱，身心受到严重迫害，她需要的是社会大众的理解和呵护，而不是任何审视。道理很简单，她穿着性感，被很多人看到，为什么犯罪的会是那个人？

回到刘玉栋事件上。这个世界遭遇不公的人太多了，常爷、常安同样时常要面对生活的窘迫和欺辱，而他们选择了善良和正义。你刘玉栋觉得被单位排斥，被家人压迫，社会对你不公，所以你就有权利去伤害他人？韩印太了解这种人了，他们不是有些人口中的悲情英雄，他们懦弱、偏执、自私、自卑，就像鲁迅先生说的那样，"怯者愤怒，却抽刃向更弱者"，其实他们是真正的胆小鬼！

第四卷
永不放弃

念念不忘必有回响。

——李叔同《晚晴集》

◎楔子

傍晚，青泉市公安局刑侦支队。

此时的大办公间里，不见往日的紧张和严肃，取而代之的是一派欢欣热闹的景象。原来，刚刚破获了一起重大抢劫杀人案，支队长正发表讲话，表扬熬了几个通宵的侦查员们。讲话末了，他嘱咐大家都别急着回去补觉，说特地在大饭店订了外卖，要好好犒劳犒劳大家。

　　不多时，外卖送到，支队长打发几个小年轻警员到大门口接一下。很快，小年轻们拎着大包小包的快餐盒回来，其中一个胳膊下还夹着一个半大的纸箱子。他一边放下手中的餐盒，一边抖了下手臂，随意地把箱子甩到办公桌上，紧跟着冲对面一位稍微上了年纪的警员大大咧咧说道："刚刚路过传达室，大爷说下午快递公司送来一个快件，说是让咱支队的'5·14'专案组接收，咱有这么个专案组吗？办啥案子的？"

　　"说什么？再说一遍，给哪个组的？"正跟属下谈笑风生的支队长听到问话，脸色突然大变，高声问道。

　　"给、给……'5·14'专案组的。"

　　"靠边站，别碰箱子。"

　　支队长的脸色更沉了，说话声音似乎也因为紧张而有些劈，紧跟着冲身边一名警员勾了勾手指。对方立马心领神会，从抽屉里拿出一副白手套递过来。支队长戴上手套，走近纸箱子，稍微打量一下，顺手抄起桌上的剪刀，把缠在盒子上的胶带剪断，再异常慎重地把盒盖逐一翻起，偌大的盒子里只装着一只银色的儿童手镯和一张明信片。他拿起明信片，看到上面"粘"着几个黑体字——"我回来了"。

　　同一个夜晚，青泉市同心养老院。

　　活动大厅里，大爷大妈们三三两两凑在一起，有玩扑克的，有下棋的，有扯着闲篇的，当然也少不了窝在沙发上看电视的，总之如往常一样，悠闲地享受着晚餐后的时光。

　　正玩得兴起，电视上播着的一条本市新闻吸引了大多数人的注意。配着一段来自新闻现场的画面，笑容可掬的女主播宣布：三天前，发生在本市的一起重大持刀抢劫杀人案的嫌犯，经过警方连日来的不懈追捕，在十几分钟之前，终于落入法网。

　　顿时，活动大厅里气氛热烈起来，大爷大妈们议论纷纷，有的骂罪犯，有的夸警察，也有的开始像煞有介事地讲述道听途说来的案件内幕。靠近墙边的角落里，一位满头白发的大爷，眼睛直勾勾地盯着电视画面，一副意犹未尽的模样……

"哎，老王，刚刚电视上扑倒坏人的那小伙子你认识不？"一位模样富态的大妈冲白发大爷问。

"好像在哪儿见过。"大爷模棱两可地说。

"抓这种坏人的肯定是刑警，你原先不也在刑警队干过吗？"大妈紧着鼻子问。

"啥，刑警队？"大爷一脸莫名其妙地反问。

"嘿嘿，这老头儿，糊涂病越来越重了。"大妈一边捂嘴笑，一边提高声音说，"你是警察啊，咋，不记得了？"

"噢，是吗？"大爷尴尬地摸摸脑门，憨笑了一下，又像是突然想起来什么，装模作样地说，"噢，对对，我是警察！"

◎第一章　重案重启

刑事侦查总局，重案支援部。

吴国庆将顾菲菲等支援小组几个人一同召到会议室，足见对这次案件的重视，待众人坐定之后，结合着墙上大屏幕显示的画面，吴国庆亲自来做案情简报：

"1995年5月14日下午3点，太东省青泉市黄泥区5岁女童李笑笑，于绘画兴趣班附近失踪。李笑笑患有轻度自闭症，其时父亲李成义为青泉市刑侦支队侦查员，母亲宁新为黄泥区峰堰街道派出所副所长。此案因李笑笑年幼且身患顽症，加之出身双警家庭，有可能系犯罪分子对人民警察的打击报复，而备受外界关注。案发后相当长的一段时间，都占据着该市各大报纸版面。

"1995年8月9日下午4点半，太东省青泉市长山区4岁幼女孙佳莹在自家楼下玩耍时失踪。同年9月15日早间6点，孙佳莹父亲在家门外发现一个长条鞋盒，里面装有炭化的粉末状物以及几根未完全烧毁的细小人骨，并且还附有一张孙佳莹的尸体裸照和一张明信片。明信片上用从报纸上剪下来的文字粘了一段话，内容是：'送还骨灰，请下葬。'同年10月12日，经过警方技术鉴定，确认骨头属于孙佳莹后，孙佳莹骨灰得以被家人安葬。两天后，孙佳莹父亲收到一封信，同样是用从报纸上剪下来的文字粘在纸上的方式。信的内容主要是表达对孙佳莹下葬的感谢，同时还有几句安慰之类的话，尤其让警方吃惊的是，该信结尾提到了李笑笑，原话内容是：'请别伤心，孙佳莹走得很愉快，跟李笑笑一样。'由此，两案合并，成立专门办案组，因认定李笑笑系本案首个被害人，故该系列案件被命名为'5·14'大案。当然了，这一认定直到最后也未被证实。至于原因，暂且先按下不表。

"1995年10月14日，即孙佳莹父亲接到凶手来信的当天下午5点，太东省青泉市峰树区长春路街道上小学一年级的7岁女生李岚在托管班附近失踪。三天后，其裸尸出现于郊区一处玉米地中。尸检显示：案发地为第二现场，其系被皮革物勒颈致死，双脚遗失，处女膜破裂，但未发现暴力性侵痕迹。

"1995年12月20日下午4点，太东省青泉市黄泥区4岁幼女郭瑶瑶在菜市场与奶奶走散，进而失踪。两周后，黄泥区鼎兴便民公园附近公共厕所中发现一具双脚残缺的裸尸，经技术鉴定确认为郭瑶瑶，同样系被皮革物勒死，处女膜破裂，未发现暴力性侵痕迹。

"1996年2月25日下午2点，太东省青泉市黄泥区鼎兴便民公园附近，一矮个男子试图将6岁幼女王湘怡强行拽入一辆轿车时，被经过的巡警车撞见，进而被控制住。随后，巡警在其车上发现一部进口照相机、一盒无菌手套以及一根黑色男士皮带，由于该三项证物吻合'5·14'大案的案情特征，巡警紧急上报，该嫌疑男子很快被专案组接管。

"随即，专案组在照相机底片中发现多张偷拍女童的照片，并且在皮带上发现人体皮屑，血型检测结果分别与'5·14'大案被害人李岚、孙佳莹和郭瑶瑶三人的血型相匹配。专案组立即将检材送交总局法医实验室做进一步DNA检测，同时对嫌疑男子住处展开细致搜查。

"结果，在其住处的地下室中，不仅查获数百盒色情录像带，还有近千张女童照片。从情景上看均属于偷拍，照片中含有多组属于李笑笑、李岚、孙佳莹和郭瑶瑶的照片。令专案组愤怒万分的是，除李笑笑外，其余三名女童不仅有裸尸照，嫌疑人对三人尸体做出的各种猥亵下流的举动，也用照片记录下来。尤其惨不忍睹的是，照片也记录了嫌疑人犯罪的全过程。"

吴国庆一口气把案子的来龙去脉说了一遍，停顿一下，示意助手把凶手照片显示到大屏幕上，又接着说：

"各位现在看到的就是凶手管骏，案发时24岁，患有严重的家族遗传病——强直性脊柱炎。管骏是早产儿，自幼身材瘦小、体弱多病，8岁便出现强直性脊柱炎病发症状，到了高中病情加剧，脊柱严重畸形，关节强直，导致年纪轻轻就出现驼背症状，并且行走也有一定困难。

"管骏出生在青泉市近郊陵水村，父母原本是农民，后来做建筑发了家，成为村里第一个住进别墅的家庭。再后来父母生意发展到城区，也在青泉市区买了房子，其时管骏高中毕业，没考上大学，家里原本有意送其出国读书，但碍于身体状况最终放弃。

"管骏没有随父母搬进城里，而是陪爷爷住在乡下，因为身体不好，而且家庭条件优越，没必要找工作，所以整日东游西逛，无所事事。后来，他去考了汽车驾驶证，开上了父亲淘汰下来的轿车，又攒下父母给的零用钱，买了一部高级相机，自此便开始满青泉市转悠，偷拍女童照片。

"管骏到案后供认作案动机：是因为某天偶然在电视上看到一个双腿截肢的小女孩游泳的画面，令他心里产生一种莫名的悸动，随后便开始着迷于年幼的小女孩，逐渐发展到偷拍照片，乃至诱拐女童、杀人截肢、猥亵尸体。

"在一系列证据面前，管骏对自己的犯罪事实供认不讳，一审被依法判处死刑。随后其家人以其患有精神分裂症以及多重人格为由提起上诉，但经过一系列的精神司法鉴定，数位精神病专家和心理专家认定其不存在精神方面的问题，是属于人格出现了裂变，具有完全刑事责任能力，遂二审最终宣布维持一审判决。

"虽然案件随着管骏被处以极刑而终结，但实际上还是留下了相当大的疑问。管骏在整个庭审中始终拒绝向被害人家属致歉，还口口声声称自己是个好人，甚至一再神经质般地重复这样一句话——'我觉得我做的都是对的，因为如果我做错了，他一定会阻止我的'。所有人对这句话都不甚理解，因此当这一细节流传到社会上，'管骏有一名同伙或者有一位犯罪导师'的传言便甚嚣尘上。专案组也因此特意对管骏的社会关系展开梳理，结果发现他生活中根本就没有任何朋友，与他关系最亲近的爷爷也在案发当年的3月份因病去世，所以同伙一说也仅限于传言。

"而与之相比更大的悬念，是李笑笑失踪一案。管骏的整个供词中对李笑笑的供认极其模糊，所指认的犯罪现场未发现任何与李笑笑相关的证据。李笑笑怎么死的？尸体怎么处理的？到最后他也没说出个所以然来。所以虽然他始终咬定李笑笑是他杀的，但因证据不足，法庭最终对其罪行的宣判中，并不包括李笑笑失踪一案，因此该案便成为一宗积案，直到现在仍悬而未决。"

吴国庆再次停下话头，让自己缓口气，也给支援小组一点时间消化一下案情。片刻之后，大屏幕上显示出两份证物，分别是一只银色的儿童手镯和一张附着"我回来了"四个大字的明信片，随之吴国庆再次打开话匣子道：

"说完过去，该说说现在了。一周之前，青泉市刑侦支队收到一份快递，里面就装着你们在屏幕上看到的这两样东西。而李笑笑失踪时，右手腕上就戴着与快递中一模一样的银手镯。青泉警方进行过检测，上面未提取到任何指纹，但采集到属于李笑笑的DNA证据，原因大家都清楚，指纹可以抹去，但DNA证据是轻易抹不掉的。那么问题来了，这是当年拐走李笑笑的凶手寄来的吗？

"接下来再说说那张明信片，质地和图案竟然与孙佳莹父亲收到的明信片系同款，技术鉴定表明制造年份也是相同的，留言方式同样是采取从报纸上剪下文字粘到明信片上的手法；更为关键的是，因性质特别恶劣，且涉及多名未成年人隐私，该系列案件当年并未做公开审理，媒体也并未通过任何渠道深挖这一细节。那么问题又来了，谁又能如此准确地还原用明信片传递信息的手法？这个人怎么会搞到早在20多年前销售的明信片呢？谁又为什么要采取与管骏相同的方式挑衅警方呢？

"而将前后几个问题综合在一起后，青泉警方不得不正视一个问题：管骏或许真的有一位犯罪导师，是这位导师杀了李笑笑，随后指导了管骏后来的作案。如此说法就表明，青泉警方当年对管骏罪行的挖掘，还存在相当大的不足，应该算是一个失误。眼下，让青泉警方更为被动的是，消息不胫而走，社会上传言四起，整个青泉市都在议论这个话题。加之媒体推波助澜，再赶上现如今网络时代信息传播速度惊人地迅捷，当年的'5·14'大案以及青泉警方收到快递的事件，迅速成为包括微博等社交平台的热门话题，实际上现在已经被全国人民关注。

"好了，介绍了这么多，最后来说说总局的意思。当然，大家近几天在微博上可能也看到过关于这个案子的话题，所以我想你们现在应该也有心理准备。先不管快递事件背后到底有何真相，总局方面认为这是一个契机，尤其是成功破获甘肃白银连环杀人案，给了咱们整个刑侦总局很大的信心，有决心重启南大女大学生碎尸案、湖北石灰厂灭门惨案、李笑笑失踪案等一系列陈年疑难未解案件。眼下，咱们就要利用这个契机，把李笑笑失踪案重启侦查，局里特别指定你们小组去办这个案子……"

北方某警官学院，犯罪心理学教研室。

窗外，天有点阴，看起来快下雪了，算算日子，也该下了，往年早一个月已经有雪花飘了。北方的天气，大多时候是干冷的，北风像刀子似的，刮得人脸特别难受，下场雪滋润滋润，空气舒爽了，人的心情也会明朗许多。

时间过得真快，再有半个月，一年又翻篇了，韩印此时的心情犹如这天气，有一半是对岁月无情流转的惆怅，有一半是对崭新一年的希冀。当然，回首即将过去的一年，收获还是蛮大的。

应用犯罪心理学正逐渐被各地刑侦部门接受，许多案子中都能看到这门学科发挥的作用，行为科学分析、犯罪心理侧写、犯罪心理画像、犯罪地理画像等等，这些犯罪心理学应用的名词，越来越多地出现在新闻报章中，出现在文学影视作品中，对于这门学科的发展和实践都起到了相当有利的促进作用。

　　未来社会发展必然是多元化的，也将不可避免地给人的心理带来各种各样的矛盾和利益的冲击。尤其对日益强大的中国社会来说，各种敌对势力通过金融、文化、网络、宗教的渗透和洗脑，试图加剧阶级矛盾和社会矛盾，以达到扰乱中国经济发展和社会稳定的目的，所以未来的犯罪，有两种趋势要严加关注：一种是思维偏执的精英化犯罪；另一种是易于被洗脑和诱惑的低龄化犯罪。

　　因此，韩印希望能有更多的人才和学子加入到这门学科当中，以应对未来复杂多元的犯罪形势，通过行为分析、犯罪侧写，及早发现犯罪苗头，及早制止犯罪发展，将畸形心理导致的犯罪扼杀在初期。

　　对了，这一年里最让韩印感到欣慰的，莫过于时隔近30年的甘肃白银系列杀人案的成功告破。虽然这主要归功于科学的基因鉴定技术，但对每一个维护国家法律和社会治安稳定的公安战线的从业者来说，都是一份莫大的荣誉。

　　至于韩印的个人生活，只能用波澜不惊来形容。他和顾菲菲都太忙了，又身处不同的城市，只能靠着办案子才能有短暂的相聚时光。当然，两人有共同的追求和信念，对待这份感情也有相同的认识，所以时间、空间都不是问题，韩印很有信心将这段感情长久地经营下去。

　　因为外面的天气，韩印心里陡然生了许多感慨。末了，抬腕一看表，今天有他的课，时间快到了，他赶紧收拾起笔记本电脑装入包中。正待起身，放在桌上的手机响了，他看了眼屏幕，来电显示是顾菲菲的号码……

◎第二章　伤痛遗忘

韩印与顾菲菲等人会合后，按照惯例，首先听取青泉警方介绍办案进展。

"其实也谈不上有什么进展，追查快递源头，和预想的一样，是个死胡同。快递员只是接到电话到指定地点取了快件，根本没见到邮寄人，对方的手机号码也是个临时号码，无从追查，只明确一点，打电话的是个男的。"支队长张振东，50多岁，中等个头，一头接近于光头的板寸，整个人看起来特别精干。就这么三言两语地说完手头上的情况，自己都觉得有些尴尬，好歹也干了近30年的刑警，很少遇到现在的案子，根本无从下手。所以面对着一群无论是年龄还是资历都差得远的年轻人，他也不得不放低姿态，语气极为客气，说："你们是专家，又是总局派来的领导，你们说这案子怎么办咱就怎么办，我全力配合。"

"既然快递指明要'5·14'专案组接收，而且快递内容显示出与李笑笑失踪案以及'5·14'大案都有关联，那么咱们就先从两方面入手……"顾菲菲与韩印交换了下眼神，显然关于办案切入点的问题两人早已讨论过，所以张振东有意把主动权抛给支援小组，顾菲菲便毫不客气地接下来，"我们需要重新梳理与'5·14'大案相关的所有资料，同时希望与李笑笑家属做一些沟通。"

"调阅资料倒没问题。"张振东咂巴一下嘴说，"不过家属方面有难度。"

"孩子父母不都是警察吗？他们应该愿意配合我们吧？怎么，他们不做警察了？失联了？"杜英雄一连串地问道。

"恰恰相反，因为我跟他们接触太多了，他们家的事，说来话长。"张振东一边摇头，一边深深叹口气说，"李成义和宁新四十出头才有了笑笑，很不幸孩子患有自闭症，也因此夫妻俩包括两边老人都格外疼孩子。出事那天是周日，宁新有任务出差了，老李带孩子上美术兴趣班。课上到一半，老李接到传呼，说有紧急任务，让他立即回队里。他算了下，让孩子爷爷奶奶来替他接孩子下课，时间应该足够，便往家里打了电话。他打完电话就往队里赶，两位老人也从家里出来接孩子，可谁知路上塞车晚到了会儿，也就晚了5分钟，孩子就不见了。随后，先是姥爷姥姥埋怨老李家没照顾好孩子；接着是爷爷奶奶埋怨媳妇，说孩子得了这种病早就说了两口子不能都忙，得有一个人辞职专门照顾孩子，媳妇偏不听，舍不得那副所长的官位，一直拖着；媳妇这边再把气撒到老李身上，说什么任务能比孩子重要；老李反过来再埋怨父母，说让你们俩打车来，偏舍不得钱坐公交车，结果耽误了时间。总之，一大家子天天打罗圈架，互相埋怨，也各自懊悔，最后真的是分崩离析了。老李夫妻俩离了；爷爷奶奶自责得没法待在青泉，搬到外地女儿家去了；姥爷姥姥那边和老李像仇人似的，从此老死不相往来。更惨痛的是，孩子出事三年后，宁新因过劳猝死在工作岗位上；六年前老李到年龄退休了，结果患上阿尔茨海默病，逐渐地什么也不记得了，连我们这些老战友都不认识了，身边也没个亲人照顾，只能住进养老院。"

"真的是太惨了。"艾小美吸了吸鼻子，有点哽咽地说。

"唉，只能说可怜天下父母心！也许只有毁了自己的人生，才能让他们心里对孩子的愧疚少一点。"韩印也感叹道，随即话锋一转，"我们还是想见见李成义。"

"没问题，啥时都行，现在去也可以。"张振东干脆地说。

"那好，咱现在就去。"韩印说。

同心养老院。

张振东带着韩印和顾菲菲走进来时，李成义坐在床头正望着窗外，不知道被什么东西吸引，抿着嘴看得津津有味。听见响动，他转头冲三人笑了笑，接着又事不关己般地继续望向窗外。随行的小护士走过去拍拍他的肩膀，告诉他有人来看他了，他这才转过整个身子一脸痴笑地打量起三人来。

张振东也走过去，把手里拎着的水果放到床头桌上，然后握住他的手，语气亲昵地问："老李，能认出我不？"

见李成义仍痴笑不语，小护士像对待孩子似的打趣道："李大爷现在可狡猾了，知道自己记性不好，怕让人笑话，就憋着等别人先说明身份，对吧，李大爷？"

众人都被逗笑，小护士满面春风地出了房间，韩印也跟着出来，客气地叫住她："护士小姐，请等一下，能和你聊两句吗？"

"噢，您说。"小护士停下脚步。

"李大爷最近一段时间表现怎么样，有什么反常举动吗？"韩印问。

"没有啊，大爷一直很好，他当过警察，据说还当过兵，床铺啥的从来都是自己整理得井井有条，不用我们操心。为人也特别和气，平时还能帮着侍弄侍弄院子里的花草，就是脑袋不好使而已，我们这儿的护士都很喜欢他。"小护士说。

"那他一直这样，什么也记不起来吗？"韩印指指自己的脑门示意说。

"那倒不是，大爷来了两三年，原先不这么糊涂，还能记起些事，也就近一年时间吧，开始完全认不得人了。唉，这种病没办法，咋治疗最终也是这样。"小护士摇摇头，惋惜地说。

"你在李大爷那儿见过这个吗？"韩印亮出一张照片。

"见过，大爷没糊涂前很宝贝这个，我记得是用个小盒子装着的，他经常拿出来看。"小护士一眼认出照片上的手镯说。

再次回到李成义房间，已经是和小护士谈完话了，韩印冲顾菲菲使了个眼色，后者心领神会，提议张振东带李成义到院子里散散步。张振东虽不明就里，但明白两人是想把李成义支出房间，估摸着也是与办案有关，便照着做了。

张振东和李成义前脚出门，韩印后脚赶紧把门关上，冲顾菲菲急促地说道："护士证实李成义手里还有一只银手镯，说是装在一个小首饰盒里。"

"你怀疑是李成义自导自演？"

"希望不是这样，先找找手镯再说。"

顾菲菲和韩印现在越来越默契，从韩印坚持要见李成义，到他找小护士问话，紧跟着又折回来冲她使眼色，她心里大概就明白韩印的思路了——不难想象，孩子的这种银手镯必然是一对，而李笑笑失踪时只戴了一只，那么另一只在哪儿？会不会快递到支队的就是这另一只呢？两只手镯李笑笑肯定都戴过，所以在上面提取到其DNA证据不足为奇，会不会是李成义把手镯快递到支队，想促使案件重启呢？

养老院里的房间陈设都很简单，李成义住的是单间，只有一张床、一只床头桌、一个大衣柜，所以韩印和顾菲菲很快便翻找完一遍，紧跟着又翻了枕头、床铺，也没发现首饰盒。韩印不死心，单膝跪地掀起快要搭到地上的床单，冲床下打量一眼，便看到一只蓝色的大旅行箱。

韩印招呼顾菲菲，两人一起把箱子从床下拖出来。幸运的是箱子并未上锁，里面整齐码放着一些日记本、文件夹、档案袋……当然也有一个小首饰盒，只是打开后，里面是空的。

"手镯果然不见了。"韩印把空盒子在顾菲菲眼前晃了晃。

"这些都是与'5·14'大案相关资料的复印件和办案笔记，看起来，这么多年李成义一直在研究这个案子。"顾菲菲随手翻了翻日记本和文件夹说。

"有明信片之类的东西吗？"韩印问。

"还没看到。"顾菲菲又里外仔细翻了翻箱子，把几个档案袋也都打开检查一遍，然后又低头斟酌了一会儿，才继续说，"我觉着手镯不见了也不能说明什么问题，也许是被李成义弄丢了。据我观察，他的阿尔茨海默病确实已经发展到很严重的地步，你有没有发现他一直在痴痴地笑，那其实就是大脑极度退化，失去自控能力的表象。"

"你的意思是说，李成义早已经不具备策划快递事件的能力？"韩印接下话说。

"是这样的，不过也不意味着你的思路完全是不可能的，也许是李成义身边的人'拔刀相助'呢？"顾菲菲看来也并不想全盘否定韩印的怀疑，迟疑了一下，又说，"问题是，就算咱现在知道了手镯的来源，那明信片从哪儿能搞到呢？"

"对，这的确是个问题。"韩印点点头，把首饰盒放回箱子中，说，"不管怎样，先从李成义身边的人查查看。"

…………

三人走出养老院大门时，天已经黑了，昏黄的灯光透过窗户散落在院子里，李成义站在光亮下，依依不舍地目送三人上车离去，尽管他并不清楚他们是谁。张振东一边开着车，一边不住地唉声叹气："也不知道是幸还是不幸，或许对老李来说，得了那种病，反而是一种解脱！"

差不多在韩印他们到达养老院的同时，杜英雄和艾小美在支队一位同人的陪同下，见到了管骏的父亲——管浩波。其实管浩波并不难找，快递事件炒得沸沸扬扬，"5·14"大案被再度解读，作为当年凶手的父亲怎么可能不知道？当年管浩波就死活不相信儿子是变态杀人狂，这回他似乎觉得找到了把柄，几日前特地跑到市公安局，胡搅蛮缠地声称要起诉市局，说刑警队当年抓错了人，他儿子是个替死鬼……

当然，杜英雄和艾小美此行与他闹事无关，主要是依照韩印吩咐，想从管浩波这儿了解当年管骏和他爷爷相处的情况……

◎第三章　失踪再现

次日，案情分析会。

参加本次会议的人很多，除了支援小组，刑侦支队大部分骨干都到会了，这是张振东的意思。实际上，关于快递事件的侦办以及李笑笑失踪案是否重启，支队内部有很大分歧，张振东想借着这次会议的机会，通过支援小组对案情的梳理，把支队的办案思路统一起来。

四下环顾一番，见人差不多都到齐了，张振东发话让大家安静下来，又冲顾菲菲点点头，示意可以开会了。其实作为总局指派支援办案的负责人，顾菲菲此时应该客气地讲几句场面话，和地方同事联络下感情，为接下来的合作办案打下些基础。关键是她根本不会，于是便冲韩印扬扬手，直接把发言权交给了他。当然，会前两人已经有过沟通，经过对"5·14"大案一个通宵的综合梳理和剖析，韩印已经有了一个相对明确的结论。

"先说说管骏吧。"韩印冲众人笑笑，不急不缓地说道，"各位都知道，管骏自小被病痛折磨，难以保持正常人的自尊，在孩童当中很容易被视为异类，无论是主观还是客观因素，直接的结果便是他逐渐丧失交朋友的能力。我们询问过他的父母，证实了他求学期间基本没什么朋友。而实际上，他和许多孩子一样有沟通和交流的需求，以及成年之后交往异性和释放性欲的需求。但就像我刚刚说的，他没有能力与同年龄层上下的人交往，他也很清楚自己的外形和身体状况，无法吸引成年异性的好感，于是转而把注意力放到易于掌控的低年龄女童身上。这也是他成为恋童癖者的初始原因。当然了，色情录像带也起到了推波助澜的作用。

"如果说性欲是人类的本能，那么犯罪显然不是，而管骏为什么会从一个色情狂蜕变为色情杀人狂呢？这就要说到他和爷爷的关系。据他父亲介绍：因为父母忙于生意的缘故，管骏自小是由爷爷一手照顾的，爷爷虽只是一个农村老头儿，但上过学堂，有一定文化，为人也特别开朗，可以说因为有了爷爷的陪伴和照顾，管骏成长过程中对心理挫败体验的反应，才没那么激烈。从心理层面上打个比喻，如果管骏是个腿部有残疾的人，那么爷爷就是支持他站立的那副拐杖。可想而知，爷爷的去世，令他内心中本已摇摇欲坠的平衡感彻底打破。两个多月后，这座城市里一个叫作李笑笑的女童失踪了，报纸长篇累牍追踪报道，寻人启事贴满大街小巷，成为一个轰动性事件。而管骏突然间发现，李笑笑原来曾被自己的相机记录过，这让他感到李笑笑的失踪与他是有着某种关联的。更要命的是，这种臆想让他有了快感——那种被生活抛弃、被异性嫌弃的挫败感，瞬间烟消云散。他对此着迷，于是乎开启了一次又一次邪恶的追寻之旅。

"至于当年管骏交代的作案动机，其实与白银案犯罪人高承勇交代初次杀人系盗窃被撞破一样，都是胡扯。像他们这种变态杀人狂的思维逻辑，正常人是难以体会的，能够极具成就感地保留一个小秘密，或者当他们认为交代事实真相会矮化自尊时，便会编织一个合乎正常逻辑的谎言来加以掩饰。所以，管骏割下被害人双脚并吃掉的行径，实质上是对他因病痛双腿无法正常行走的一个心理映射，跟什么电视情节无关。

"好啦，在座的各位都是经验丰富的刑警，应该能明白我的意思，我刚刚为各位剖析了管骏的人格蜕变过程，以及恋童的成因和连续杀人的心理动机，目的就是想说明一个结论：管骏毫无疑问是杀死除李笑笑外其余三名女童的凶手，李笑笑的失踪与他没有任何干系，所谓同伙和犯罪导师一说也根本不存在。各位不必再分散精力，也不必理会管骏案，可以完全把警力集中在重新调查李笑笑失踪案上。

"另外，我刚刚的结论也指明快递事件的始作俑者，其实对'5·14'大案了解得并不透彻，他把手镯和明信片一同寄来，说明在他的意识中也是混淆了管骏和李笑笑失踪的关联。我不敢说他是如何得到手镯和明信片的，但我敢认定，其目的是想促使李笑笑失踪案重启。"

韩印适时打住话头，支援小组是一个团队，话不能让他一个人都说了，他先挑明办案思路，具体的行动部署当然还是要让领导来宣布。顾菲菲便紧接着说道："首先，关于重新调查李笑笑失踪一案，我们认为应当从这样几个方向入手：一、尽可能找到当年最后与李笑笑有过接触的几个人，重新来做一次更深入的讯问；二、我们可以协助贵局对全国范围内的与李笑笑失踪时年龄相仿的无名尸体进行DNA比对；三、我们觉得尤其要重视拐卖儿童这样一个方向，深度梳理与本市有关的拐卖儿童案件，不论犯罪人还是被害者，只要与本市有关的都要仔细调查，至于时间跨度，可以由案发前后几年开始查，逐步扩大。

"其次，关于快递事件，我们有两个方向：一、排查与最直接受益人李成义有接触的人群；二、我们觉得消息的泄露有可能是有预谋的，有必要去追查一下它的源头。鉴于以上排查有可能牵涉贵局内部，我建议由我们支援小组来全权负责这个案子。"

…………

同以往一样，顾菲菲绝对相信韩印的剖析，而韩印对自己同样是信心满满，但这一次他们很快被"打脸"了。

就在分析会当晚，有市民到派出所报警，声称自己上小学二年级的女儿失踪了。案件很快被转到刑侦支队，局里领导也极为重视，尤其在现在这个敏感的节点上，谁也说不清是被人贩子拐走了，还是与快递事件有关。

失踪小女孩叫秦丽，今年7岁，性格温顺、小巧靓丽，失踪前就读于青泉市峰树区明丰小学。通常孩子下午放学由托管班老师统一接走，但今天她因生字没写好，被老师多留了20分钟，托管班老师没见她出来，便领着其他小朋友先回去了。学校老师那边以为托管班老师会在门口等她，便也没在意，写完生字就让她自己走了。结果，因为20分钟的时间差，孩子便找不到了。

学校门口的监控录像显示，秦丽出了学校大门，直接走到马路对面，然后向西边方向走了。秦丽的身影最后出现在监控中，是在距离学校西向七八十米远的一个带红绿灯的丁字路口处，时间是下午4点29分。紧接着，她拐进北向街道玉田街，托管班就开在这条大街的街边，距离街口有200多米远，但中间还隔着一个小十字路口。

通常托管班托管到傍晚6点半，家长接孩子的时候没接到，又打电话给班主任老师，才意识到孩子不见了，赶紧跑到派出所报案。如此，从孩子进入玉田街到家长报案，有两个多小时的时间差，足够犯罪分子采取应对手段，对警方来说形势十分被动。

虽然孩子失踪原因尚不明朗，但这时候时间就是生命，各级警员全员出动，围绕玉田街周边挨家挨户上门走访，即使夜间对市民造成打扰和不便，也实在是形势所迫；同时，联合交警和PTU（机动部队），于全市各交通要道拦截设障检查过往车辆，并紧急调取玉田街周边各路口监控录像，对案发前后来往车辆的嫌疑进行甄别；另外，对长途客运站、火车站、码头等地，进行深度搜索和巡视……

半夜的时候，行动指挥中心接到前方消息，称走访时寻找到一位目击者。是一位70多岁的老奶奶，据她说在下午四五点钟的时候，买菜回家走到十字路口时（玉田街中段的十字路口），看到一个小女孩倒在地上，身前停着一辆小轿车，然后有司机下车把小女孩抱上车，车就开走了。老奶奶年纪大，记性不好，还患有眼病，虽然说大概有这么一个事，但说不清孩子和司机的长相，只模糊地说车好像是白色的。更要命的是，她现在对于车从什么方向来的，又是往哪个方向开走的，也很含糊，一会儿东，一会儿西……反正东南西北都说到了。

由此推测案件性质：会不会是秦丽被车撞了，车主担心赔偿问题，将受了伤的秦丽掳走了？鉴于此，调查重点便要放在寻找案发当时出没于玉田街周边各路口的小型轿车上。问题是，排查起来也并不容易，附近都是开放式的居民区，交通四通八达，也没人在乎单行路和双行路的指示标牌，都是怎么方便怎么开，而且除了几个与干路相交的设有红绿灯的路口有监控录像，其他很多出入口都是监控盲区。当然眼下也只能先从监控录像方面着手，考虑到目击者视力问题，市局领导特别指示：不要局限于白色轿车，对银色和灰色等浅色系车辆，都不能放过；同时还要继续寻找潜在目击者。另外，联系各大医院，询问有无接诊因车祸受伤的女童……

◎ 第四章　隐秘录像

清晨，天空中飘起雪花，这也是青泉市今年冬天的第一场雪，雪量虽不算大，只浅浅地覆盖在大地表面，但足以令整座城市心旷神怡。

这样的天气对晨跑者来说也是一种享受，天才蒙蒙亮，便陆陆续续有人在广场上开始跑步。此时，一个穿着名牌运动装的小伙子，耳朵里塞着耳机，迈着有力的步伐，从广场一侧的水池边跑过。恍惚间，他向水池里瞥了一眼，随即停住脚步。"怎么会有个大黑袋子，里面不会装着碎尸吧？哈哈……"一个带有些恶趣味的念头出现在脑海里，他退后几步，歪着身子冲水池里认真打量一眼，顿时一屁股坐到地上，紧跟着连滚带爬地哭嚷着逃开了……"妈呀，水池里有只手……"

洁白静谧的清晨，被一阵刺耳的警笛声打破，稍早前110报警中心接到市民电话，声称在万众广场晨跑时发现碎尸了。

万众广场靠山而建，面积大概有一个足球场那么大，是万众街道为方便附近社区居民活动健身而修建的。广场西侧有一个高高的戏台，戏台背后的山脚下有一个小人工湖，中间有一条青石小路将戏台和人工湖隔开。现在是冬天，湖水已经被冻住了，靠近小路这一侧湖畔的湖面上，躺着一个黑色大垃圾袋，袋口是打开的，一条白白的手臂裸露在外……

很快，周围被先行赶到的派出所民警拉起了警戒线，刑侦支队和支援小组随后也赶到现场。照完各种存证照片，法医和痕检员小心翼翼地合力将黑色垃圾袋从湖中抬到岸边的担架上。顾菲菲走过去，轻轻掀开袋口，须臾，脸色衰痛，冲不远处的韩印等人点了点头。

"应该是那个小女孩，衣服被扒光了，双脚也被截肢了。"顾菲菲走回来，摘下白色手套，轻声说道。

"什么？双脚被切割了？"张振东一脸惊诧，忍不住提高声音，"幼女、裸尸、切割双脚，这、这不是跟'5·14'大案一样的手法吗？"

"双脚不在袋子里？"艾小美也一副不敢置信的表情追问道。

"对。"顾菲菲不情愿地点点头说。

"报案人叫韩大海，在水利局工作，家住在附近。早上过来跑步，路过湖边时，发现了露着一条手臂的黑袋子，然后想当然地以为撞见了碎尸案，便拨打了报警电话。"杜英雄录完报案人口供走过来说，但很快发现气氛不对劲，除了韩印脸上永远是那副淡然的表情外，其余三个人一个比一个深沉，便又试探着问，"怎么，不是秦丽？"

"是她，没错。"张振东点点头，接着补充一句，"报案人说得也没错，基本也算是被碎尸了，双脚被切掉了。"

听了张振东的话，杜英雄顿时明白大家为什么都会是这种表情，说白了，这案子一出，等于直接推翻了支援小组在分析会上的结论，原先否定的那些可能性，现在都变成有可能的了。也许快递就是当年拐走李笑笑的人寄来挑衅警方的，也许他确实是管骏的犯罪导师，甚至也许真像传言所说的，管骏是个替死鬼。而说到底，眼下不得不考虑，秦丽的遇害与"5·14"大案或许是有关联的。

杜英雄在心里默念一阵，然后抬起头看着默默审视现场、一言不发的韩印，忍不住想要替他辩解道："'5·14'案子现在炒得这么热，案情细节基本都被媒体挖出来了，模仿作案也说不定。司机把秦丽撞了，杀人灭口躲避赔偿，又企图通过模仿热门案件，达到转移警方办案视线的目的，这种逻辑也说得通吧？"

"不急着下结论，等等法医和痕迹鉴定结果，然后再做进一步认定。"韩印操着与以往一样平和的语气说道。

"对、对，那你们先回去吧，把之前的分析结合眼下的案情再做一个综合分析，看看是不是需要调整下任务部署。我这边让兄弟们在外围多下点功夫，收集一下周围的监控录像，再看能不能找到凶手抛尸时的潜在目击者。"张振东毕竟年岁大，又在仕途上摸爬滚打了半辈子，一席话既保全了支援小组的面子，又隐晦表露出对先前结论的一点点质疑，说话的分寸感可谓拿捏得相当好。

回去的路上，杜英雄开车，艾小美坐在他旁边，韩印坐在后排座位上，顾菲菲知道韩印非常想在第一时间了解尸检结果，便直接跟着法医车走了。

车上都是自己人，说话自然随便得多，艾小美微蹙着一双柳叶弯眉说："这回可被动了，难道这案子真的与'5·14'案有牵扯？接下来咱怎么办，韩老师？"

"尸体明明可以丢到山上，却偏偏要让所有人看见，你觉得为什么？"韩印饶有意味地笑笑，问道。

"那您的意思是觉得英雄说得对？"艾小美瞅瞅杜英雄，试探着说。

"'5·14'案的卷宗资料还在吗？没退回去吧？"韩印反问道。

"没呢，还没来得及，您还是想全面复盘？"艾小美说。

"为了谨慎起见，应该做的，反正咱们也得等尸检和痕检结果。"韩印想了想，又说，"快递的事，现在查到哪一步了？"

"我去养老院查了会客记录，也调看了近一个月的监控录像，没发现有什么特别的人与李成义接触。快递事件前很长一段时间都没人去探视他，除了养老院那些大爷大妈，他接触最多的就是那些小护士。她们的资料我也看过了，都与李成义非亲非故，应该不至于为他做这种事。"艾小美说。

"再深入些，正面跟护士们接触一下，挨个谈谈话。"韩印拍了下前排驾驶员座椅，示意说，"小杜，等做完'5·14'案的复盘，你去支援小美，咱们双管齐下，同时也查查消息是内部人走漏的，还是有人有预谋地放出去的。"

"明白。"

杜英雄和艾小美齐声说。

回到支队，韩印和杜英雄便开始分工，韩印负责审阅"5·14"案文字资料，杜英雄和艾小美负责影像资料。

快到中午的时候，两人从影像室回到支援小组临时办公间，也不多说话，闷头在一摞子卷宗中间摸索着。很快，杜英雄抽出一份卷宗放到桌上翻看起来，眼睛从上到下扫着，手指在卷宗纸上移动，似乎在核对什么。见两人这副架势，显然是发现疑点了，韩印放下手中的文件，摘下鼻梁上的眼镜放到桌上，默默看着他们，等着结果。

果然，片刻之后，杜英雄好似确认了心中的疑惑，放下卷宗和艾小美对对眼，郑重其事地说："审讯录像有问题，应该是少了一盒录像带。"

"何以见得？"韩印问。

"卷宗资料显示，管骏到案后一开始并不配合，死撑了两三天，问题是李成义他们提供的审讯录像中缺了第三天的，而偏偏从第四天开始，管骏陆续交代起犯罪事实来，这中间会不会有什么不可告人的猫腻？"艾小美解释道。

"会不会那天有别的任务耽搁了？"韩印问。

"不，那天管骏如期被提审了。"杜英雄伸长胳臂把手中的卷宗递给韩印，接着说，"那上面有提审记录。"

"这样看来，是有人故意把录像带拿走了。"韩印打量着卷宗，嘴里念叨着，"想要掩盖什么呢？"

"会不会是动手了？想想今天的案子，可别真被传言说中了，管骏当年是屈打成招。"杜英雄倒吸一口凉气，紧鼻眨眼地说。

　　"这种话可不能乱说。"韩印将食指放到嘴上，做出个"嘘"的动作，然后一脸谨慎地说，"你要知道，青泉市局现在的一把手苏德伟，当年作为支队长，任专案组组长；张振东其时是大要案组组长，任专案组副组长。这两个人不仅是当年专案组的核心，也是现在青泉市公安局最核心的人物，这两个人要是在那个案子上出了问题，后续的负面影响简直无法估量啊！"

　　"那怎么办，秦丽的案子摆在眼前，咱们总得有个说法啊。"艾小美摇摇头，一副无可奈何的表情，"审讯录像带缺失的问题不厘清，咱们也没法做判断啊！"

　　"是，时间太紧了，"韩印略作沉吟，少顷，握紧拳头轻轻敲了下桌子，"你说得对，这个问题必须有个结果，张振东估计还在现场，回来应该会到咱们这里，干脆直接把这个事跟他说说，试试他的反应。"

　　"也只能这样了。"杜英雄撇撇嘴说。

　　中午，艾小美去食堂打了饭回来，几个人正吃着，张振东身上带着一股凉气走进来。果然像韩印说的那样，一回来就直奔支援小组这儿来了。

　　韩印问他中饭吃没吃，要不要小美去给他打一份，张振东摆摆手说在外面吃过了，杜英雄有眼力见儿地搬过来一把椅子让他坐下。

　　"怎么样，外围走访有收获吗？"韩印急忙吃完最后两口饭，从桌上的抽纸盒中抽了张纸擦擦嘴，然后问道。

　　"喏，就这些。"张振东从手包里取出一沓照片放到桌上，说，"从失踪到抛尸区域，两地相隔十多公里，但周边环境差不多，都是普通的居民区，监控摄像头比较少，而且我觉得凶手也在刻意躲避有监控的支路路口，不过还是有一家小商店门口的监控拍到了他。"

　　照片系来自监控录像的截图照片，显示时间是凌晨3点10分，上面记录了一个人骑在一辆自行车上，身上穿着大棉袄，头上扣着棉袄帽子，脸上还罩着黑色口罩，整个人裹得严严实实，让人无从辨认。自行车后座上驮着一个黑色大垃圾袋子，不出意外的话，里面应该装着秦丽的尸体。

"这家伙太狡猾了，骑自行车抛尸，专挑小路走，就算被监控拍到，也没有汽车那么好找。"看过照片，艾小美愤愤地说。

"但这也说明他对该区域比较熟悉，也许就住在周边？"杜英雄跟着说。

"那又怎样，你以为好排查啊？"张振东苦笑一下，说，"你不知道，万众街道几乎是我们全市最大的居民聚集住宅区，有近5万户人家，如果没有更多的背景信息资料，把他挖出来的难度太大了。"

"失踪区域路口的车辆排查有进展吗？"韩印问。

"锁定了近30辆浅颜色的轿车，有能看清牌照的，也有看不清的，只能通过车型查找，目前还没发现具有作案嫌疑的车辆。"桌上放着一杯水，也不问是谁的，张振东拿起一饮而尽，斟酌着说，"你们这边有新的想法没？"

"说到这个，您能先帮我们解答一个疑问吗？"杜英雄赶紧抢着接下话，觉得自己来挑明录像带缺失的问题比较有利，就算弄错了也可以用年轻人做事比较冒失的托词搪塞过去，给双方都留些余地。杜英雄抬眼和韩印对视一眼，也是斟酌着用词，继续说："我在调看当年'5·14'案的审讯录像时，发现少了一盒带子，但卷宗上有记录，不知道是不是您这边少给我们了？还是不小心落哪儿去了？"

"是吗？不能吧？"张振东愣了一下，随即身子向椅背上靠了靠，说，"这个事我特意交代过，必须把资料一份不少地交给你们。"

"那会不会是有人故意把那盒带子抽走，不想让我们看到那次审讯？"杜英雄步步紧逼追问道。

"怎么可能？不会的！"张振东使劲摇着头，摊摊手说，"案子办得堂堂正正，没什么不能给人看的，有可能真的是不小心弄丢了，我回去批评他们去。"

说话间，张振东从椅子上站起身子，迫不及待地道别离去。冲着他的背影，杜英雄冷笑一声，嘴里念叨了一句："果然有问题。"

"我怎么没觉得？张队看起来挺镇定的啊。"艾小美不解地问。

　　"镇定对吗？难道听到这样的消息，正常的反应不应该是惊讶和恼火吗？"杜英雄冲韩印抿嘴笑笑，一副想要班门弄斧的架势，转而冲艾小美说，"再说他那表现也不是镇定，你看我乍一提录像带少了的事，他身子立马僵住了，说明那一刻他整个人的注意力全放在高速运转的大脑上，以应对问题所带来的紧张和拘束感，从微表情上说，这叫瞬间的冻结反应。接着，不知道你注意到没有，他身子使劲向后仰了一下，下意识地做出一个想要与咱们拉开距离的举动，这在微表情上被称为逃离反应。反正，总的来说，录像带缺失的问题，让他瞬间心理压力倍增。"

◎第五章　英雄有悔

张振东应对录像带缺失问题时的反常表现，陡然间增加了整个案件的悬念。

录像带很有可能是被刻意抽走的，而且张振东显然知情，却又佯装不知，让人不得不怀疑"5·14"大案侦破结果的真实性。难道管骏真的是在刑讯逼供之下屈打成招？如果是这样，那就意味着真凶至今逍遥法外，那么李笑笑案件和快递事件乃至秦丽被杀和他有没有干系呢？……情势实在太棘手，韩印也不敢妄下断论，只能等顾菲菲回来，大伙一块儿定个主意。

好在没过多长时间，顾菲菲便带着相关法证检验结果，出现在临时办公间。

"被害人秦丽，死亡时间在昨日18点至20点之间；其颜面肿胀、有瘀血，眼结膜点状出血，甲状软骨、舌骨骨折并伴有出血症状，明显系遭扼颈致机械性窒息死亡；被害者口唇、牙龈破损出血，牙缝中夹有纯棉纱线织成的毛绒机织物，说明被害过程中嘴被毛绒物堵住；其颈右侧可见一个椭圆形扼痕，颈左侧则有四个类似扼痕，且扼痕与颜面窒息征象特别显著，表明其死亡过程较长；同时伴有背部广泛擦伤以及严重的下体部位损伤。综合起来说，凶手系用右手扼颈对被害者造成约束，在硬质表面采取正向体位对其进行暴力性侵。再直白些说，就是凶手把秦丽推倒在地上，随手拽了个毛巾或者枕巾之类的东西塞进她嘴里，然后单手掐着她的脖子，实施强奸行为，过程中逐渐掐死了她。事后，凶手做过细致清理，现场和尸体上未采集到相关证据。不过，我们也并非对凶手一无所知，我刚刚提到尸体颈部右侧有一个椭圆形大拇指的扼痕，而这个痕迹中间有两条不规则的隔断，想必凶手的大拇指曾经被刀割伤过或者有严重的冻伤，这点排查嫌疑人时要注意一下。"顾菲菲通过对尸检信息的详尽描述，来还原凶手的强奸杀人过程。

"从秦丽失踪到她被奸杀仅仅相差两三个小时，再到抛尸也不过相差七八个小时，与'5·14'大案相比，无论是案情特征还是犯罪行为特征都相差甚远，更像是一次冲动犯罪或者激情犯罪。"韩印进一步总结道，顿了顿，接着又问，"尸体上有被车撞的损伤吗？"

"没发现，但尸体不完整，缺少双脚，车祸伤在脚上也说不准。"顾菲菲说。

"噢，对了，小杜发现审讯录像有问题……"韩印接着把他们和张振东对峙的过程说了一遍。

"这可真麻烦了，最怕这个，要不给吴老师打电话，听听他的意见？"顾菲菲挠挠头说。

"我觉得行，这问题不捋顺，咱案子也办不下去啊！"杜英雄附和着说。

…………

几个人议论正酣，突然听到门外传来几下敲门声，随即门被轻轻推开——局长苏德伟和支队长张振东一同走进来。

"都忙着呢，没打扰各位吧？"见支援小组几个人对头坐在长桌的两边，苏德伟打着哈哈走到长桌的一端，也就是两边人的中间位置，继续含着笑说，"抱歉，刚刚在门口无意中听到各位的讲话，我想不必麻烦吴老师了，我来解释你们想知道的问题。"说话间，苏德伟将手中的一个牛皮纸档案袋放到桌上，目光饶有意味地从众人脸上扫过，接着说，"袋子里装的就是你们要的录像带，当年是我把它拿走了。"

"其实苏局是一片好意，完全是为老李着想。"一旁的张振东按捺不住，抢着说道，"从笑笑出事到管骏被抓，中间隔了有八九个月的时间，孩子杳无音信，家里老人闹、媳妇闹，手头上还得办着案子，可想而知那段时间老李身上背负的压力会有多大。尤其作为父亲，同时也是一名警察，那种连自己女儿都保护不了的挫败和愧疚，也令他内心不断经受着折磨和煎熬。他每天那种身心疲惫的样子，我们这些同事都看在眼里，但也不知道该怎么劝他，只能盼着案子赶紧有个眉目，也好给他个交代。

"后来我们抓了管骏，而老李被排除在审讯之外，不仅仅是办案纪律的问题，更是因为他那时的精神状态非常差，已经让队里感觉到他快要崩溃了。只是没承想，老李还是出人意料地做出了出格的举动。

"那是我们第三次提审管骏，跟前两次一样，这小子仍然是装傻充愣、一言不发。局面正僵持着，老李突然情绪激动地闯进来，我们以为他会跟管骏发生肢体上的冲突，没想到他、他扑通一声跪到管骏身前……"

见张振东声音颤抖、眼圈泛红，有些说不下去了，韩印便接下话："这一跪让管骏感受到生命中从未有过的成就感，于是随后的日子他开始交代犯罪事实，对他来说既是分享，也是回味。而李笑笑的失踪虽然跟他无关，但将这起影响巨大的案子纳入自己的作案范畴，无疑会大大增加他成就感的体验。"

"警察给罪犯下跪，我不知道这样的画面传出去，其他人会用怎样的眼光看待老李。我真的不想警局内部因此而对老李议论纷纷，他已经承受得够多了，也许到最后唯一能带给老李些许慰藉的，就是警察这份工作，我希望能帮他保住。"接近花甲之年的苏局眼睛湿润了，有些动情地说，"直到现在我也觉得对不住成义大哥，兢兢业业干了一辈子警察，到头来却落得给罪犯下跪的下场。真的，每每想到那个画面，我心里都难受极了。不瞒你们说，我和张队从来没忘记笑笑那个案子，我们能力有限，这么多年其实也在能力范围内比对过不少无名尸体。只是没想到，时隔这么多年，会因为这盒带子给各位的工作造成困扰。现在，这盒带子我正式上交给组织，我知道我违纪了，会虚心接受上级处分。"

"好啦，我们有答案了，你们可以走了。"顾菲菲语气苍白，听不出任何感情色彩，在当下屋子里的人个个都被录像带故事感动的氛围下，便显得尤为冷漠。当然，就像韩印先前说的那样，顾菲菲并不是冷血，她只是不会应对这种情感碰撞的情绪，所以当苏局长和张队神色落寞地快要步出办公间时，身后又传来顾菲菲淡淡的声音："你们有东西落下了。"

审讯录像带缺失的疑惑，因苏局长主动站出来解释缘由而真相大白，先前围绕"5·14"大案的诸多怀疑也一并偃旗息鼓。扫除这一系列的困扰，支援小组办案的思路得以重新走上正轨，针对李笑笑失踪案和快递事件的侦办，他们也再一次重申了遵循原办案方向的建议。

至于眼下最紧迫的任务，当然是秦丽被奸杀一案。从案情特征和犯罪行为上分析，加之目击者的口供，支援小组更倾向于这是一次带有偶然性质的冲动或激情犯罪。目前锁定的嫌疑车辆排查工作已近尾声，除三辆看不清牌照的车正在依车型追查外，其余车辆均已排除作案嫌疑。案件即将走进死胡同，韩印和顾菲菲决定重返现场，搜寻先前可能被遗漏掉的线索。

这天下午4点半，与秦丽最后被监控拍到的时间基本一致，韩印和顾菲菲站在玉田街与锦绣路的T形交叉路口，斜对面是秦丽就读的明丰小学，大门正冲着马路。

韩印抬腕看了下时间，随后两人转身，开始沿着玉田街缓慢行走，直至走到玉田街中段与玉宁街相交的十字路口，也是目击者所描述秦丽被掳走的现场。韩印又看了下时间，两人仿照孩子的步伐和频率，从街口走到案发地大约用时7分钟，如此推算，秦丽被掳走的时间应该是下午4点40分左右。

　　站在路口，两人四下张望，前方不远处能看到托管班的招牌立在街边，小秦丽那时若穿过路口，再走个二三十米的样子也就到了。想想真是命运弄人，一个普通的路口竟成为生与死的分割线，当然罪不在路口，而在于人。

　　案发十字路口，是由南北走向的玉田街和东西走向的玉宁街相交而成，街口交通指示牌显示，这两条路都是单行路，但由于在社区内没有交通监控抓拍，更没有交警执勤，逆行车辆司空见惯。而且韩印和顾菲菲试着走了几个街口，监控盲区实在太多了。先前在案发当晚，两人曾来过这儿，但并没有这么实际地考察过地形和环境，现在他和顾菲菲越来越觉得，期望通过排查来往车辆揪出凶手，漏洞太大了，必须丰富办案套路，拓宽办案思维。

　　二人在西面转悠了一阵，回到案发路口，再沿着玉宁街往东继续溜达，走了百八十米，又是一个十字路口，这次与玉宁街相交的是玉川路。玉川路同样与学校门前的锦绣路相交，而且这个路口距离学校更近。远远望去，隐约能看到学校的铁栅栏围墙，韩印顿时心中莫名一凛，有种说不出的牵引，带着顾菲菲向街口走去。

　　韩印和顾菲菲走到街口，两人多少有些失望，可能是位于学校附近的缘故，红绿灯设置得比较多，并且这也是个带监控摄像头的路口，想必张队一定排查过该路口在案发前后的车辆行驶情况，也就意味着韩印刚刚心里面的一点怀疑被否定了。

　　二人正愣神，有两个六七岁模样的孩子从身边嬉戏追跑过去，跑在前面的小女孩不知被什么东西绊了一下，啪的一声摔了个大马趴。小女孩趴在地上号啕大哭，后面的小男孩被吓得愣住了，呆在原地不知所措。韩印和顾菲菲赶紧过去，把孩子扶到路边，好在伤得不重，只是一双小手被石子划了几道印痕。顾菲菲一边安慰着，一边从羽绒服口袋里掏出面巾纸，仔细地帮小女孩把一双小脏手一点一点擦干净，又帮她把眼泪擦掉……

　　"你们要干啥，把我家孩子怎么了？"一位老大娘气喘吁吁跑过来，一把从顾菲菲手里夺过小女孩，一脸警觉地质问道。

"您是孩子的奶奶？"顾菲菲微笑着问。

"对啊，怎么啦？"老大娘仍是一脸警觉，手紧紧拉着孙女，又把小男孩拽到自己身前护着。

"大娘，您别紧张，我们是刚刚路过这儿，看到您孙女摔倒了，帮忙把她扶起来。"韩印笑着解释。

"是，奶奶，叔叔阿姨是好人。"小男孩这会儿已经缓过神来，在旁帮腔道。

"那太感谢了，不好意思，错怪你们了。这俩熊孩子就爱野跑，我这老胳膊老腿的哪儿能追上，你说跑到这路口多危险啊！真是太谢谢你们了。快，跟叔叔阿姨再见。"本来看二人长得就面善，再有自己孙子的证实，老大娘神情略微放松了些，客气了几句，便一手领着一个孩子走开了。

看着老人和孩子的背影，顾菲菲脸上不自觉地浮现出一丝憧憬的微笑，须臾，突然转回头，一双媚眼盯着韩印，柔声道："你喜欢孩子吗？"

韩印"嗯"了一声，怔怔地望着远处，随即像是突然反应过来什么，把视线挪到顾菲菲脸上，说："噢，你刚刚说什么？"还没等顾菲菲应声，紧跟着又急促地说道，"咱们的办案思路是不是被目击者带偏了？"

"怎么讲？"顾菲菲收起媚态，正色道。

"秦丽尸体上没发现被车撞伤的痕迹，会不会根本没有车祸这回事？"韩印向远处指了指，示意说，"会不会跟那个小女孩一样，秦丽走到十字路口时，因某种原因把自己弄伤了，凶手正好开车经过，借机把她哄骗上车？"

"如果是这样的话，办案方向跟原先可截然不同，秦丽已经7岁了，应该不会轻易跟陌生人上车，你觉得凶手是熟人？"顾菲菲问。

"不管怎样，起码咱又多了一个方向。"韩印迟疑了一下，说，"有没有可能是托管班老师？"

"不会，先前张队已经调查过，那里一共四个老师，全是女的。"顾菲菲立即摆摆手说。突然，她整个人僵住了，低头琢磨一阵，再抬头，脸上多了一丝雀跃之情，说："也许凶手真的是一名老师。你还记得我提过留在尸体颈右侧那个大拇指的扼痕上有裂纹吧？也许那根本不是刀伤或者冻伤，而是老师的职业病粉笔手所致。你也是老师，没听过这种病吗？"

"我们那儿还真没有，不过我听别的老师提起过。"韩印说。

"粉笔是石膏做的，化学成分是硫酸钙，对皮肤有刺激和腐蚀作用，时间久了不注意保养，手容易暴皮、裂口子，尤其秋冬季更严重。"顾菲菲进一步解释说。

"学校距失踪现场很近、熟人作案、扼痕符合职业病特征，综合起来看，老师作案的可能性很高。"韩印说。

"秦丽的班主任是个女的，估计是别的班级老师或者任课老师。"顾菲菲冲学校方向扬扬头，示意说，"走，先摸摸情况去。"

杜英雄和艾小美这一天也累得够呛。

现如今是飞速发展的互联网时代，信息传播的平台和速度，可谓百花齐放、一瞬千里，其中尤以某社交平台传播速度最快、覆盖范围最广。于是，它也成为时下炒作和爆料的首选平台，杜英雄和艾小美决定从该平台入手，试着追查快递事件消息泄露的源头。

通过关键字搜索，两人发现，对于该消息的热门评论，有很多属于所谓的营销号，而且它们发布有关快递事件帖子的时间相差不远。更让两人嗅到预谋意味的是，有几个营销号发帖的时间仅与青泉警方收到快递相隔不到一天，这说明是有人同时把消息透露给多个有传播影响力的账号。

艾小美试着与几个营销账号取得联系，有的起初可能以为她是骗子，根本不搭理她，有的不愿配合，随便找理由搪塞过去。艾小美耐着性子解释其中的利害关系，最后终于有几个账号主人给了她一个相同的答案：原来，就在警方收到快递的隔天上午，有用户在该社交平台上发布了相关消息，并且发布消息时还主动"艾特"了一众营销号。这些营销号本来就是靠八卦和爆炸性新闻吸引粉丝关注的，自然不会放过这样的机会，于是该用户所发的帖子很快得到响应，随即被大量转发。但随后不长时间，该用户突然把帖子删除，进而注销了账号。有触觉敏锐的营销账号，不愿放弃这条消息，紧跟着把删除的帖子内容重新用文字编辑再发出来。由此，消息便越传越广……

既然账号已经注销了，艾小美也就无能为力，只能通过警方正常程序，与社交平台后台管理取得联系，从而得知该用户是用手机号码注册的，发帖用的也是手机。随后，艾小美查询手机号码信息，发现是临时号码，没有任何通话记录，即意味着是专门用来在社交平台发帖的。艾小美进而追踪定位，发现该手机号码发帖时，距离最近的基站，在近郊一座叫作剑山的山上……

好吧，网络追查到最后，又是死胡同。杜英雄和艾小美决定还是听韩印的话，找养老院护士问话去，没承想有了意外收获。

与护士挨个问过话后，并没有发现有嫌疑的对象，两人不甘心，随后找到养老院院长继续讯问。在问话中，院长突然想到还有一个群体与院里的大爷大妈接触比较多，那就是义工。院长介绍说："义工差不多每个月至少会来院里一次，帮着打扫打扫卫生，陪老人家说话解闷等。这些义工大都是本市各大高校的学生以及一些单位的年轻骨干，是由团市委牵头组织的。最近这一两个月，是因为到年底了，学校和各单位事情都多，才来得比较少。"

随后，杜英雄和艾小美与团市委相关部门取得联系，查到近几个月到养老院参加义务献爱心的单位和人员名单，发现其中频繁出现一个名字——翟婷婷，其系本市一所省属警官学院的学生，而这所学校年初已整体搬迁至郊区，新校区就建在剑山脚下。

由此，综合两方线索，翟婷婷被锁定为快递事件始作俑者的嫌疑人。

明丰小学门卫室。

这个时候快下午6点了，学校的教职员工基本都下班了，只有门卫室有人值班。不过见两个保安差不多都是中年模样，想必在学校也工作了很多年，每天迎来送往，对学校的情况应该比较熟悉。

"学校里教授文化课的有几位男老师？"韩印问。

"不多，有三四个，哦，四个。"个子较高的保安答道。

"有开着浅颜色系私家车的吗？"顾菲菲问。

"有，王老师开白色的，向老师开银灰色的。"矮个保安答。

"这两个人谁是教授低年级课程的？"顾菲菲问。

"向老师，他好像是教一二年级思想品德课的。"矮个保安答。

"你们这里几点下班？"韩印问。

"4点半。"矮个保安答。

"向老师这个人怎么样，你们熟悉他吗？"韩印和顾菲菲对了下眼。学校4点半下班，秦丽4点40左右失踪，从时间点上看，老师作案也有很大可能性。

"也不算太熟悉，年纪四十出头，平时进出总会打个招呼，在学校里也不显山不露水的，感觉人挺本分的。"高个保安说。

"听说他离婚了。"矮个保安补充道。

"他住哪里你们知道吗？"韩印问。

"听他提过，说是住在世纪小区。"高个保安说。

"那儿离万众社区近吗？"韩印问。

"挺近的，就隔着一条大马路。"矮个保安说。

"你们这儿有监控室吗？现在有人吗？"顾菲菲问。

"你们是想知道小女孩不见那天他几点走的吧？"想必最近被警察问话的次数多了，高个保安似乎已经熟悉套路了，主动爆料道，"向老师一般都卡点走，那天我当班，他4点半准时出了这门，我看着他走到街对面……"

　　"他那天没开车吗？"如果没有开车，向老师就不构成作案嫌疑，顾菲菲忍不住打断保安的话。

　　"他应该开了，我们学校附近停车的地儿特少，一般来晚了，就没地儿了，很多老师都把车停到对面小区里。"矮个保安解释说。

　　车停在对面小区里，所以路口的监控才没拍到……韩印和顾菲菲对了下眼，不约而同地点点头。

◎第六章　念念不忘

砰砰砰……

"开门！"

"谁啊？"

"警察！把门打开！"

简短对话后，住房的门被打开，一个戴着眼镜的中年男子探出头，张振东亮了下证件，冷着脸问："你是向鹏？"

"对啊，你……你们有啥事啊？"向鹏一脸无辜的样子。

"把你的右手伸出来！"顾菲菲从张队身后站出来命令道。

"喏，我手咋了？"向鹏莫名其妙地伸出手。

顾菲菲打量一眼——大拇指皮肤上有两道很深的裂口，随即冲张振东点点头，后者紧跟着说："我们能进去说话吗？"

"能……能吧。"向鹏不情愿地敞开门。

一众人马进了屋，顾菲菲四下看了看，拎着法医工作箱扭身走进厨房，关上门。须臾，她从里面喊张振东和韩印的名字，二人进到厨房，看到黑暗中顾菲菲手里举着荧光手电筒，厨房的地面上出现大片大片的蓝紫色荧光——是血迹遇到鲁米诺喷剂的化学反应……

警官学院，保卫科。

"这么晚了，你们还来找我，我也就没必要再隐瞒了，快递是我邮的。"眼前的翟婷婷，身材修长、肤白如雪，明亮的眼眸含着笑，脑后扎着蓬松的马尾辫，如她的名字一样，亭亭玉立，气质落落大方、亲和自然。

"你读大几了？"杜英雄问。

"大四。"翟婷婷答。

"读警校是你的第一志愿？"杜英雄问。

"对，我想当警察。"翟婷婷答。

"那你应该知道制造虚假案件是犯罪，可能使你当不成警察，你都大四了，不觉得可惜吗？"艾小美问。

"我觉得，如果能让李叔叔了却心愿，那就值得，我还年轻，他可能很快就完全没有记忆了。"翟婷婷答。

"你口中的李叔叔就是李成义吧？怎么想到要帮他给警方邮寄快件？"杜英雄问。

"我一年多以前开始去养老院接触李叔叔，那时候他的阿尔茨海默病已经加重了，意识时好时坏，清醒的时候我常见他拿着一个小孩的银手镯在发呆，后来我忍不住打探它的来历，因为李叔意识转换非常快，总是一会儿糊涂一会儿清醒，所以分了好多次才完整地听完手镯背后的故事。你们应该看到李叔床下那个大箱子了吧，那里面全都是关于那个案子的资料，他一直在钻研。我也是看了那些资料，才决定给刑侦支队发快递的。"翟婷婷解释道。

"明信片也是从箱子里找到的？"艾小美问。

"对，李叔说当年那个叫管骏的还没落网前，他曾经想通过追查明信片销售渠道找出凶手，所以收集了很多那种明信片。"翟婷婷答。

"那他有没有说，他女儿的失踪到底和管骏有没有关系？"艾小美问。

"我问过他很多次，感觉他也说不清楚，所以干脆把明信片和手镯一起邮寄了。"翟婷婷不自然地笑笑，然后有点着急地问，"你们找到我了，是不是就不再管李叔女儿的案子了？"

"老实说，案子确实因你而重启，但从一开始我们支援小组就把追查快递源头和侦办李笑笑失踪案分为两个案子，所以我们会追查到底。"艾小美答。

"那太好了，我觉得这是像李叔那样平凡而伟大的警察应得的，我真的很希望他在完全失去记忆前能够知道女儿的下落，哪怕是一具无声的躯体，对他来说都是一种慰藉。"翟婷婷说。

"今天就到这里，你安心在学校待着，至于怎么处理你，等候通知吧。"艾小美说。

"好。"翟婷婷抿嘴笑笑，见二人起身要走，也跟着从椅子上站起，眼泪不知怎么就冒出来了，"你们见过李叔女儿那个手镯了吧？那是李叔特别定制的，在上面拴了好多铃铛。李叔说笑笑总是沉浸在自己的世界里，很多时候喊她都得不到回应，一旦在人群里失散了，顺着铃铛声也能找到笑笑。"

"如果我们把案子破了，你愿意亲口把消息告诉他吗？"不知道是不是被翟婷婷最后的话打动，本已走到门边的杜英雄转过头说。

"当然，当然愿意。"翟婷婷一边擦着眼泪，一边使劲地点头道。

刑侦支队，审讯室。

…………

一番常规讯问后，张振东开始把问题引向重点："怎么遇到秦丽的？"

"那天下班，开车经过路口，看秦丽坐在地上哭，我下车问她怎么了，她说脚被钉子扎了。的确，也不知道谁扔在路边的一块木方子上带了个钉子扎到她鞋上了，我当时不知道扎得有多深，没敢拔下来，想把她带到医院再说。"向鹏颓然窝在审讯椅上，唯唯诺诺地说，"我一开始确实想把她送到医院来着，后来……后来我哄她说老师家有药，到老师家老师帮她包扎脚，然后到家……我就……我就忍不住……"

　　"怎么想到要砍掉孩子双脚？"张振东问。

　　"就是看最近新闻炒得挺热，还有人说当年根本就是抓错了人，我寻思模仿他的手法，能蒙混过去……"向鹏说。

　　一夜之间，可谓双线突破，一下子解决两大棘手难题，当然，这还不是支援小组最终想要的，他们最希望在李笑笑案子上能给李成义一个交代。说句不好听的，活要见人死要见尸。

　　没有了其他牵绊，所有人都积极投入到李笑笑案子的追查中。一周后，在支援小组的牵头下，在全国各兄弟单位的大力协助下，有多宗涉及低龄无名女尸以及与青泉市相关的拐卖儿童案件陆续呈报上来。汇总之后，DNA比对工作随即井然有序地展开，同时，青泉警方派员赴各地核实拐卖案情。

　　其中，尤以两起案件最值得关注。第一起，犯罪分子张德虎，自1992年至1999年期间，流窜国内多省市，涉拐卖儿童案件总计9起，据其供认：曾于1994年8月、1995年2月，分别在青泉市长山区和黄泥区实施作案两起，两名男童遭其诱拐并贩卖。张德虎，男，出生于1970年2月，籍贯云边省谭山市，于1999年在云边地区集中开展的严厉打击拐卖案件行动中落网，经法庭审理，依法判处无期徒刑，后因服刑期间表现良好，减刑至有期徒刑20年。

　　第二起，犯罪分子刘爽，自1995年至1998年期间，涉及国内多省市拐卖儿童案件总计6起，依法被判处无期徒刑，后同样因服刑期间表现良好，减刑至有期徒刑20年。刘爽，女，出生于1971年6月，籍贯河阳省林建市，曾于青泉市务工多年，首次作案地点为青泉市临近城市泰城市。

　　这两起案件，被害人与犯罪分子分别与青泉市存在交集，且作案时间与李笑笑失踪年份较近，不排除到案后有隐秘作案情节之嫌。因此，青泉市局决定派张振东等骨干力量联合支援小组，亲自前往该两起案件犯罪分子关押地进行核实。

云边省第一监狱，审讯室。

这并不是一次轻松的审讯，假设犯罪分子以前有隐秘作案情节未被发现，心理上会因此产生一定的优势。再者说，其之所以在供认作案方面有所保留，肯定是因为案件性质会招致更严厉的法律处罚，加之服刑即将期满，无论从哪方面考虑，都很难让其轻易就范。所以张振东希望韩印能亲自上阵，来主持这次审讯。

"你好，我们是国家刑事侦查总局的，想找你核实个案件。"一上来韩印便有意打压张德虎所谓的心理优势，把名头往最大了说。

果然，张德虎不自觉地挪动了下身子，显示出一丝紧张情绪，故作谄媚的姿态，回应道："您好，您想问啥随便问，我一定配合。"

"1993年8月你在哪儿？在做什么？"韩印问。

"我，我在程阳（云边省的一座城市），那会儿帮人家做瓦工小工。"张德虎脑袋稍微向左仰了下，视线也随之瞥向左上方。

其实，这是个跟案子无关的日期，韩印想借此确立真实反应的基线，也就是说，张德虎刚刚的一些微表情动作，是他真实的回忆状态。随即，韩印继续问道："1995年5月，你在青泉市吗？"

"1995年5月……不在啊，我已经供认过，那年的2月份和前一年的8月份在那儿拐过两个孩子。"张德虎刻意重复着日期，愣了一瞬间，飞快眨了眨眼睛，才继续说道。

这显然不是在回忆，而是在思索，而且眨眼睛也属于视觉阻断表现之一，张德虎在回避什么呢？韩印进一步施加压力，从文件夹中抽出一张照片，递给站在一旁配合审讯的狱警，示意把照片交给坐在审讯椅上的张德虎，说："见过这个女孩吗？"

张德虎看了眼手上的照片，微蹙了下眉头，然后将照片还给狱警，缩了下身子说："没见过。"

看到张德虎已经出现恐惧反应了，韩印开始觉得这小子问题很大，继续顺着审讯思路说："这孩子有自闭症，脾气很大。"

"噢，我真的没见过这样的小孩。"张德虎点点头，又摇摇头说。

不自觉的认同反应，还说你没见过孩子？韩印心里更有谱了，把照片放回文件夹中，又刻意做了个整理动作，然后以不容置疑的口气说道："我想再强调一次，我们这些人都来自国家总局，你知道，没有充分的证据我们是不会轻易跟你谈话的，也就是说，你还有机会老老实实坦白你犯的事，我们会向法庭申明你当时的处境以及主动交代问题的情节，对你的量刑会有一定帮助。"

韩印故意提到张德虎当时的处境，实际上是给他一种迫不得已才作案的心理暗示，因此张德虎可能会认为在量刑上会有所宽待，于是他抬手摩擦了几下前额，显示出举棋不定的情绪。韩印看在眼里，明白是该给他最后一击了。韩印站起身，绕过长条桌，走到张德虎身前，双手按着审讯椅两边的栏杆，眼睛狠狠地盯着张德虎说："你拐走了小女孩，起初只是觉得她不爱说话，甚至你还窃喜她不会给你惹麻烦，可是你没想到，她会突然发脾气，而且是一刻不停地尖声怪叫，因为她患有自闭症，她不会通过语言表达她的情绪。你用手捂住她的嘴，企图遏制她的声音，但是她更加疯狂，于是你越来越用力，直至她没了呼吸……"

"对，她突然就疯了，我控制不住她，我真的是迫不得已！"张德虎用手遮住自己的脸，躲避着韩印的逼视，带着哭腔说道。

"你怎么处置尸体的？"韩印竭力控制住自己的愤怒，追问道。

"我把她捂死了，然后埋在我家院子里的老柿子树下，跟人说孩子被卖了。"张德虎深深低着头说。

"把头抬起来！"韩印猛然厉声喝道，然后几乎把自己的脸贴到张德虎脸上，恨恨地说，"我见过很多穷凶极恶的罪犯，但最后发现，还是最痛恨你这种人，去死吧！"

云边省谭山市广德村张德虎家农宅。

张振东带头，多名警员挥铲刨土，围绕一棵老柿子树展开挖掘。逐渐地，柿子树前一个深坑出现了，大家开始小心翼翼，似乎觉得随时都可能挖到尸骨……果然，顾菲菲突然叫了一声"停"，随即走到坑的一侧，用手扒去一层浮土，从黑泥中刨出一个银色的东西，举到空中……

◎尾声

飞机落在青泉市时时已经是傍晚了，再有几小时就进入崭新的一年，城市里四处洋溢着辞旧迎新的热闹景象，如果说想要一个美好的愿景，那就是希望罪恶能够永远停在旧的时光里！

一辆深蓝色商务车缓缓停到同心养老院门前，车门打开，张振东先走下车来，随后是支援小组的四个人。

进到院子里，一个身材高挑、长相靓丽的女孩迎上来，露出一抹浅笑，自我介绍叫翟婷婷，这个名字大家当然都很熟悉，见到真人便更加有好感。

张振东语气亲切地说："听说你快毕业了，怎么样，愿意来我们刑警队吗？"

"我犯了这么大错误，您还愿意接收我？"翟婷婷抬手撩了下发梢，饱含歉意地说，"我决定不做警察了！"

"为什么？"张振东感到很惊讶。

"我觉得作为一个警察，必须界限分明，黑就是黑，白就是白，没有中间地带，因为法律就是这样，警察是执法者，更要遵守法律。"翟婷婷一脸正色道，"我觉得我这次为李叔做的事，结果是好的，但过程并不值得称赞，我怕我这种个性做不了一个好警察。"

"那你觉得什么样的警察是好警察？"张振东用欣赏的目光望向翟婷婷问。

翟婷婷想了想，说："我觉得一个好警察不需要有多么显赫的功绩，他可

277

能一生都平平凡凡的，但无论遇到任何困难，无论面对任何利益得失，都能够恪守警察的职业道德，维护法律应有的尊严。"

"好了，咱们别站在外面了，进去吧。"顾菲菲和气地拍拍翟婷婷的肩膀，示意她跟大家一起进去。

走在最后的艾小美使劲拧了下杜英雄的胳膊，压低声音说："是你让她来的吧？是不是看上人家了？现在泡妞手段可以啊。"

"瞎说什么？原来不答应过人家吗？"杜英雄甩了下胳膊，躲避着说。

养老院房间中，面对一群"陌生"的面孔，李成义有些不知所措，呆立在床前，一副坐也不是站也不是的模样。

顾菲菲从随身的挎包里掏出一对银手镯，递向翟婷婷，又指指李成义。

翟婷婷接过手镯，眼泪瞬间夺眶而出，她走到李成义身前，扶着他坐到床上，自己蹲下身子，抽泣着说："李叔，您还记得笑笑吗？"

"笑笑是谁啊？"李成义好奇地问，"是你吗，姑娘，你叫笑笑对吗？"

"李叔，我说过会帮你找到笑笑的，我做到了。"翟婷婷说着话，把一对手镯递向李成义。

李成义用一副莫名其妙的表情，审视着递到眼前的一对手镯，又摇晃着脑袋来回打量了好一会儿，才颤抖着双手缓缓接过来。他一手举一只手镯，试着轻轻晃动，随着手镯上的铃铛发出叮叮当当的声响，两行清泪无声地从脸庞上滑落下来……

（第四季完）

图书在版编目（CIP）数据

犯罪心理档案 . 第四季 / 刚雪印著 . -- 长沙：湖南文艺出版社，2017.6（2023.3 重印）

ISBN 978-7-5404-8052-3

Ⅰ . ①犯… Ⅱ . ①刚… Ⅲ . ①长篇小说－中国－当代 Ⅳ . ①I247.5

中国版本图书馆CIP数据核字（2017）第 076083 号

上架建议：悬疑·推理

FANZUI XINLI DANG'AN DI-SI JI

犯罪心理档案第四季

著　　者：刚雪印
出 版 人：陈新文
责任编辑：薛　健　刘诗哲
监　　制：董晓磊
特约策划：张婉希
特约编辑：汪　璐
营销编辑：张　烁
封面设计：侯霁轩
出版发行：湖南文艺出版社
　　　　　（长沙市雨花区东二环一段 508 号　邮编：410014）
网　　址：www.hnwy.net
印　　刷：三河市百盛印装有限公司
经　　销：新华书店
开　　本：700 mm × 980 mm　1/16
字　　数：252 千字
印　　张：18
版　　次：2017 年 6 月第 1 版
印　　次：2023 年 3 月第 10 次印刷
书　　号：ISBN 978-7-5404-8052-3
定　　价：49.80 元

若有质量问题，请致电质量监督电话：010-59096394
团购电话：010-59320018